红　颜

一

爱妮坐在"亚而培"美发厅的长沙发上，微蹙眉笔渲染过的眉头，事实上，即使展颜微笑也已经没法抹去蹙眉的痕迹，爱妮人到中年衰败的美貌平添哀怨风韵。此刻的愁绪其实微不足道，她在为她的"6号"理发师的姗姗来迟而烦恼。

现在是上午十点三刻，沙发上等候的客人稀稀落落，高峰是中午以后，美发厅的玻璃旋门陀螺一样不停地转着，像变魔术一样从庞大的后台源源不断地转进漂亮女人。事实上，那时的漂亮仅仅是痕迹，残留在她们的衣着和五官上，因为她们的眼睑松弛，肤色晦暗，头发疲软，全是隔宿的倦意。再从这儿出去已容光焕发鲜艳夺目，毋宁说，亚而培美发厅更像是都市大舞台狭小的后台化妆间。非上班族女子们声色迷离的一天，是从这儿开始。

而那时，6号的周围更是美女如云，他是亚而培的高手。他为她们塑造时髦，也享受她们的宠爱。他的客人是这个城市最漂亮最摩登的女人，当然也是富有的女人。

爱妮是6号最持久的客人，十多年前她是6号周国华的师傅老宋的客人，老宋是名师，那时候周国华高中毕业分进店，跟着老宋学手艺。当年开放前夕，任何国际重要女宾需要做发，都由老宋亲手操作。老宋当过劳模，又是党员，可谓又红又专；开放后，理发界第一个出国。几年来老宋累积了各种被赠予的发型书和图片，转送给渐渐成熟的小周。小周年轻聪明，通过图片资料学会时髦发型。

"亚而培"坐落在与淮海路垂直的原"亚而培路"（今易名"陕西路"）上，1966年被改名为"红卫理发店"。1978年改回旧名后，走进来的当然都是淮海路上急急追赶时髦的女郎。这些女郎即使在十年"文革"也没有停止过这种追求，只是碍于时代的悖逆而收敛。创新的小周和有追求的女人之间，可谓"心有灵犀一点通"，老宋的年轻客人悄悄涌向小周，她们通常是在老宋的休息日出现在小周的身边。总有一些多嘴的同事会在老宋耳边有意无意地挑拨一下，但老宋不在意。他那时手头的客人总也做不完，还加班加点无偿为那些文艺界又重新走红的过气明星服务，走掉几个客人也是减轻他的负担。不久，老宋为了满足女儿出国愿望，接受一位老年香港客人的邀请和资助，去那里落户做她的私人美容师。

老宋走后，小周成了亚而培的王牌，他接下了老宋的客人。

随着时代变化，客人队伍自动做着吐故纳新，其平均年龄越来越轻，亚而培的门面也越来越锃亮光鲜。小周的名字被他的工号代替，人们慕名而来，首先要看清工号。

亚而培占据着这一栋西式大楼的全部底层，门面被一次次地刷新改造，已见不到原先很具旧时代风格的拉毛灰墙。新流行的面砖和抛光有机材料，盖住了精雕细琢的线条和富于幻想的细部结构。它们闪闪发光，和门前马路正在变化的格调融合在一起，跟这个日新月异的城市一样，变粗俗了，但也更有活力。内里大厅本来宽敞深邃，老房子通过水平木板墙、天花板、画镜线、壁炉架、带形窗、窗前雕花铁栏，在舒展的空间里展示它幻丽的细节，但一次又一次的装修已淹没了所有的创意。现在，仿古典罗马式圆柱被抛光有机材料包裹，装饰性地间隔为一览无余的空间，漆成黑色的木板压低屋顶，嵌满大镜子的四壁边缘被漆成黑色，纵横垂落的吊灯的灯罩吊杆也是黑色。看得出这黑色是模仿国外美容院，与晶莹的镜面、晶莹的大大小小的剪发修发烘发器的不锈钢器皿相辉映，俯瞰在上挂得满满的现代东西方美女发型照，再加上理发师的黑西裤黑领结白衬衣，便有了现代感的冷冰冰的华丽气氛。

如果模仿得彻底一些，应该用磨砂玻璃门，把一个个理发座间隔成相对独立的空间。总经理最终否定了这一设计方案，融会在一个空间的理发座更具中国特点：谈天、调笑、彼此打量，这是理发大厅特有的气氛，主客双方互相感受兴隆闹猛的气氛。过于彬彬有礼的间隔不免令人扫兴，总经理的这一否定很得人心。

能够成为名店理发师的常客，客人也需要某种资格。十多年前，爱妮算得上摩登美人，这么多年每星期从不间断来店洗发修指甲，这便是一种资格。当店里增设美容项目后，遇上喜庆日，爱妮也会来做做面膜。平常日子，美容就在自己家里做了，以她现在的经济状况，能维持住在亚而培做头发已经很勉强。

爱妮刚修完指甲，两只手放在膝盖上微微张开手指，涂过指甲油后总是习惯地张开手，晾干指甲。十点血红欲滴的尖指甲似被纤长的手指含着，闪闪烁烁，像十个小花蕾，隐约着娇艳和诱惑。每一次修完指甲便觉得风头都被两只手抢去，今天尤甚。到底是名牌，油干得快，颜色非同寻常，一样是红，红得像红丝绒衬着钻石，渗得很深的红上波动晶莹的光芒。接过金频送她的整套DIOR化妆品，爱妮兴奋又惆怅，向往日久的东西，却是让女友来送。

不时有空闲的理发师坐到她身边聊几句，爱妮今天有点心不在焉，瞧墙上的石英钟，眼睁睁地看着它过了十一点。十二点她必须赶回家照料女儿吃午饭，一点与金频在"伊思丹"碰头，在那儿shopping，然后去瑞兴百货四楼"富临皇宫"喝午茶。至少有八九年不在一起度过悠闲的下午，那时常去老大昌喝咖啡。金频两个月前回国，一起吃了顿饭便再也不见人影，前晚突然来了电话约好今天午茶。爱妮提早两天预约来店做头发修指甲，就好像，就好像和情人约会，一根头发一片指甲都不能马虎。

今天是三月的雨天,飞灰的霏霏细雨可以连着湿几天,这种天气,上午做好的头发到了晚上便走形,起毛坍塌失去骨力,下雨天美发厅的生意清淡许多。当然名牌店又当别论,这样的天气做头发通常都是有应酬,应酬多证明你被人重视,证明你的人生风光旖旎。可爱妮如今的应酬越来越少,因之,金频的午茶约会令她兴奋了两天。今天哪怕下瓢泼大雨,她也要来做头发,她不会放弃这种机会,抛头露面的机会,出风头的机会。

"爱妮,今天怎么想到上午来?他至少还要过半小时到!"

与爱妮同龄的女理发师小小王在她身旁坐下看看表道。小小王进店时已有两个王姓同事——老王和小王,前两王都已退休,后面又来王姓,但大家还是叫她小小王。就像店内前辈理发师仍把爱妮看成当年的摩登美人,把她的衣着作为某种标准去抨击后来的新人。

爱妮眉头蹙得更紧,回答小小王:"我昨天特地打电话关照阿华最好十点半到,最晚不要超过十一点,后面事情都排好了……"记不得今天是第几次回答这个问题,但说到这儿,爱妮仍有小小的兴奋,已经好久没有约会可赴,叹着气,并非真正有气,"阿华是怎么搞的呀,总不见得让我迟到!"

"既然已经答应你,阿华是不会'大兴(不靠谱)'的,我看快了!"小小王朝门口看看,诡秘地凑近爱妮耳朵,"不是阿华不想早来,他现在身不由己,那个小女人拖着他呢,你没发现他这几个月脸色越来越青,我跟他讲你都要被她榨成药渣了……!"声调渐高,穿戴笔挺的理发师们都笑了。

爱妮却笑不出来,提起"小女人",心头便有缕缕醋波漾起,待要说什么,旋门砰然有声地快速转了几个空圈。人们都抬起头,一个细高个的漂亮女人转进来,脚步趔趄一下,扫地阿姨将她挡住。

二

大厅沉寂了约十秒钟。

然后才是"曜,露露,嘎许多辰光不露面,阿拉以为侬已经在菲律宾生小人了……"七嘴八舌的招呼声。

露露一年前嫁给台湾人,不知为何却去菲律宾定居,现在突然又出现,在美发厅引起小小的骚动。

这一边爱妮和小小王面面相觑。

"啧,她怎么这时候来?偏偏碰到她!"爱妮不满地嘀咕。

小小王已迅速站起身,朝后面的洗头间走去,身子消失前朝爱妮做了个鬼脸。

爱妮拿起扔在沙发上的时装杂志挡在脸前,但露露已看到她,她朝爱妮一边走来,一边尖声喊道:

"啊呀,你比我还早呵,爱妮,只有回到这儿才觉得什么都没变,你还是这种发型?在外边早就过时啦,但你梳长波浪还是蛮好看……"一边伸出手去摸爱妮弯曲成大环的头发。

这样的触摸似乎惹恼爱妮,加上那种评论,她不自在地稍

稍朝后仰去,打量着露露不情愿地敷衍:

"你不也是老样子吗?我以为去了那里你该换个更时髦的!"

所有的目光齐刷刷地射向露露,像追光圈住了舞台主角。主角是老练的演员,习惯了灯光的照耀,用一种梦幻般的姿态为自己制造引人入胜的氛围。露露一屁股坐在沙发扶手上,朝着嵌在墙上的大镜子一左一右转换脸颊,如入无人之境。

顾影自怜比以往更甚,哼!爱妮饱含轻蔑却不动声色地变动坐姿——左腿压上右腿,双臂抱在胸前,微微抬头瞥一眼露露。

露露稍长于耳根的直短发,高级护发用品和精到的修剪吹洗,使她的发质柔软蓬松,像枝叶繁茂的柳条,在仲春轻风吹拂中有韵律地在脸颊两旁摆舞,完美地衬托她的无瑕的蛋形脸。她的不被一丝乱发沾染的润洁的前额,最让爱妮嫉妒,它像大理石般光滑又有着富有弹性的肌肤质感。年轻女人全部的骄傲在这额上一览无余地展示,无论爱妮对面前这个小美人有多少嫉恨,她的目光总是违背内心,禁不住去爱抚这美丽的额。

当年在这儿的主角地位,渐渐被露露替代的不甘和嫉妒,又被召唤回来。但岁月如水冲淡了感觉,如同穿着衣服被鞭笞,虽痛但到底轻微得多。

只见露露捋着头发,凝视着镜子里的自己说道:"那里找不到称心的理发师,我是说没法剪一个称心的发,我是想换一种发型,但又不想完全照模特,必须有一点点小变化,就这一点点变化说不清,没办法用英语说清……"也不叹气也不皱眉,只是,那双像画出来的、眼梢微微上扬的凤眼,闪着刀刃一般冷光。这双眼睛曾经笑起来眯成线,媚得腻人,现在却睁得大大的,惶惶不已。

露露昂头甩甩头发:"在那里每个礼拜想念一次亚而培,每个礼拜都想,如果出来连个头发都称不了心不如回去!"

她的目光在冰冷的镜面撞击下越发凛冽,却唤来热烈的"追光",众理发师被她的话鼓舞,圈住她的目光,跟走到脉点的舞台灯光一样,有节奏地亮起来。

"就是这种小地方让你烦,烦得要命。我不管,我就是要到亚而培来做头发,我要让阿华给我换个发型,只有他知道我的心思……"

"这种话等阿华来了说给了听,伊骨头别太轻噢!"小小王站在洗头间门口,双臂抱胸抖着腿含讥带讽,"哗"地引来笑声。

"我心里烦,所以我要回来一定回来!"露露用恶狠狠的口气瞧着镜子,仿佛透明的玻璃藏着一个仇人,她完全沉浸在自己的恨意里,并不注意别人的反应。笑声便冷落,两个脸嫩的师傅垂下眼帘不敢看她。露露突然转过脸扯扯爱妮,手脚很重,爱妮恼怒地挪开身体。

"你看,你看,就是这儿,看到没有,看到没有啊?"露露手指在自己的额角上划动,"这里有个瘪塘,眉毛当中,看到没有,凹下去一块",露露说着又去扯爱妮要她看,这时爱妮的惧怕甚于恼怒，她顺从地站起身，脸凑过去看了半响，额头仍然光滑平坦，仔细辨认有轻抹的丝丝皱褶，是和皮肤的纤维织在一起，也许婴儿都会有的皱褶，爱妮摇头。

"在哪里，我没看出来嘛？"

"在这儿，这儿哪！"露露手指点在眉宇中间，"这么大的瘪塘怎么会看不见？爱妮，我最相信你的眼光，你可不要骗我！你看，你看，这么大，可以放个台球！"

"我看不出，小小王你来看嘛！"爱妮求援的目光。

于是围上来好几个人："没有嘛，真的没有！"异口同声。

这时，旋门"空空"地被用力推转，大家的目光看过去，只见转进来西装革履面容俊美的青年男子。

"阿华！"女人们激动地欢呼。

三

"阿华，我急死了！"看到露露抢先迎住阿华，爱妮的声调高了八度。

阿华轻轻推开挡住他的露露，看看表，抬起讨人喜欢的笑眼，"别急嘛，爱妮，保证让你十二点以前回家。啊，别急！"哄孩子似的语调，让女人的心熨帖，爱妮立刻安静下来。阿华快步走进后面的更衣室，不对他的迟到作解释，已经不用解释。

但是爱妮回身却见露露已坐到6号位置，刚要说什么又克制住，走到正做观察的5号身边悄声问："你发现没有，她这次回来神经兮兮的?"

5号点点头,正色道:"说不定受过刺激,我看她存心跟你搞,你别理她,让阿华对付她!"5号是个四十岁的厚道男人,遇到阿华休假,爱妮便在他这儿做头发。爱妮顾全人家面子,给的小费反比平时多,所以5号很护她。

见阿华换好衣服出来,爱妮笑微微地迎上去。阿华一张隔夜面孔,眼泡虚肿,脸颊上浮面色如纸,已经快中午了仍然一脸倦容,不仅倦,应该白皙有光泽的肤色像涂上亚光漆又暗又沉,刚起床的人竟像大病一场,与平时下午见到的阿华判若两人。爱妮不由得心惊:"阿华,不好意思啊,让你早来,你看你都没睡醒。"爱妮道歉中有婉转的责备。

阿华摇着头表示无奈地答道:"昨天想好要早睡,又被他们拉去唱歌,回来呢又吃宵夜,四点才睡。"阿华打着呵欠,脸色好时他可是少有的美男子,眼大而深,鼻高而薄,低颧骨的脸颊很性感,加上腿长肩宽,用爱妮的话来说,"没有缺点了!"

"要死啊,阿华,不要命啦!"爱妮站住脚惊叹,立刻压低声音问,"要不要去我那套新房子睡两天,热水器空调什么都不缺,就是少个电话。这样更好,躲在那里谁也找不到,好好休息休息,我看你累得要死,啊,房间钥匙给你?"爱妮迷人的大眼凑在阿华面前盯视他,满眼是疼惜。

新来乍到的顾客会对他俩的亲热状表示惊奇,美发厅的一批老人马已经熟视无睹。不仅爱妮,阿华其他的女客人也是这样待他,阿华是亚而培的大众情人,在竞争激烈的今日,亚而培能保持生意兴隆,与阿华的存在不无关系。

现在爱妮的建议在打动阿华,他站在那儿沉吟片刻,答道:"过几天再说吧,爱妮,凯西可能要去一趟香港,那时候我问你拿钥匙,躲到那里,至少可睡十个安稳觉。"

"就怕她到时候又不去了,一天都离不开你!"爱妮轻声抱怨,"阿华呀,我看你将来是被女人缠死的!"自己被这句话震动,赶快捂住嘴,"开个玩笑!"

阿华笑着睃她一眼:"死在女人席梦思床上总比老死在破木板床上强!啊?"爱妮板脸制止他:"不许瞎讲,阿华,都怪我,过几天去龙华,我要给你烧一炷香去去晦气。"心里跳着不安。两人说说笑笑地走到露露面前,阿华娴熟地撩过白围单,用力一抖:"来,露露,让一让!"

"阿华,我今天付加急费,加两倍,所以我得第一个做!"露露声音朗朗,人们的目光又聚过来,爱妮勉强地维持住笑容,是维持住面子。

"嗬,露露用老公的钱好爽快,现在人不多,也不用加倍付费,爱妮后面就是你。当然,你一定要付我也不反对,反正经理高兴。"阿华的声音笑容总有特殊的男性柔情,爱妮松弛下来。

"阿华,我今天反正要第一个做,你说付多少钱,你说嘛!"露露睁圆眼睛的时候判若两人,刀锋一样的目光,阿华受惊地一怔,笑容褪去:"露露,你也不是新客人,你该晓得我阿华向来重情面超过钞票,我昨天答应过爱妮让她第一个做,答应过的事不能随便改！坐到那边去，露露！"阿华声音不响，但板着脸说出来却很有力道，大家都停下手里的活。可露露牢牢地坐住椅子，像耍赖惯的孩子知道这一着很有效，阿华和爱妮与她对峙着，一时竟形成僵局。

5号从客人身上拿下白围单，用力一抖："我好了，阿华，让爱妮坐在这边吧！"朝爱妮使了个眼色，又在脸色发青的阿华耳边嘀咕几句，阿华便在5号的位置上给爱妮做发。绷紧的空气流动了，人们又各管各做事，一边眼梢瞄着被抛在6号位置上的露露。

"对不起，阿华，今朝让你作难人！"爱妮过意不去，轻柔地说道。

"爱妮，哪能好怪你，你也是阿拉这儿最长的客人，就是破规矩也不作兴破在你身上，也不晓得露露今朝哪一根神经搭错，这种事体还没碰到过，好没道理，去过外国应该更懂道理。话说回来，阿拉也不是没见过世面的乡巴子，看到钞票眼乌珠要落出来。"阿华轻声轻气回答，心里虽气却听不出火气。镜子里爱妮的目光无限柔软。却在这时响起露露尖锐的哭叫声。

"阿华……阿华……凭什么……你……你也来……甩……甩我，我……我做错什么……错什么嘛……"人们目瞪口呆，真的是没碰到过。露露涕泪滂沱，像个幼儿，甚至不知用手掩面。爱妮慌张轻问："怎么办，阿华，要不，你去，先去弄她，啊？"肩和腿都在抖。阿华也是脸煞白，但勉强镇静住自己，手里的活只管做下去。

已经有小小王和几个年龄较大的师傅上前劝阻。

"何必呢露露，这种小事，你也是见过世面的！"小小王总有几分幸灾乐祸，那些话从爱妮听来竟也说不出的刺耳。

"是啊，先来后到也是店里规矩，除非特殊情况，比如残疾人，或者赶着参加红白喜事可以破例插队……"5号认真规劝。引来笑声。

扫地阿姨递上热毛巾，被露露扔到地上，任鼻涕眼泪朝嘴里流，一边抽抽搭搭哭诉："你要我怎么样嘛？……给多少钱……钱都不要……存心……存心扫……扫我面子……在那里……那里……受气，回来……还受气……"

大家静静地听着，面面相觑，阿华已镇静下来，朝小小王使眼色，小小王对露露说："去吧，先去洗头，阿华这儿也好了，谁也不耽误。"这一劝，露露反而哭得更响。整个大厅闹哄哄的，多年的规则一时间荡然无存。

这时候，旋门悄无声息转进一个金发碧眼的年轻女郎，她披着棕色羊毛披肩，典雅得像一座雕像，安静地站在门口，朝6号位置看去。见那里围着一群人脸上便有惊慌，有人告诉阿华："安维亚来了！"人群自动散开，阿华与安维亚相视一笑，安维亚走进来，一边与众人招呼："哈罗！哈罗！"

露露停止哭泣，转过泪脸去打量那个西方女人。

安维亚走到阿华面前用歪歪扭扭但还算流利的汉语说道："对不起，周先生，我来不及预先跟你约，今晚有个重要聚会，我现在午休，如果你忙，我五点一刻来行吗？"

阿华点点头："没问题，中午做来得及，她做完，"指指露露，"就给你做。"用手示意她坐下，转脸对露露说，"去洗头好吗，爱妮这儿快要好了。"一面用吹风仔细塑造爱妮那一缕斜斜的刘海。安维亚见他在5号位置上做头发有点奇怪，但她什么都不问。

这一次，露露出人意料地顺从，让小小王领着进了洗头间。

阿华的吹风机也关了。爱妮长长地吁出一口气，悄声说："伊总算醒过来了，刚刚真要把我骇死……"阿华没响，镜子里看过去，他温柔的视线正好与安维亚含情的目光对拢。爱妮突然想起，今天十三号。

四

爱妮和金频坐在富临皇宫靠窗的桌子。下午两点，客人不多，铺着白色台布的餐桌互相离得远，一排一排延伸很深，餐厅巨大、装潢考究，地毯厚而干净，疏落在各处的客人的说笑声、杯盘碗盏声被这样一种空阔和深厚吞噬。走进大厅的一瞬，你甚至只看到画面的蠕动，声音要稍后才捕捉到。任何人都会压低声音收敛举止，归顺到一种大家风范的宁静。

现在是四月的多云天气，餐厅的窗子开在西面，长长一排，当阳光从西面窗子照进来，便是下午走向黄昏的时候，心里便有些惶惶，餐厅的客人越来越少；等到黑夜真正降临，客人又越来越多，把整个大厅都坐满，富临皇宫也就到了一天最热闹的时刻。但那时爱妮和金频必须回家和自己的孩子在一起,这就是婚后有孩子的女人的生活方式,都市斑斓的夜晚是和都市人斑斓的年龄画等号的。

是啊,岁月无情,你没法视而不见,爱妮这方面尤其感慨万千,亚而培的旋门转进来的时髦女孩一个比一个年轻,她们服饰昂贵,面容姣好,过着高消费的生活,比年轻时候的她风头健多了。

"吃青春饭又有几个好结果,你又何必羡慕她们?谁有你这样好的老公,钱是他挣得多,家务是他做得多,脾气是他好。"金频劝道。

"就别提他了,那都已成为历史,现在一星期有两天回家吃饭就算不错了!"爱妮幽怨的目光朝窗口望去,视线却被窗外阳台的墙和从阳台爬起的植物挡住,又窄又长的水泥阳台摆满绿色植物,植物之外之上是天空,有一种被植物封锁的局促。爱妮是宁愿从窗口看人的世界,街道车辆行人和人行道上的树,从高高在上的观望中获得与众不同的感觉。

"上个星期还在夸奖老公,啊?女朋友中只有你还在夸老公……"

"就是讲嘛,我总是在外边说他好。"爱妮打断金频的话,"这么多年就是在讲他好,给足他面子了。"

金频不响。她是个离婚的女人,她的前夫管长江是她和爱妮的中学同学。长江十三年前去加拿大,九年前拿了绿卡回国,找到金频向她求婚。那时候二十九岁的金频正是"弄僵"的年龄，手里有一张赴美留学护照却被拒签四次，挑挑拣拣在国内又找不到称心夫君，比起嫁给毫无了解的外头人，不如嫁给自己的老同学，尽管她对嫁给长江也同样毫无热情。

　　结婚后金频顺利出国并且立刻生孩子，大儿子八岁的时候，她遇见长江的新上司，一个在加国长大的华人子弟，比她年长八岁，有一双快到成人期的子女。她和他通电话写信约会，那个有妇之夫害怕深陷情网也无颜面对自己的同事，便辞职去香港发展，但他们终究没能忍受相思之苦。金频与长江离婚后带了两个孩子回上海，拿了情人公司的资金在这儿办分公司，或者说是帮助情人在上海发展。其实金频对做公司也无热情，她说，这是留上海的借口。金频既然离婚，又何须借口？

　　记得走之前，爱妮陪她买衣服足足逛了半个月的街，金频买了多少衣服哪，从里到外从上到下，就好像婚姻仅是个借口，享受购衣才是全部的实质。爱妮印象最深的是，光是睡裙晨袍浴衣就有十几种，领口袖口前襟缀着镂空花、打着褶裥、镶着荷叶边、长至脚踝的白色的丝绸睡袍，红色五彩绣花织锦缎晨袍，淡粉色软缎缀满仿水钻珠子的浴衣和成打绣花丝绸内裤胸衣，组成了旖旎的洞房世界。尽管那时爱妮就已经是过来人，知道至少她那个单调的婚后世界是用不上这些精致的内室衣服，但是重新体验一遍姑娘买嫁衣在她也十分兴奋。更何况金频是嫁到国外，那里的日子将像这些衣服一样缤纷，虽然长江是个过于木讷的男人，也许局外人的爱妮比金频有更多的遐想。

　　可金频出国不久后就把上海买去的衣服装箱船运到上海，

看起来这些衣服在那边的生活中是多余的。爱妮很想知道箱子里是否有那些美丽的内衣，但那样详细地向金家打听未免失礼，爱妮闷闷不乐了一阵，毕竟她曾经赔上了许多时间，还有心情。

侍应生上来给她们斟茶，放在小蒸笼的凤爪鱿鱼，以及装在小碟里的叉烧酥、西米芋糕等热热闹闹地摆了一桌子。爱妮为金频夹了一只凤爪，自己则加了一些糖在菊花茶里，用小匙子轻轻搅动，金频道："你自己怎么不吃呢？"爱妮轻轻叹气："对我来说，出来吃东西是吃个气氛，现在这种时刻真觉得像做梦。"金频笑笑，注意到爱妮舒卷得十分有款的长发。黑发中有几缕染成棕色间杂在其间，闪闪烁烁，使发色层次丰富，也映衬出她细白的肤色。多少年来她的头发总是保持着考究的风格，即使衣着不够时髦，也仍然有着华贵的架子。金频笑说："你还是老样子，喜欢搞一点小布尔乔亚。"

金频想起很多年前，在等签证没法打发时光的日子，常常是爱妮陪她一起坐咖啡馆，享受无聊的下午，享受的感觉是爱妮给予。她也是这样用小匙子在咖啡杯悠闲搅动，品评周围环境和咖啡味道的同时品评困扰过她的一些男人，任凭时光在细瓷杯盘边无声无息地流过。爱妮就是这样一个为悠闲生活存在的女人，一些暧昧的关系成了她婚姻生活的调剂品。她有过泪有过痛，但她的丈夫如画中被极力淡化却铺满画面的大山的影子，安稳了她的整个人生布局。

出嫁前的爱妮被母亲宠爱也接钵了她的人生观，中学毕业进工厂后就一直请病假几乎没上过班，母亲认为漂亮的女儿找个好丈夫便一劳永逸，果然便为她觅到合心愿的女婿。当时爱妮的丈夫瞿志秉虽是一家街道工厂的供销员，且比她年长十岁长相也很一般，但家中有庞大的海外关系网，市中心有宽敞住房。爱妮看到婆婆拿到美国的移民签证才嫁于瞿家，直等十年后拿到第二三代人的签证，不用做任何努力便可以和老公孩子一起迁徙到旧金山。这期间他们每个月有外汇补充，身边有丈夫的呵护，襁褓中的女儿让保姆和外婆照顾，做头发逛马路坐咖啡馆谈谈不伤筋骨的恋爱是爱妮生活的主要内容。金频曾经羡慕爱妮是全上海最幸福的女人。

　　金频去加国第四年收到爱妮悲伤的长信，爱妮的婆婆因心肌梗死在旧金山寓所猝然身亡，移民前景成了水中月。但爱妮在信尾给自己留了一个渺茫的可能性，某一个爱她的男人，在国外等她离婚。

　　也许她应该写信告诉爱妮，即使出了国，想象中的快乐仍然是水中月。也许她还应该告诉爱妮，丢掉一切跟一个男人走，是一场冒险，而爱妮是输不起的。但最终金频将这封信揉成一团丢进字纸篓，零岁老二的哭声震耳欲聋，朋友的苦恼扰乱了她几分钟便被她丢弃在脑后。没想到这么多年过去，丈夫的羽翼仍然是爱妮的天空，她维持着原来的生活方式，但已经越来越勉强；可她仍在全心全意地维持，这使她身处的空间弥漫着伤感的雾气。

　　爱妮拿着杯子，看着金频仔细地吐出凤爪的碎骨，手撑住下巴慢慢摇头："你也是老样子，喜欢啃骨头，哼！"笑了，

"我以为我们已经是陌生人一样再也没有关系，想想看，九年，你居然一封信都不写。开始几年还是卡片，后来卡片也收不到，真让人心寒。"又为金频夹了一只爪子。

金频又笑笑，用纸巾轻按嘴角，然后说道："在家里带孩子，老大刚刚懂事老二又出来，两个都是男孩，多难弄，带第一个的时候没经验特别难，那里又不像上海，住在小镇整天见不到人，孩子缠得很厉害，于是想再生个给他作伴。可是大的忌妒小的，总找机会欺负老二，也是发泄，太寂寞了。白天做饭把小的背在身上，大的在地上爬，到了晚上精疲力竭，可晚上也不太平，孩子要哭，日子是一天一天熬过来的，是想过写信，拿起笔脑子是空的，两个孩子在旁边吵，过这种日子真让人发疯！"

"为什么不让他妈帮忙，搭把手也是好的。"

金频冷笑："他妈已经认为我很享福呢！一天工也没打，够幸运的了！到我们家，常常提醒我。你知道，他妈'文革'前就出去，自己打天下，现在是她坐享其成的时候。谢天谢地，她住在女儿家，要不然，在我这儿只会添麻烦。"

"我早就说过，你是身在福中不知福。"金频瞥一眼爱妮十指纤纤留指甲的手，又伸出自己的手，虽然戴着钻戒却指甲修平也不涂油，这双手比起爱妮的就有几分冲淡，"想想看啊，爱妮，能够留这么漂亮的指甲，证明你很清闲啊，在国外能过清闲日子的只有百万富翁。"

"这儿正好相反，清闲说明没花头。"爱妮蹙眉微笑，这已是她惯有的表情,是自怜自爱,是愿望得不到满足的几许无奈,"现在去亚而培十块钱小费都有点拿不出手,可对于我已经是很吃力了!"爱妮如今下岗,家中所有的开销靠老公。

金频皱皱眉:"做一个头发多少钱呢?"她不明白的是,不过是一家理发店,何以在爱妮生活中有这么重的分量?

"单是吹洗四十元,还不算焗油。"

"给十块已经超过消费的20%啦,已经给多了。"

"那怎么拿得出手呢?"爱妮喊起来,"你没看到那些小姑娘五十元一百元当小费给……"

"为什么要这样的给?"

爱妮压低声音:"还不是钱来得容易?都是给人包起来的,包给一个人的叫'金丝鸟',每天换的叫'煤饼'。当然'金丝鸟'总是贵一点,不过'煤饼'呢,碰上生意好,小费给起来真够大方。"

"何至于跟她们比呢?"金频转过脸看着窗外,有一种冷淡和疏远。

"当然,当然,现在讲起来脑子是清爽的,但付钱时感觉完全不一样。她'煤饼'付五十元,我良家妇女付十元,感觉是她好……"

金频重重叹气,提高嗓音打断爱妮,"你每星期做头发修指甲加上小费一百块总要吧?"爱妮点头。"每个月五六百块,你老公要维持你这样的开销……"

"女儿也去店里洗头。"爱妮补充,竟有几分得意。

"做你老公很累啊这样的消费！"

"是很累，每个星期都少不了的开销，连小锦都提出在家洗头，她说她自己洗，我没答应。金频，我们是好朋友，跟你说实话也不怕丢面子，现在去亚而培真的是负担，十年前做个头发才四块钱。也不要小费。"

"那就不去嘛，何必勉强自己，重新换个发型，像我，"金频甩甩自己的短发，"一个月修一次够了。"但无论如何，她那头短发也是昂贵的，是在加拿大修剪，回国一个月就去一趟香港，与情人会面也顺便修了头发，爱妮要介绍她去亚而培，她甚至担心不够好还踌躇呢。

爱妮突然就流下眼泪："要是连头发也不做，真的觉得自己在走下坡路，想想看，金频，看着自己一步步在走下坡路是什么滋味啊？再说从那里出来，见自己一头好发一双好手，心里就开心，又多了几分自信，连这点风光都得不到，黄脸婆也算是做到头了，跟其他中年女人有什么区别？"她赌气地擦泪，"我不管，我对他说我也就剩这点爱好了，当初嫁给你时，也是被你捧在手心里……"

"他怎么说呢？"金频笑问，故意装作不注意她的泪水。记得她过去一直就是好虚荣，要做女人中的第一。

"他说，你要是开心你就去。"

"好啦，就冲这句话也该和他白头到老。"金频开着玩笑，但爱妮的泪水更加汹涌。

五

爱妮坐在床上倚靠着柔软的鸭绒垫,电视机开着却只有画面没有声音,无关的人生不仅遥远而且荒唐。她取消声量,可以听到老公回家的脚步声,也好在安静中想想心事。但是如果连画面也不保留,一个人的空间过于荒凉,就好像空自长草的荒地上摇曳着一枝花。常常,晚上一个人醒着的时候,觉得自己是荒地上的花,沉甸甸的摇曳时一片花瓣一片花瓣地委顿了。

她脑中的意象都是直接的简单的,她几乎不读书,女人读书不就是读那些爱情故事?她过去是这一类故事的主角,忙不迭地演,也顾不上读别人的,现在空闲多了,便去坐麻将台,自己的故事都懒得回忆,何况别人。金频回来后,爱妮就不常去玩麻将,心绪却纷乱起来。

女儿小锦独自睡在亭子间,她读五年级,每天功课做到深夜,她一遍一遍地催小姑娘上床,还劝道:"做个中游不是蛮好,我可不要女孩家做什么书蠹头,会点钢琴会点英语就足够了,长得漂亮还怕找不到好老公?"女儿却回她:"我才不要找老公,自己赚钱自己用不要太潇洒噢!高兴的话可以找个男朋友玩玩。"什么话喔!气人的话还跟着来,"像妈妈你,年轻时够漂亮了,也不过是找了爸爸这样的男人,好平庸哦!"

爱妮又好气又好笑,也不好跟女儿认真,心里还是被孩子气的话伤害。女儿大了反而觉得没意思起来,真羡慕金频,九岁的男孩后面还拖个四岁的小家伙,她可真是疼煞了那个只会咕哝英语的小不点儿。爱妮多想要这样的小不点让她操操心,一手屎一手尿地把他拉扯大,女儿年幼时自己还太年轻,总也不肯认认真真当妈妈,现在面对挺拔的女儿竟怕她把自己比下去,却没有当母亲的欣喜。

这不,小锦插在他们夫妇当中像个障碍物。每天晚上睡大房间还是亭子间,母女俩总是吵个不休。如果丈夫早回家,总是小锦赢,她赖在父母大床上,丈夫心甘情愿拿着铺盖睡到长沙发上。今晚爱妮几近发脾气才把小锦赶回亭子间,她和丈夫近一年没有快活的时刻,这种心事也能跟金频说吗?

爱妮关掉电视机,从抽屉拿出换洗衣服,递给刚回家未进房便打开洗澡龙头的丈夫,想起好些年前自己跳完舞深更半夜回家,是丈夫等门并帮她准备洗澡水拿换洗衣服。回到床上时,她眼眶里竟浮着泪花。

"志秉,我问你今天几月几号?"爱妮用手肘推老公,男人在浴缸里泡了半天,上床便捧起报纸。金频就是对这样的日子没趣透了,才会起花心,她真是不花则已,一花便翻天覆地,直搞到离婚。

丈夫用沉默回答,竟是听而不闻。

爱妮在外边千娇百媚,她的魅力是在暧昧的底色上展示,婚姻的风景从底色后面模模糊糊闪现,这也是有夫之妇的迷人之处。结婚头五年,"离婚"这个词像烟民口中的烟一样挂在她的嘴边,那时候未婚男人则像烟雾绕在她周围,她迷失在暧昧中，将这变成生活方式。而丈夫的宽容和宠爱是急驶的车子内脚踩的刹车，她就是在不断的刹车中，将婚姻变成了惯性。一屋子的静默今天竟令她心惊，她控制不住地抽去他的报纸，喝问：

"你聋了吗，问你话呢！"当婚姻变成惯性时，姿态就变得十分潦草，她难过起来，想着金频离散的家庭。

被抽去报纸的丈夫也不生气，凑近脸去看她的脸色，问道："又有什么事让你烦？去过剃头店了？"

"什么呀，剃头店剃头店的难听死了！"爱妮哭笑不得，从丈夫嘴里出来的某些东西总会变质，"蛮好的美发厅让你叫成剃头店，像小菜场一样龌龊，纠正了十几年，就是改不了，我知道你存心要气煞我。"也就真气起来，温柔时迷离的大眼此刻却像玻璃片一样冷而空洞。丈夫伸出手去摸她的鬈发，他从来没有见过它紊乱的样子，这是美丽的头发造成的距离，他对她的爱，也总是小心翼翼的。

她避让开来，即便是在神魂颠倒的一刻，她还会顾及头发，不过，这种时刻在她的生活里已经越来越少。"不要你碰，我问你今天几号？"是撒娇也是专横。

他认真地想了想："四月十号？"嘴里嘀咕，瞄一眼妻子突然就眉开眼笑，拿过报纸，笃悠悠的语调，"还有一个月呢，急什么！我都计划好了……"

"唉，计划什么呀，你都不知道我要什么！"虽然在抱怨，但气已经消了，手放在丈夫膝盖上，"我看中'樱桃园'那个小厅,摆上五六桌没问题。"

"哗,要请那么多人?"他惊问,"爱妮,过一个生日有必要吗?"

"志秉,你别搞错,我今年已经三十九虚岁,做九不做十,是大生日。"

"可是爱妮,有那么多人吗?"志秉摇头,"你家里顶多两桌,我家一桌也不满,总不见得阿狗阿猫都来?"急中生智,志秉一急总会出幽默。

果然老婆笑了,但她立刻板起脸:"金频在上海,她就有三口人,还得叫些其他朋友,这次请客就是为金频,趁她在朋友们聚聚,这两年我也够好的啦,守在家里……"朝老公看去,他在看报,她摊开手掌放在报面上,五片流光溢彩的指甲,但在老公眼里都是流出去的钱,志秉抬起脸,脸上溢出倦意。

"爱妮,就随你,要是你开心。"这句话重复过无数遍,没有热情只有无奈。

爱妮便把头靠他肩上:"金频说,她在那里生日从来不请客,几乎没有社交圈子……"

"所以,你要大请客!"志秉把报纸往床下一扔,轻轻推开爱妮,拿去披在肩上的羊毛衫便朝被窝里钻,"你呵,爱妮,跟好朋友也要别苗头,人家出去过总是见过世面,对这种不会在乎的。"他左一下右一下地为自己掖着被窝,被窝像厚厚的包裹消毒针筒的纱布包将他的身体严密封闭起来,也是盔甲,保护着身体不受侵害,爱的侵害。

爱妮根本没注意他在说什么，他的动作使她脸颊刚刚泛起的红晕在下沉。他微闭着双目的脸在台灯光下展示着软绵绵的苍老，即使欲望的火苗已经腾挪，遇上这样的反应也已经被泼上水熄灭成灰烬。今晚，或者说，这些日子，她的欲望也被包裹起来，可是丈夫的举止依然伤害了她。她突然就意兴阑珊，靠在床架上什么也不想说。

丈夫睁开眼睛："这么晚了，明天还有两个会议，还要签订合同……"声音越来越轻，鼻息却重起来，就像换了一个频道。

"不过是个小经理，累成这样，不如辞了！"他听不见，鼾声紧锣密鼓，猛地停下抬起脸，隔着梦宛如隔着遥远的世界，问道："我又打鼾了是吗？小锦功课做好吗？"她的心又软了，按熄灯道："你就别管她了。"

鼾声继续，但节奏慢了下来，分贝也低多了。她坐在床上出神，月光隔着窗帘更加朦胧，她的侧面在微弱的光影里像雕塑。志秉曾经从各种角度欣赏她，并且把他的珍爱留在胶卷上，他为她拍过无数的照片，将每个时期的代表作放大后配上镜框悬挂在房间的四壁，现在墙上的镜框闪闪烁烁从四面八方俯视着她。

她想起，结婚的头几年志秉每天要她，婆婆担忧儿子的身体，老太走之前关照过她，要她爱护自己老公的身体，她说："那也是为你好！"她那时太年轻不谙人事听不懂老人的忧患，男人的健康像水从细如发丝的缝里渗漏，等醒过来，水都漏光了，她从来也不晓得去爱护他。这两年志秉当上副经理后身体好像在加速度地衰弱，她开始关心他，可是他反而疏远她，这几个月几乎不碰她，她知道该理解他，但心里却没法开心起来。

她慢慢地脱去衣服，在躺下的时候，悄悄伸出手去摸他的额角，果然手被额上的汗水沾湿，每夜一身虚汗。她一直催他去看中医，他却没时间。她从枕下抽出干毛巾，轻轻为他揿汗，男人十几年的好处一下子涌来，淹没了对他的幽怨。要是他死了，她要跟他一起死，这一刻心里全是古典的女人的忠贞。

她躺下后，手从自己的被窝伸出去抓他的手。她想，生日那天开两桌够了，有两桌至爱亲朋已经足够，不要再给他添负担，这是她目前唯一能做的。她又起身，蹑手蹑脚去关闭电话。

重新躺下重新去抓他的手，他的手却从她的手心逃脱。他翻过身朝那一边去，好像渴望从床的边缘消失。

六

生日宴后，志秉带着小锦乘出租车去浦东的新工房睡觉。

金频让她的司机开来宝马轿车，将她的两个儿子送回波特曼的西峰公寓。

爱妮和金频一身轻松走在淮海路上。从酒店回爱妮的家顶多一站路，她们慢慢地逛回去。一小时后，爱妮将在自己家用咖啡蛋糕招待另一拨朋友，都是关系稍远但有玩兴的朋友。夜间派对的时候，丈夫便带女儿睡觉，但那已经是好几年前的事了。

爱妮今天的服装、头发和鞋都用尽心思。EPISODE 蓝灰长裙配粉红灰蓝格子衬衣，颜色面料适合白皙丰腴的爱妮。这个牌子在国内可真是价格不菲啊，看得上的都是四位数，爱妮在它的专柜前常常流连忘返，带着一肚子买不起的烦恼回家。金频去香港正遇上大减价，价格倒比国内便宜一半以上，于是金频为她买了一批衣服。金频有时尚感觉，比爱妮自己买的更到位。可想起来爱妮仍然颇不舒心，等着大减价等着人家去香港买打折时装，那衣服总有落魄的阴影。

然而阴影立刻被今天的光彩替代，EPISODE 配上法国 LESAGE 雪纺发网，爱妮便又得到华贵的感觉。发网是金频送她的生日礼物，网上缀着蓝绿、碧绿、蓝、紫、粉红和黑的半宝石，令她双眸熠熠发亮。金频的发网其实是情人送她，她把发网转送给爱妮时道："送给我就是我的，爱妮你别在意，让我买我还真买不起，尤其是这些小配件，发饰啦皮夹啦他一定是要买名牌的，贵得要命。我用不上，心里还是喜欢，喜欢拿他的东西送我要好的朋友。他就是肯在这种小地方费心，长江呢，正好相反，节约得来，金钱情感趣味都节约，不肯花费……"金频很坦率，爱妮倒不好不收她的礼，心里却多了一层不得意。想起远在美国的许铮，已经好几年不通信息，走时也是信誓旦旦，第一年生日还记得寄礼物，后来就杳无音讯，像刚升上天的飞机。开始还看得到机尾上拖着细如白线的烟，后来升上云层，便万里蓝天，空茫寂寥。一生中只有这一个男人在消失之后，让她有空茫寂寥感觉。

因为发网，阿华为她精心设计了新的发型。他在她的脑后盘了一个低而圆而扁的发髻，温婉的性感，罩上发网，锦上添花，令丈夫不敢直视她的眼睛。

走在她旁边的金频则是另一种风格，是一贯的风格：随意而有型。今天她是一件真皮领子的松身短褛，内衬白衬衫和黑长裤配短靴，香港名师干剪后的松软的短发下，垂着夸张的墨西哥风格耳环，衬托她端秀的面容、静而冷的个性。

夜晚淮海路美人络绎，但她俩进入盛期的风韵仍然吸引众多目光，那些目光像水泽滋润爱妮干涸的心，一缕满足的笑渗出嘴角。金频问："为什么不叫志秉一起来？小锦大了用不着父母守在边上。"

"他就是这个样子，宁愿守着女儿也不肯跟自己的老婆在一起。"

"那边人正好相反，夫妻生活最要紧，不会为了孩子……"金频将加拿大和国外一律称为"那边"，有一种倦怠和解脱了的释然。

"哼，还有什么夫妻生活！"爱妮打断金频的话，"我觉得自己都快要进入更年期了，已经，已经……月经越来越少，这次，两个月没来……"

"得看病！"

"去看了，做过B超，检查不出……"

"我是说找心理医生，你们俩都要找……"

"金频，你忘了这儿是大陆，还没到这个层次……"

金频点点头,拍拍自己的额角:"对不起,我忘了!"她敛起笑容,"我也有过这种问题,去找过心理医生,不久碰到老哥……"她笑起来。老哥是金频的情人,姓戈,金频喜欢向他撒娇,便喊他老哥。"也没搞懂,是谁解决了这个问题。"她皱着眉笑。

"当然是老戈。"爱妮没有笑意,"如果不是生理性的,医生有什么用,哪怕心理医生!"

金频疑问地转过脸去看她:"你和志秉一直是好夫妻呵!"

"那是过去……"她咽下后面的话,就像满嘴的蛋糕噎了一下,好一会才缓过气来,"今天不要说,今天只能讲开心的话题。"

那时他们已走过淮海路霓虹灯最亮的一段,过东湖路朝西,行人和高楼稀少,有一种旧日的气氛。这是金频的感觉。她在加拿大常做同样的梦,走在没有霓虹灯的淮海路,经过老朋友的弄堂,却敲不开任何一家人的门。

"今天晚上要来几个你老早就认识的跳舞搭子。"金频吓了一跳,正像人家说的,并肩走的人会有相同的心路轨迹。

"最好不要全是白相人……"

"当然还有老同学,不过也有你不认识的,我还请了阿华,你不是要我请他吗?呵,他的确是我见到的最帅气的男人!"

"是啊,他是在你的嘴里出现频率最高的男人,连金发的欧洲女领事也在追求他。"金频淡淡地答道,"她叫安维亚,今晚也来,我让阿华邀她一起来,她是我在上海看到的最优雅最有风度的欧洲女人。"

金频一笑,玩世不恭地说:"我还是对那位像贾宝玉一样被女人包围的男人更感兴趣,你把他形容得十全十美,真不知道男人长得漂亮是祸还是福。"

"当然是福,那么多人宠他!"爱妮似笑非笑,侧着头想着,"可我又觉得是祸,他很辛苦呢,是女人的医生嘛……"突然就哈哈大笑。

金频先是不解地望着她,接着就笑开了:"啧啧啧,爱妮呵,我们正朝四十奔呢,这可怎么好,说话也不知羞耻起来!"

七

派对毫无生气,老朋友们带来自己的丈夫或妻子,便成了十分社交化的家庭之间的聚会。他们中的几位男士曾经伴着爱妮和金频出入舞会,甚至一起跳过贴面舞,现在却隔得远远地坐着,说些无关痛痒的应酬话。爱妮发现金频不断用手背盖住接连不断的呵欠。

已经有人陆续告别,却在这时,阿华来了,不只带来安维亚,还带来他的情人凯西。一起来的还有其他不相识的,任何娱乐场合都能见到的年纪很轻的时尚男女。于是,坐在那儿正无聊的不太年轻的太太先生像受到威胁一般纷纷起身告别,除了金频。

爱妮看见凯西就不乐意,虽然凯西捧来一只巨大的鲜奶蛋糕,她冷淡地招呼凯西,甚至不愿接过她手里的蛋糕。凯西并不在意,将蛋糕顺手放在酒柜上,便去拨弄旁边的音响,你可以看成不拘小节也可视为没教养。爱妮嗔怒地瞪一眼阿华,虽然她知道阿华是没法左右凯西的。爱妮因此对安维亚特别热情,她称她"安",首先介绍安给金频,亲热地勾肩搭背把安送到座位上;然后再介绍阿华,把阿华和金频一起推到安的旁边坐下,于是阿华便置身于两个女人当中。她看到金频眯起细长的眼睛朝阿华笑,正努力放电,很幸灾乐祸。

剩下凯西和其他男女,爱妮只是笼统地一扬手,对金频道:"他们都是阿华的朋友。"凯西在挑选CD唱片,放出一段古典音乐,拉住一个男孩,开玩笑地扭动臀部,和他跳起与音乐无关的摇摆舞。阿华与金频聊得起劲,安维亚美丽的蓝眼睛暖洋洋地照耀着阿华,阿华不时回眸给她一个微笑。凯西远远地给阿华一个飞吻。阿华也是文雅地一笑,雪白整齐的牙齿脸颊上有酒窝。爱妮端来咖啡,第一杯给她们共同爱的男人。

凯西换了一张激烈的现代乐,突然走过来双手扯起阿华:"跳嘛!跳嘛!不说了嘛!"用的是孩子的语言。阿华被她拉到房间当中,两人跳着迪斯科十分默契,像被机器控制一样。凯西中等个子,骨架小、肉结实,皮肤黑却细腻诱人,她的五官也是圆鼓鼓的,微翘的肉鼻子厚而小的嘴唇配一双圆眼睛。无论从哪个角度看,凯西都不能算是漂亮,但她自有青春健康的魅力。

凯西姓李,中国名字叫菊妹,进外国语学院后便得到"凯西"的英文名字。那时英国裔教师给每个中国同学一个英文名字，只有凯西一人将这个外来名字填到户口本上而划掉父母给她的名字，如果有可能她也会划掉自己的出身血统。她在大学住宿很少回家，寒暑假都在校园过。她功课出色，到大二几乎只用英语说话，至少在学院，人们已经听不到她的略带苏北口音的汉语。她的丈夫保罗遇上她时，她已是外贸公司讲着流利的伦敦英语的翻译，在当时三十五岁离过婚的英国男人眼中，她是个异常年轻、异常聪颖，活力也是超人的磁性女孩。保罗是老实的公务员，收入不高；凯西在英国生活了两年，便去香港发展，凯西手持英国护照在香港如鱼得水。保罗辞职跟了她去香港定居。待保罗稳定之后，凯西却回到大陆，在星级大酒店帮她的香港老板管理一间迪斯科舞厅，同时为丈夫的公司做点生意。这是近两年的事。人家说，保罗今日的顺利是凯西帮的忙，因而保罗很听她。又说，凯西已赚够钱，回大陆是随便做做，主要是找借口留在上海，或者说是留在阿华身边。

凯西和阿华出身于同一片棚户区，是邻居也是同班同学，应该是真正的青梅竹马。但青春期前的凯西是个"丑小鸭"，虽然功课优秀，却没法站到俊美也同样聪明的阿华身边。眼看着阿华被家庭条件更为优越的女同学包围，有人认为，凯西就是怀着疼痛的心奋发而得到今日，当然保罗是她人生转折的重要桥梁，用爱妮的话来说，今日混出模样的棚户区女孩都是从这条路过来的。

阿华高中时，父亲得了肝硬化，临近毕业父亲病逝。父亲的死改变了阿华的人生道路。他高考被耽搁,也因家负巨债,不得不顶替亡父当了一名理发师,于是当年漂亮女生都离开阿华。只有凯西想着他,从大学给他写了一封痛切的信,可是阿华把信撕了,穿上理发师的白大褂之后,他和所有旧日同窗一刀两断。十年一眨眼,重新站在阿华面前的凯西却脱胎换骨,是一个全新的令男人刮目相看的女人。

凯西削短发、穿牛仔,驾一部本田跑车,几乎不化妆,手表手袋鞋子非常名贵,天天运动的身体散发着热气腾腾的魅力。总之,她的个性和风姿,是阿华那些脂粉气的时髦女客不可比拟。凯西驾着跑车来阿华这儿整理头发,等他下班后带他去大酒店进晚餐,去夜总会消磨晚间时光。阿华见多了有钱女子,但夜夜笙歌的人生是凯西带给他的;况且他们有着共同的过往,他们在欢乐中有些微的辛酸能彼此感应。三年来,阿华工作之外的时间都给了凯西。

金频不动声色看着凯西和阿华协调的舞姿,更多是在打量拥有这位俊男的女孩。今天的凯西也是一套黑色,黑皮褛下是黑色迷你裙。那两条美丽的腿啊!金频的目光不由被它们吸引,肌肉紧绷线条笔直的腿看起来每天在健身房里雕琢,裸露的大腿部分晒得黝黑,洁净得没有一块疤痕,就像穿了褐色丝袜一般细腻。有钱女人才会有这样的肤色,金频嫉妒感叹。她这次回来,发现上海多的是有钱女孩,正放肆地享受金钱的种种好处,比方说如何把自己塑造得更为美丽。穿梭在她们中间的爱妮便显得"过期",衣服头发化妆一丝不苟,甚至脸上隐约的细裥已被粉底霜遮去，仿佛放在冰箱保鲜格里的蔬菜，虽然绿艳如常，但跟从地里出来的蔬菜到底不一样，总归是走掉了水分，不那么水灵灵的可人。不久以前，她比她们任何一位都出众呢！难怪她如今不快乐，只有美人才会有这种磨难，她必须消化她的衰退感。金频的心里被这一类感觉堵得满满的。

爱妮坐到她的身边悄声说："不要跟伊计较，棚户区出来，会两句英语嫁给外国人重投人生……"阿华被凯西从金频身边拉走，恼火的是爱妮。

"倒看不出，好像，好像是有底子的，也蛮会打扮……"金频也轻声评价。

"当然喽，读过大学，脑子好得一塌糊涂，老早就瞄牢人家，是英国人，出国这么多年也学会了……"瞧一眼金频，过去她也不那么会穿，现在自己是赤脚都追不上了，爱妮无端怅然，话语多了怨恨，"现在又回到中国钉牢阿华，阿华也是头脑发昏，跟牢伊混日脚也不晓得给自己讨老婆。阿华现在是僵米饭，伊是不可能离婚嫁给他的，哪怕离婚也不会嫁理发师。这你懂，有脑子的女人都不会这么做，更不要讲伊这种门槛。阿华呢，一般女人都不放在眼里，眼高手低，上档次的女人又不肯跟他……"声音更轻，"安维亚，只有这个外国女人是认真跟他好，听说在为他办出国手续。"

"哦，很快就走吗？出去未必是好事！"金频不以为然。

"听说抓紧办，几个月内就能走，可阿华拖拖拉拉的，要办许多公证，这必须阿华自己跑，但他哪有心思，每天被她粘牢！"爱妮没有出去过，所以"出去"这件事始终是生活的脉点。

"她故意拖他后腿怕失去他吗？"

"倒也不是，她也是要帮他办的，但跟他一样没有心思，过夜生活就像吸毒，哪里还有精神做其他更费心的事！我蛮佩服阿华，居然每天上班，做头发硬碰硬是立在那里，很吃力的啊！男人年轻到底不一样！"便想到老公，脸上阴下来。

音乐在换，这次是阿华放的片子，邓丽君在日本唱红的歌。她在日本是不老的常春藤，她使有经历的男人夜晚面对老酒眼睛湿润，是年轻男人向往情感时的安慰，让女人们知道好东西永远不会过时。可在爱妮的耳朵听来，却是岁月流逝的伤感，她便失魂一样掉进沉默里。

八

阿华过来，伸出手做出邀请的姿势，爱妮便站起身走进他的怀里。他们走着很多年前流行的舞步。金频在外边这么多年，也只有极少几位留学生在一起的时候才会跳这种早就过时的舞，那时候心里没有一丝一毫的快乐，好像是几个失意的人凑在一起，一心一意制造轻松，反而获得更多的沉重。长江不会跳舞便倚着沙发打瞌睡，老戈坐在灯光照不到的暗处，灼灼目光令她心跳，作为在外出生不讲汉语的华人，老戈是偶尔进入他们的聚会。后来，他过来拥住她，在音乐中他们缓缓摇摆，他的双臂越来越有力，终于紧紧地抱住她，而音乐像布幔遮住人们的目光，丈夫睡得很熟，她的被岁月挖空的心给突如其来的力量填满。

爱妮和阿华相拥，脸已经埋进他的肩胛，凯西和另一位小男生抱在一起在摇，安维亚也被人搂着，微闭双目沉浸在温柔之乡，一对又一对……金频站起身关了吊灯，打开台灯、壁灯、一个一个小灯。这一类气氛暧昧的舞会出国前也常跟爱妮参加，但那时参加的人都是单身，绝不带恋人，便有犯忌的体验。可此刻，至少有好几对是恋人拆开着跳，比如阿华和凯西，出去经年再回来好像有落伍的感觉，许多事都看不懂了。金频独坐暗处感叹。

爱妮和阿华跳贴面舞，这么多年这是第一次超出做头发的关系，无论爱妮有多么喜欢她的美男子理发师，她都不会让自己和他做出任何越轨的事，她是个爱煞面子的女人。今天要不是金频的怂恿，她也不会把他请来。

她能感受他的体温和男性的体味、香水味，但，这是个没有热情的身体，在看似紧密的拥抱中，阿华与她的胸保持着些微的距离。爱妮便有些受伤害，自己真的是老了，不再吸引男人了？记得过去跳舞，走近身的舞伴总是对她情不自禁。认识许铮以后，他一直跟着她，他自己不跳舞，也不让她跳。她那时笑他："我老公得感激你，因为你帮他看着我。"于是便要瞒住许铮去跳，倒从来不瞒自己的丈夫。许铮走时痛哭流涕地要她保证不去跳舞，她答应了，不是认真的，只是为了安慰这个比自己小五岁的男孩。但是在思念许铮的日子里,她真的不再跳舞,她才发现年轻男子热烈执着的情爱一直在补偿和丈夫安稳的关系中乏味的空白。为了麻醉思念的苦恼,她玩上麻将,果然,时光在麻将桌上飞速流过。

阿华的手很文雅很节制地托着她的已经不那么纤细的腰,下巴随着音乐节奏不时摩挲着爱妮柔软的卷发,DIOR 香水塞住他的鼻腔,这正是阿华的人生空间,充斥着女人的头发和香水。十多年的职业时间,他的手千百次地抚摸美发,美女发上的香水损害了他的鼻黏膜,在美貌和柔情的包围下,他的部分官能已经麻木。

但爱妮年轻时的美艳阿华记忆犹新,他那时刚做学徒,年轻敏感,第一次触摸她的头发竟不能自已。他仍然记得,那次为她洗头,是的,学徒的第一个半年是为客人洗头,甚至还记得当时用的洗发香波的牌子,是上市不久因为配着护发素而很流行的国货"蜂花"。洗发第一步是将香波倒在头发上,然后香波在手指的摩挲下立刻发酵开来,泡沫像云雾一样堆砌在女人头上,云雾底下是女人光洁的额角脸颊,这情景令他激动。他的手伸进云雾,手指在发间细致地运动,指甲在头发底下的肌肤上划来划去,他的心便在忐忑……"用力一点嘛!用力一点嘛!"爱妮在咕哝,于是指甲像刷子在头发底下用力刷着,她安静下来,微闭双目,微启双唇,毫不掩饰她获得快意的陶醉。他的欲念裹着她的快意在他十八岁的身体里奔腾。她一直对他亲昵,居高临下的,之间隔着不可逾越的鸿沟。他也小心翼翼维持那种职业化的但不乏暧昧的关系,不和自己的女客乱来,那是他的职业道德。随着他的成熟和见多识广,爱妮对于他已不像过去那么重要,他和她也越来越平等。不过相拥着一起跳舞却是第一次,心里有的都是过去的体验,身体就有些紧张。

"阿华,"她在他的耳边悄声细语,"你和我跳舞,凯西会生气吗?"

"她这人不小器,要不,怎么办?每天都是跟女人打交道,而且都是像你这种漂亮女人,她不要活啦?"阿华轻轻答道。

爱妮吃吃地笑:"哼哼,做你女朋友也不容易,认真的话每天要浸在醋缸里。"

阿华不答,用下巴轻触爱妮的额角,爱妮的手指便在他的背上做反应。阿华用力一搂将她拥进自己怀里,爱妮一下激动得不能自已,让自己贴向阿华,乳房隔着衣服仍能感受男人胸部的能量。阿华的身体热烈起来,似乎每一个触点都是硬邦邦的具有进攻力,他的嘴贴着她的脸颊,并划过去找她的嘴。她下意识地转开脸,瞥见坐在角落的金频。金频似笑非笑地朝她摇头,匍匐在身体某处的理性立刻抬头,她的手放在阿华肩上欲将他推开。突然,阿华的身体变得绵软并在轻轻摇晃,她的双手抓住他的手臂,头朝后仰才看清阿华,他半闭双目脸煞白煞白,"阿华!阿华!你哪儿不舒服?"爱妮惊问。声音带着哭腔,两只手紧紧拖住朝下沉的阿华。金频已冲过来帮她扶住阿华,她们把他扶向沙发,让他的头靠到沙发背上,阿华睁开眼,无力地一笑:"没关系,头有点晕,脚发软,一会儿就过去……"

"可能是低血糖,喝一杯放糖的牛奶会好受多了。"金频对爱妮说。但爱妮关爱的目光失去控制地撒在阿华身上,不可收拾。金频便站起身去厨房。

"阿华,这种感觉过去可有过?"爱妮焦虑地问道。

阿华点点头:"最近有过几次,马上会好,没关系啦!"他笑着抓住爱妮的手,但那手无力如同棉絮。

金频端来一杯牛奶,爱妮接过奶,一只手臂伸进阿华颈后,将他的头托起,把奶送到他的嘴边,金频不自在地转开脸……

包括凯西在内的那几个年轻人还毫无所知地跟着音乐闭上眼摇晃。金频走过去把音响关了。

九

爱妮带着女儿小锦来到亚而培已是下午三点钟,可阿华还未到,黑色皮沙发上已"栖"着好几只"金丝鸟",旋门还在不断地转进涂脂抹粉的女人。于是扫地阿姨便去翻翻墙上的月份牌道:"喔哟,怪不得喽,今天是星期六嘛!"

洗头间已坐满人,爱妮把小锦拉回到沙发坐下,塞给她一本时装画报道:"急什么嘛,试也考好了!"小锦不乐意:"蛮好在家里洗头,干吗到这儿排队!"小锦不如母亲艳丽,五官疏淡,但皮肤像婴幼儿润滑稚嫩,唇红齿白另一番悦目。爱妮不耐烦地拍拍小锦脸颊:"好了,好了,用功了一学期,头发也该好好整理整理了!"一边东张西望,没看到阿华便有些慌张。

"爱妮啊，你今天来挤什么热闹，周末有得你等了！"小小王在男客那一排，刚刚吹完一个头，关了吹风机大声问道。

"是呀，刚刚做了两天，"爱妮的手掠过鬓边发梢答道，"可小锦她伯父一大家子回国，晚上去机场接他们，我结婚那年他们回来过，一眨眼已经十二年……"突然想起做新娘那天是让婆婆陪着到这儿做发化妆，那是她第一次来到亚而培，这之前像小锦一样留直长发从不进理发店，做人很考究的婆婆是亚而培的常客，可结婚的这一年阿华还没来呢！爱妮走到小小王面前说道："今晚我先生要谈一笔大生意，要我代伊去接他们……"叹口气，"到了这把年龄不做头不做脸有点走不出去……"

"那是你呀，这么讲究！"小小王不以为然，她下班后衣着马虎，却梳了一个复杂的盘头，是近水楼台的缘故。

"你不是不晓得我婆婆有多挑剔，他这个大伯跟他妈一样，也是衣裳头发一点都马虎不得，我也不能让他们小看。"小锦压低嗓音，"今朝阿华怎么回事，这么晚了，大半天过掉还不来？身体好吗？"自那晚目睹阿华虚脱，便一直放心不下他。

"就是因为不好，总归讲没力气！"小小王也压低嗓音说话，"这两天温度上去，他讲要晚点来，经理也没办法，好过他不来，人家护照也下来了，前天下来的……"

"哦，护照也下来了？"爱妮说不出话来，失魂落魄的。

小小王已在给下一个客人吹头，并不注意爱妮的反应，她抬高嗓门压下"嗡嗡"的吹风机声音："其实阿华不来经理也没办法，马上要走的人了，他也是良心好。我跟他讲，好好休息休息,何必硬撑。他讲,在家也没事做,做惯了,不做要难过!"小小王讥笑:"有啥难过,他实在是放不落这些漂亮女人……"朝沙发那边努努嘴。话音未落,旋门将阿华和凯西一起转进来。

这是阳历六月天,已进入初夏,前一阵还是淫雨靡靡的黄梅季节,这两天放晴,温度突然升到三十四五度。门前走出两三步就是淮海路,以往人行道上两排法国梧桐,即使正午的毒日头也有大片阴凉。现在是没有梧桐喽!整条马路赤裸裸的,一长排抛光有机材料门面在大太阳下尤为刺目,像没教养的暴发户寻找一切机会向人展示金钱换来的一切物质。爱妮在这种热天常会想起小时候在淮海路的树荫下,一边走一边吮着棒冰,常常不由自主拐进理发店,店门上垂挂宝蓝主调的塑料或玻璃珠子门帘,宽敞的厅堂像珠子门帘一样凉丝丝的,进去几分钟后便收了汗。她们几个小女孩吮着棒冰,怜悯地望着被烘干机的有机玻璃罩子罩住的女人们,更为惊骇的是接受电烫的那几个头,缕缕长发被一个一个电夹子吊起来,像被空中的手揪住,悬挂在半当中,她们怜悯成年女人的荒唐。这一类理发店在淮海路有好几家,亚而培最大最干净也最气派,反而不敢进去。

眼下外面的毒日头被茶色玻璃过滤,走进门的女人多半从出租车出来过渡一二步太阳,所以几乎见不到炎热的痕迹。阿华走进门时脸通红滴着汗,旁边的凯西也是汗淋淋的,一边抱怨道:"今天没开车,坐出租空调是坏的,哗,简直是坐在热锅上,这儿的热天真吃不消,也不懂,怎么国家穷连天气也没人家好……"

这边,爱妮向小小王嘀咕:"本来也是苦出身嘛,何必呢!"

小小王冷笑:"我看阿华走掉,伊也可以回去了,伊拉老公这顶绿帽子也戴到头了……"突然盯牢门口,"你看谁来了?"爱妮看过去,露露正除去太阳眼镜,光洁的额头披着厚厚的刘海,看看一长排等候的女人皱皱眉头。"侬要是不急,晚点做,露露来了有得好戏看了,伊真是要把阿华搞死了!"小小王想起来还忍俊不禁,"每次来做头,横不对竖不对,总归是这只瘪塘问题……"小小王幸灾乐祸。

"啥地方有瘪塘,我看她脑子坏了!"爱妮回得干脆。自从上次遇她,爱妮这两个月还未见过露露,她是算准露露不来的日子才来。

"大概是坏脱了,被她男人弄坏的,听说她那个男的坏!坏透了!"小小王声音压得更低,"跟伊结婚用的是假护照假名字,所以到菲律宾结婚,那边买得到假护照,结好婚就走了,掼给她一大笔钱,这种台巴子到处结婚……"爱妮假咳一声制止小小王,因为露露正朝她们走来。

十

四点钟的时候,店堂越来越挤,几乎是脂粉女子的天下,其中一半是阿华的客人。凯西故意提高嗓门对一旁理发师道:"今天阿华六点钟肯定是要走的。"阿华目光朝他的客人看去,手指着几个脸生的,试图温和但却显得疲惫地关照她们:"今天大概来不及了,"指指身边的5号和7号,"他们做得很好,啊?叫他们做吧!"他甚至没力气与被打发的客人做点温柔的周旋,爱妮把这一切都看在眼里。

那几个女客便朝年龄稍轻的5号围拢,但5号朝正吵着要回去的小锦招手,平常如果阿华忙不来,爱妮便把小锦塞给5号,今天连5号都很热门。见小锦闷声不响一屁股坐到椅子上,爱妮笑嗔女儿:"还不谢谢王伯伯,长得快和我一样高了,什么都不懂,阿华和老王可是看着她长大的!是吧,阿华?你进店的时候,她刚刚生出来呢!"瞟阿华一眼。他视线在手上的活,笑答:"小锦越长越像你了,比小时候漂亮多了!"爱妮得意地一瞥身边的时髦女郎,她喜欢把女儿带到店里,多半是向她们炫耀,在色衰物质也不如她们丰厚的今天,能够炫耀的也就只有自己娇生惯养的女儿。因为她们没法和她一样有个自己的孩子!呵,不过是被男人包起来的,还不如过去的小老婆,更不用说那几个被称作"煤饼"的。爱妮的炫耀里充满这一类的暗示。

露露顶着一头刚洗好的湿发从洗头间出来,看见她过来,爱妮赶紧对阿华说道:"我先去修指甲做面膜,反正八点去机场,最后一个做也没关系!"

凯西在旁边答道:"放心吧爱妮,阿华如果只做一个客人,那就是你了!"是充满占有欲的老板娘的口吻,但在这么多人面前也给足爱妮面子了。

爱妮高兴了，便说："我们大伯的儿子喜欢玩，已经在电话里问哪里可以消磨晚上时间，明后天我带他们到凯西的酒吧，啊？"阿华笑瞥爱妮："去吧，凯西给他们优惠卡！"自从那次生日派对后，他和爱妮表面上客气起来，但目光多了内容。"不用优惠，我是为凯西拉生意，反正他们有钱。"口气自傲，不肯在凯西面前输一点点。

这么说着话耽搁了时间，露露已走到前面，挡住爱妮的去路，问道："爱妮爱妮，你没发现我换了发型？"拿起架子上的木梳对镜梳自己的刘海。

爱妮不响，凯西朝露露看看，心直口快道："你还是原来的发型好，你的额头长得好，留刘海多可惜……"

"凯西！"阿华喊道，欲制止但已经来不及。露露像被戳到伤疤，对着镜子掀起额前刘海竟红了眼圈。

"就是因为有瘪塘嘛，他嫌我不好看嘛，不回来……凯西，你不知道有多难，留了刘海他也说不好看。我知道的，瘪塘越来越大，刘海遮不住……"露露一边流泪一边梳刘海，左看右看，指着鼻梁："你看，你看，已经到这儿……"

"没有嘛，根本没有，哪有瘪塘，侬老公眼睛出问题了……"凯西脆生生地答道，不理阿华使来的眼色。爱妮和远处的小小王对着目光，两人的目光都藏着笑意，爱妮从来没发现凯西这么有趣。

"肯定有，你们都在骗我，阿华也是，刘海剪得这么短，一点都遮不住！"

"露露,这是你说的噢,那么今天就不要叫阿华剪了,啊?"现在才看出凯西在故意逗她。露露愣了一下,便拿过剪刀。"我先剪一刀做样子给阿华看看。"从头顶拉过一缕长发一刀剪下去,头发立刻遮住眼睛。因为惊诧,理发大厅一片寂静。爱妮的目光里有恐惧。阿华一下抢去露露手里的剪刀:"你要是乱剪,我不管了!"

凯西慢吞吞地说:"你让她剪嘛,总要照她喜欢的做!"

"你少在旁边掏糨糊!"阿华笑斥凯西,手里的客人和旁边等着的女人们都笑起来。爱妮却笑不出来,凯西的恶作剧有点过分,她才想起,凯西过去非常讨厌露露,露露一直十三点兮兮,曾公然追求过阿华。

阿华甩了一下白围单,对后面跟上的客人使个眼色说:"让露露先做!"

露露便高兴地坐上椅子,一迭声地道谢。阿华说:"我跟你讲,露露,你要是再乱剪我真的不管了!"三下两下修好了那一缕遮住眼睛的头发,露露总算没有再啰唆。那边账台响起收银小姐尖嗓音:"哈罗,阿华,外国人电话。"

阿华接完电话回来对凯西说:"六点钟走不了,安维亚五点半来,她晚上有活动……"凯西低头用指甲钳磨指甲,不答话,在公开场合很难看到凯西真正的情绪。

"阿华晚上还有事吗?"爱妮问道。

"一个朋友在淀山湖买了一片地,造了一所游乐场,今朝请朋友为伊开业捧场,阿拉是最后一批,要在他那儿过夜,他派了一部可以睡觉的豪华巴士来接我们,讲好六点半开车,我们还要回去拿点东西。"凯西告诉爱妮。

"喔,在淀山湖过夜蛮开心的嘛!"爱妮是真的羡慕。

"我真不想去,累得要死,路上好几个小时。"阿华皱眉,在给露露吹那一排刘海。"凯西,我想想还是不去吧,明天回来,一个礼拜天又泡汤,我要好好睡一天,总是睡不够。"他转脸对爱妮说,"这两天老是这儿胀。"用手指指腹部。

"去查查肝功能,我老公以前生肝炎就是这儿胀。"爱妮看着凯西说。凯西被她的话提醒,突然想起似的,丢下指甲钳冲到阿华边上,说:"对了,爱妮,前两天我发现阿华这儿有块,他说胀,我给他摸,摸出块来,喏,就是这儿。"手指点在阿华的右腹部。爱妮笑起来:"哪里会是块,是肝嘛,肝就在这儿,但一般人是摸不出来的,除非,除非肝肿,"说着审视阿华,"瘦的人加上吃力会肝肿……"爱妮用她听来的一知半解的知识做着判断。被她这一说,凯西东张西望在大厅寻觅,然后朝着男客那一排正空闲下来在抽烟的最年轻的14号阿福招手。和阿华一样高瘦的阿福走过来,笑眯眯地问凯西:"怎么想到我啦?"

凯西走近阿福,手放到他的腹部:"让我摸摸看!"

阿福退开一步,嬉皮笑脸:"做啥做啥?先要问问阿华同意吗?"

露露已站起身,照着镜子嘀嘀咕咕的,阿华不理她,给下一个女客围上围单一边回答阿福:"摸就摸吧,又不是要紧地方!"女人们都笑起来,爱妮赶忙朝女儿看去,她已经好了,正当路站着在看时装杂志。爱妮走过去:"小锦,你站在那里妨碍别人,快回家吧,啊,你先回!"将小锦推出门外。

凯西手伸进阿福的衬衣摸了半天,女人们叽叽咕咕地乱笑,凯西一脸紧张地对爱妮说道:"哎,他没有唉,他比阿华还瘦呢,你来摸摸看!"

爱妮不动手,只是一个劲地问:"怎么会呢?怎么会呢?"凯西拉起她的手放到阿福身上:"侬摸呀!侬摸呀!"

"呦,这么大方,侬摸呀侬摸呀!"阿福学着凯西的口吻,几个女人笑得弯腰,"反正不是你的男人……"

爱妮想笑却装出生气的样子:"阿福,你不要骨头轻来兮!阿华这儿有肿块,所以要摸摸你有没有……"

"那就摸吧!"阿福挺挺腹部做出甘愿牺牲的样子。又是笑声。

爱妮忍着笑摸了一阵,不知所以然地看着凯西,凯西又让她摸阿华,她的手放在阿华腹上,阿华开玩笑说:"哟,爱妮的手好软喔!"爱妮的心"格登"悬在半当中,的的确确摸到一个块,鼓鼓的一块和身体结构没有关系,好像是被人开玩笑硬塞进去的。

"有没有啊?有没有啊?"凯西一迭声地问。爱妮点点头:"我说凯西,你最好带他去看医生!"

凯西只说了一句:"我去打电话!"便朝账台走去。被磨砂玻璃隔开的美容室伸出戴白帽和口罩的头:"爱妮,你不做面膜啦？"

爱妮从美容室出来，人已走掉一大半，安维亚提早到来，坐在靠阿华最近的椅子，雕塑一般目不转睛地看着他为别人做发。安维亚从来不跟任何人搭话，向所有人客客气气地微笑，然后目光像生根似的生在阿华身上，对凯西的存在视而不见。

凯西过来告诉爱妮："今晚不去淀山湖了，让他好好休息休息！后天星期一，我带他去瑞金医院看专家门诊，那里检查设备都是进口的，我有熟人，已经打过电话。"

轮到爱妮做头，外面雷声隆隆，天像被扣了黑锅一样，理发大厅灯全开亮，他们在说，好啦！好啦！天又凉下来了！阿华用梳子给爱妮刷头发，爱妮最喜阿华给她刷头，轻重到位，手势窝心，她微闭双目陶醉在阿华的手里，她忽然明白这一刻填补了她的许多空白，那些空白的夜晚……这个感悟令她心惊，她睁开眼睛，是阿华温柔的目光。

十一

酒吧灯光像被有色纸包住，投在低矮的天花板下的，是大片光线切割出的阴影。迪斯科舞池斑斓的荧光将平庸的人形切割成惊心动魄的几何图形，人们面对强烈的光影像进入盲区一样失去视线焦点；摇滚乐震耳欲聋，鼓点麻木了神经末梢，你已听不清别人的叫喊，也没法听见自己的心声。既聋又盲，便常常怔忡。

爱妮坐在酒吧黑暗的角落，旁边是阿华。丈夫大哥的儿子也就是他们的侄子，年近三十的单身汉和他的同龄朋友还有金频，都在舞池发泄还未衰退的精力。爱妮从来不跳这一类狂放的舞，年轻时就不跳，也不喝酒，鸡尾酒都拒绝，更不喜欢这样的喧嚣，周围的暧昧景象则令她觉得有失体面，总之酒吧文化不适合爱妮这样的女人。

她今天是陪外侄来，其实这也只是个借口，他们可以自己来。昨天做完头发，阿华说："爱妮最好明天就把你的亲戚带到凯西的酒吧来玩，后天检查出什么怪毛病，就玩不到一起啦！"当时爱妮被他惹得眼泪水都要掉出来，阿华还说："我就是喜欢爱妮的软心肠！"阿华真够放肆的。爱妮在想，与他也相处了十几年，怎么这些日子两人都失态了？大概这种关系也算是到头了？不祥的念头一闪而过，爱妮使劲地看住阿华，她才发现他喝酒喝得很厉害，桌上的空啤酒罐都是他的。酒吧老板凯西忙得不见影，阿华就坐在这种地方，一个晚上一个晚上地消磨时光吗？

阿华朝她身边靠靠，两人挤坐在角落，裸露的手臂紧贴在一起，爱妮想朝旁边挪，但竟连这点力气也没有。阿华凑着爱妮的耳朵问："猜，我想干什么？"爱妮摇头，茫然。周围的空气，身边的关系，明天的结果……忐忑的心就跳在一片茫然上。爱妮像坐在雨天下桥的车上，环形的桥面，超速，刮雨板刮得更模糊的前方，没有喇叭声也看不见任何清晰的物体。要出事了！要出事了！连自己的喊声都听不见，司机只留给她沉默的背影,终于,"嘭"!眼前一片漆黑,睁开眼睛却发现自己躺在丈夫的身边,"车祸"只是个噩梦,但"车祸"前的没法推却的等待,束手待毙前的景象却完整地留在记忆之中,此刻那种感觉又从记忆里复现。

"我想抱着你跳舞,就像那天在你家,很久很久没有这样的好感觉!"他在她的耳边喊道。万一音乐停下,全酒吧都会听到阿华的喊叫,坐在老板办公室的凯西会冲过来,把啤酒罐当手榴弹朝他们俩扔来……爱妮被自己的联想逗笑,但她的笑是忧郁的。她的忧郁的笑容令阿华冲动,他突然用力地搂住她,也许再也没有机会,念头闪过,她温顺地倾向他,借着音乐和暗影他吻住她,或者说,他将要吻住她。就在这一刻,音乐停止,灯亮起来,宛若帷幕被拉开,她只感到阿华的嘴在她的脸颊上擦了一下,跟那天晚上一样,那晚是以阿华的虚脱结束,之后,她禁不住地后悔,后悔她和阿华之间有过许多时光,却白白流过。

不知何时,爱妮和阿华已正襟危坐,虽然她的手被抓在他的手里,但茶几阻挡了人们的视线。在突然降临的安静中,她听见身旁的阿华轻声却一气不歇地说道:"爱妮爱妮,我一直想讨你回去做老婆。别生气,爱妮,那只是我晚上的胡思乱想,因为不可能,所以想你想得最多。凯西不能做老婆,她太能干太成功太想支配男人,可是她待我很好,我知道,无论发生什么她都会待我好,她就是这么可靠,大概我们是一样的出身,都是从棚户出来,所以我宁愿和她混日子也不要跟安维亚出国,不是说不想出国，只是想慢点走！安维亚的父母很有钱，她要在她的国家帮我办一个美容院，可是我没法想象怎么和她做夫妻。"多年来的心里话却从一个匆忙片刻毫无阻碍地流出来，爱妮不敢回眸看他。她已经看见金频和侄子他们从舞池慢吞吞地走过来，她想抽回她的手，但他抓得更紧。他的目光跟她一样落在走来的人群身上，一边继续说："爱妮爱妮，你是我见过的最温柔最体贴的女人，我知道你不会嫁我这样的人，即使你不结婚也不会，不过，我喜欢我们这样的关系，互相没有要求，却有一点点期待，只有一样事情后悔，没有接受你的新房子钥匙，我知道你没有那种意思，但我是有的，所以不敢接受……"

没来得及回答他的话，他们已经走到面前，爱妮的手拿到桌上为跳舞出汗的人倒饮料。阿华又开始喝酒，凯西走过来问道："怎么样，玩得开心吗？"她朝阿华看看。他在微笑，美男子的笑，爱妮又一次惊异，男人怎么可以这么靓！

这个晚上，爱妮和阿华再也没有机会单独说话。回家的路上，爱妮、金频乘一部车，她们在中途把出租车放走了，爱妮要金频陪她走一段路。已经是子夜，风越来越凉，已穿上夏装的她们，裸露的胳膊是潮湿的。爱妮抬起头，星空敞开在城市之上，当楼房和街道沉寂之后，你才发现自然的存在，她深深地呼吸，说："我真不想立刻回家，不想立刻躺到老公身旁……"

金频等着她说下去，爱妮却难以启齿。她们过去互不隐瞒任何隐私，金频甚至借过房子给爱妮，成全她和许铮的好事。十三年的婚姻，只有和许铮有过婚外性关系，爱妮因此对丈夫有负罪感，正是这种负罪感稳定了婚姻关系，爱妮那时就告诉金频："我发现，我是不容易和老公离婚的！"

金频问道："你和阿华认识也有十多年了，怎么现在才有了感觉？"爱妮摇头："也不能说现在，一开始就喜欢他，但那时他还是个孩子，十八岁都不到，所以仅仅把他当作一个讨人喜欢的理发师……"突然转变话题，"你刚才这一提醒，我才发现，他是我一生中认识时间最长相处最好的男人！"立刻补上一句，"当然老公不算。"

金频若有所思："正因为若即若离才能维持很长时间。"爱妮点头称是。于是金频便问："为什么现在要打破这种界线？"爱妮警觉地转过脸，脸上有羞愧："金频，你觉得很过分，是吗？"

"那是你的感觉，你一向把这种东西看得很重，层次啦地位啦！"金频很直率，"你觉得很丢脸如果是跟理发师有那种关系，其实职业是最最次要的，再说，在那边，美发师的地位并不低……"

爱妮望着被路灯照亮变得像纸一般轻薄的树叶，以一种自己都没有察觉的遗憾叹道："不管怎么样，我和阿华不会再有故事，"脸上有着像夜风一样凉丝丝的笑意，"这就是命运，就像你说的，我们认识了这么多年，突然就维持不住那种关系了，就在这时候一切都晚了：他已经拿到护照，可是凯西发现他的肝部有肿块……"

"哦，怎么会……？"爱妮打断她："明天检查就知道怎么回事……现在我只能，只能祝他出国而不是住院！"

十二

已经是酷暑。整个城市是一只巨大的火炉,从清晨点燃到正午便只有似有若无的火苗,火光越来越淡融化到空气中,正是炉火烧得最旺的时候。爱妮家窗户紧闭木质百叶窗垂下木片,日光封闭在外,屋子里似熄火后的宁静幽暗,首先便有视觉上的阴凉。房间里开着灯,灯下是一桌麻将,真是另一片秋凉世界。

空调温度很低,穿着家居棉针织裙的爱妮感到脊背上沐着一层凉风,便从红木挂衣架上拿下一件丈夫穿过的棉麻便西装披在肩上,双手伸到颈下,将一头滑爽舒卷的长波浪撩到衣服领子外。她坐回来摸了一只牌,看了半天又把它扔出去,对坐在她下首的金频说道:"温度稍微上去一点,这头发就乌酥。"

金频将扔出的牌收进去,翻出三只"一筒",看一眼爱妮,说道:"所以呢,你是用低温养头发。"

旁边退休的女邻居接她的话道:"一个月下来,电费不得了。"为了御寒,邻居在短袖衬衣外罩一件银灰薄羊毛衫,配上挺刮的短发,有一种雅致的派头。金频说:"电费有她的老公操心,爱妮是享福命呢!有什么要操心呢?女儿是三好生,去参加夏令营,家务活钟点工包了,丈夫外边赚钱,她只管在家里开着空调搓麻将……"爱妮笑瞥一眼金频:"你不比我舒服?儿子上学有保姆接送,私人汽车还配司机,住的是华侨公寓……"

"都是暂时的,"金频打断她,不带任何情感,"汽车公寓都是他的,如果不资助我连保姆也请不起,不是名正言顺的东西,用起来也不开心。"桌上是爱妮家的邻居母子,老女子也是从年轻时风流过来,与爱妮是忘年交,所以金频也不避她。金频的老戈最近刚离开上海,他们之间有过深淡,看起来没有结果,金频时有牢骚。

爱妮不由叹气:"各人头上一爿天,都有自己的烦心事。"金频想说什么又忍住了。说话间,坐在爱妮对面的邻居儿子吃进爱妮又扔出的牌,将面前的牌墙推倒。爱妮出冲。三个女人笑了,最近的麻将桌上,爱妮是冲头。好在赌资极小,跟卫生麻将没两样。

趁着洗牌,爱妮站到窗口,掀开木片只看得到空无一人的弄堂,只听得到知了在叫,令她想起那些在烧灼的天空下受煎熬的生物。知了越叫越响,好似垂死之际的嘶喊,但那也只是隔着窗玻璃的倾听,那有质感的细微的颤音也被过滤,经过阻隔的呻吟听上去缈远。爱妮披着外套头靠在窗框旁,听到金频在问:"爱妮,我是陪你玩,你要是不想玩就……"她赶快回桌边:"好不容易把你叫来,怎么会不想玩?"不玩又能做什么呢?自从阿华被收进医院,她又开始玩麻将,而且将麻将桌开在自己家,赌资有大有小,就看玩的对象。有时丈夫夜深回家,见他们还不肯撤桌,只得睡到女儿的亭子间。每天晚上撤去麻将便去撕日历,阿华的生命便是那看得见的几十张纸。撕日历是她从小养成的习惯,总是等下意识地撕下纸时,心会"咚"

地提起,迟迟不落下,像早搏症状,有几秒钟的窒息。

阿华被诊断为晚期肝癌,留在世上的期限是三个月。那个专家告诉凯西,如果早发现,结果将完全不同。爱妮当时也在边上,医生是她托丈夫的关系找来的专家。后来有一次,阿华对爱妮说:"其实我早就不舒服,很长时间了,我不想进医院检查,我知道一查就会查进医院,被关起来……呵,我宁愿暴死也不要在医院等死!"阿华笑嘻嘻的,根本弄不明白他是否知道自己的病情。

阿华的高级单人病房摆满鲜花,都是女人送来的,玫瑰康乃馨莒兰百合郁金香,最多的是玫瑰,因为插花容器不够,花便堆在床上窗台上地上,昂贵的鲜花像草芥。遇上周末之类的特殊日子,鲜花从房间里铺出来,于是医生护士办公室便有鲜花开放。从早到晚,阿华病房女人不断,由于他的单人病房收费昂贵,医院也网开一面,探视时间不那么严格,即便规则严厉,那些脂粉气的美女也有足够的办法让自己如愿以偿。

美女们的穿梭使病房大楼骚动,常有病人经过长长的走廊,在阿华门口伸头探脑。一次有病人拦住一女客问道:"怎么会有那么多小姐来看他?他是干什么的?哦,我知道他一定是外资企业公司的经理,那种地方都招年轻漂亮的小姑娘!"那女孩便顺口回答:"他是美籍华人,在上海经营一家电脑公司!"病人有自作聪明的满足,连连点头:"我说呢,这么年轻就做老板,国外这种年纪做老板挺多啊!"于是她们便把这些话传给阿华,阿华开心地笑了,见他笑女人们跟着笑,一时间病房充满"亚而培"的气氛,一位穿黑丝袜迷你裙的十分年轻的女孩子甚至扑到阿华枕边要给他捉头上一根白发。当时正好爱妮在场,被这样一种气氛惊诧,头脑里竟映出这样一行字:醉生梦死!爱妮的语文知识极其浅陋,脑中库存的汉字也只有这几个能解释她当时的感受。

有一次,露露来医院,让人扛进一只大花篮,花篮如此之大,竟塞不进病房,只能放在外边的走廊,给人感觉病房已成灵堂。那天露露的头发比她的花篮更引人注目,她的头顶上的发都覆盖住前额,参差不齐的刘海遮住她的眼睛,在医院短短的时间还在找镜子,让人们看她额上的瘪塘。当女人们围住阿华的时候,凯西却在医生办公室与主治医生讨论阿华的病情和下一步的治疗方案。凯西的意志便在这种时候充分体现,她使医生们不得不把她当作同行对待。在后来的这段日子,爱妮很佩服凯西,不用手术治疗便是凯西的选择。爱妮从其他专家那儿获知,阿华这样的晚期,开刀也许能拖延时间,也许不能,但为病人带来生理痛苦是肯定的,可是医生却要病人家属去选择。凯西说:"我要让阿华开开心心地死!"凯西一直不肯让阿华的寡母知道真情,怕她没法控制自己的悲哀而在病人面前泄密,更怕她会为阿华选择手术,为了挽留儿子宁愿让儿子受苦。凯西决不会顾及阿华母亲的情感,只要阿华快乐就行。她常常重复那句话:我都安排好了!我都安排好了!凯西已辞职,从酒店搬进阿华病房。

每一次去看阿华,爱妮都要为送什么礼物发愁,他的病房是花店,也是一间百货店,那么多女人的用心加起来总要比她周到,所有的物品她想到的他都有,她没想到他也有,她没有机会和他有一段私人的空间和时间。阿华就像一棵被台风刮倒的大树,女人们是唧唧啾啾的鸟,轻快地停留在她们常常栖息的地方。隔着女人们的身体声音视线,她与阿华远远相望,他的絮语他的触摸已经是个虚幻,她总是匆匆离去。

那种时候只有安维亚安静地坐在一边,她已经为他办好了签证,似乎正等着他康复,从病房上起身,脱下病服穿上西装并仔细地打上领带,和她一起坐上回国的飞机。她穿着黑色衣裙,在隆重的场面她总是穿黑色,她的眼睛像海水一样湛蓝,是受过太阳照耀的海水,暖洋洋地望住她钟爱的中国男人。而阿华便从女人堆里朝她微笑。

阿华提前离开所有的女人,凯西为他办了新马泰为期三个月的旅游。阿华从未出过国,他还有两个月的时间,还来得及去最近的几个"外国",凯西在那里为他安排了医生,也许还安排了葬礼。爱妮估计这一去将花去凯西所有的积蓄,这就是凯西一直嘀咕着的"安排",她以她认为最好的方式让阿华"开开心心地死"。

爱妮没有和阿华做最后的告别,他们是在一个夜晚悄悄离去,这也是凯西的苦心,否则,爱妮和其他女子将如何面对这"最后一次"?

这一圈牌金频自摸,爱妮笑说:"不会打牌的人,手气常很好。"便开始洗牌,金频问道:"那个露露现在怎么样了?""听亚而培的人说,已被她家人送进精神病医院,其实回国的时候已经错乱,那时盯着我看她那只瘪塘,真吓人……不过,她实在是漂亮,甚过我年轻时,你别笑,金频,"爱妮也笑了,"这是阿华说的,阿华讲她就是太十三点,要不是她十三点,老早就该看出她有毛病,可是,那只台巴子,凭什么甩她!"爱妮深深地叹息,却又笑起来,"最近亚而培的生意清淡,说是因为扫黄,煤饼们都没有钱做头发。"麻将桌上的人都笑了。

这时,门铃响了。

十三

门外站着许铮。爱妮顺手关上门走到楼梯口,她的手放在楼梯扶手,脸朝着楼梯暗处:"你走吧许铮,我们已经没有任何关系!"她的声调冰冷,好像来自另一个女人。许铮受惊地睁大眼睛望住她的背影,仍然是他熟悉的长发,像起伏有致温婉拂过平缓山坡的流水,也像一件精心雕琢质地优良的手工艺品。

许铮退到楼梯下面两格,抬起脸捕捉爱妮的目光,他看到她闪烁的泪花。许铮冲动地抱住她,他的脸埋在她的胸口,在美国孤独的时候,他曾经幻想的便是这一刻,她的怀抱是他温暖的归宿。

"跟我走,我是来找你结婚的,跟我结婚,爱妮!"他的嘴唇在她怀里嚅动,声音像被包裹在棉花里,又闷又远……但是爱妮将他推开了,用力过猛,他没有防备而踉跄地跌下几格。

"你走！你走！为什么现在来找我？"爱妮咬着下唇，眼睛里都是恨意，脸颊上的泪水却像小溪流淌不止。爱妮抽泣着，断断续续地说道："为什么来烦我？这么多年……这么多年没有消息！像……像死掉一样！生日连张卡都……都想不到寄……？"爱妮咽下了唾沫喘息片刻，再说出话来便有几分平静，"你回上海就想到我了？许铮，人到底不是东西，拿得起放得下……"有些下半夜，从梦中醒来，她因为思念许铮而把自己的脸压在枕上，压住伤心的哭泣，那些日子从来不和丈夫吵，却认真起过离婚的念头。

房门启开一条缝又被轻轻合拢，那动静，两人已听而不闻。麻将搭子们正等爱妮回房。

"爱妮，你想象不出，根本想象不出我是怎么过来的……"许铮也在淌泪，他们之间互相流过许多泪，"开头两年那么苦……呵，不要再谈那些日子……后来，刚有一点钱，便想给你买第三国的护照，可是，我被人骗了，护照是假的！知道吗，那些铜钿是怎么来的？"许铮的一双双眼皮很深、很女性的眼睛被泪水湿润，更见不到一丝一毫的男子气，但他在她面前从来不用为自己的脆弱而羞愧。他轻轻叹一口气，手掌压一下眼睛："是开夜行货车赚来的，开了整整一年长途车，夜晚一个人在公路上，爱妮，这种滋味，这滋味连回想都不要想，就是这样的辛苦铜钿被骗走，我垮下来，生了一场大病……"她捂住他的嘴，泪水浸湿她的手，他又一次抱住她。

这一次她轻轻挣脱他的怀抱，她想起等在房间的朋友和邻居。她接过他递来的手帕，仔细抹去脸上的泪痕："许铮，你回来得不是时候，我……需要时间……调整过来……"眼前浮现濒临死亡的理发师，顿时烦躁起来，她快速地说道："太突然了，真的是突然，过些日子再见面，我会给你电话……"转身欲进房。

许铮一把扯住她："爱妮，我是来找你结婚的，绿卡房子都挣来了，这么多年就是为挣这些东西，爱妮，因为你不能吃苦！"许铮！爱妮站在门口捂住自己的嘴，又一次泪如雨下。"我等你三天，要是，要是等不到你电话，我去找你母亲！"许铮消失在楼梯转弯处，等这栋楼重新归于宁静后，她才拧开房门。

"等你不来，我们只好搓跷脚麻将。"金频说道，头也不抬。

爱妮走进厨房拿来冰饮料，他们都不要，她给自己倒了一杯可乐，没有忘记放冰块，她坐回桌边，一小口一小口地仔细啜饮。"这样的高温天也不让人家进来坐坐喝一口水。"金频又说，仍然不抬头，邻居母子也埋头麻将，或者说，他们是故意不看她两腮通红的脸。"现在的小青年都想得开，高温天坐出租，包里带着矿泉水，不存在热和干的问题。"邻居老妇说道。他们都笑了。爱妮木木地跟着笑，刚刚的一幕突然像梦。

爱妮坐在沙发上，而不是像平常倚在床上边看电视边等晚归的丈夫。沙发前的茶几上放着一副牌，有时，她将它们铺开来，她独个玩通关游戏，也是为自己做未来的预测，但从内心她并不信任这一类游戏，更何况碰上乱麻塞心的这一刻，所以不时地停下手里的摆动，沉入冥想。

她知道许铮今天说的一切都是真的，这些年他经历过的艰辛，他目前的决心。

他是她一生中为数不多的了解至深的男人之一，她晓得他是个认真的执着的男孩，算起来他也该有三十四了，她仍把他看成稚嫩的男孩。他要是执意娶她，真的会把事情搞得不可收拾……她双手捧住脸，好像还没有过面临如此严峻的选择。许铮刚去的头两年给过她一封长信，要她离婚嫁给他，她为此感动过好久，她把这种许诺当作内心的财富，常常偷偷地拿出来向自己展示一番，这多少安慰了她的愈益空泛的人生。如今模糊的前景却要当作现实来实现，她的心徒然地悬在半空。她变换坐姿，胳膊腿伸直，平摊在沙发上，觉得不舒服，又缩成一团蜷在沙发里，如此这般的翻腾……要是丈夫这时候回家，她会把一切向他坦陈，他们之间终究会有一个重要的话题讨论！可是房门外是漫无边际的寂静。

她瞥见扔在沙发角上折叠成长条、从信箱拿出后忘了展开的晚报，她展开报纸，在"社会新闻"版面读到这么一则新闻：一位大学青年讲师，因慢性肝炎长年住隔离病房而无法与未婚妻完婚，终因不堪忍受疾病生涯，逃出医院上普陀山跳山自杀。爱妮的心像铅砣下坠，她想起她的阿华，按照两个月游三国的时间程序，他现在应该离开了新加坡去马来西亚，阿华将在香港结束他最后的日子……为什么偏偏在向阿华动真情的时候他患了绝症？为什么偏偏在为阿华绝望的时候来了许铮？人生总是这样阴差阳错吗？爱妮扑在沙发耳上放声哀哭。如果这时丈夫回家,她会扑进他的怀里,他是她永远的躲避风浪的港湾。

她哭了很久,没有等到任何安慰,到底累了,只能自动刹车,去浴间为自己洗脸又冲了澡,上床时已完全安静下来。打开电视,接近子夜,只有教育台的陈年故事片在缅怀过往。

志秉开门进来,她正沉浸在老片子里,甚至没有朝他看一眼。

十四

"小锦有信吗?"这是志秉踏进家的第一句话。爱妮不响。片刻后没好气地答道:"你反正眼睛里只有女儿,这么晚回家也不晓得问问老婆是怎么过的——一个人!"

志秉皱皱眉,拿起空调遥控器,将温度调高了两度,一边说道:"我们也是老夫老妻了,你该懂得我……"

"是啊,老夫老妻就可以乱七八糟混日子了?很多夫妻就是做到这时候做不下去了,年纪还轻可是关系老了,再过下去还有什么味道?"爱妮一字一句地问道。志秉略略吃惊地望过去,爱妮倚在床上脸对着电视不动声色。

他坐在床边,伸出手去抚摸她的发,她朝后仰去避开他的手,眉头蹙紧不耐烦道:"啧,干什么嘛,你没看见我心里烦?"志秉坐到沙发,摊开双臂疲惫地叹一口气:"在外面忙来忙去还不是为你忙?忙到这么晚回家还要看你脸色!""不要说这种话来让我难受，我早就劝你辞了经理的职，你自己想当官，怎么反倒说为我忙？"爱妮冷冷地看着电视说话。志秉一时无话，望着妻子却捕捉不到她的视线，垂下头脸对着放在膝上的手说："好几次想辞去官职，可是想来想去又当下去了，爱妮，你该懂，在这个位子上至少工资奖金外的各种收入比普通职工多得多，普通人的工资怎么维持我们这个家的开销？以前我娘在还有外汇补充，现在即使有这点外汇，跟今天的物价比起来也是聊胜于无。你又是个受不得一点点委屈的女人，要是天天早回家陪你，却没有足够的钱供你开销，至少理发店是不能经常去了，你还会跟着我吗？"

沉默。电视里正演故事，只有画面没有声音的故事。志秉继续说，声调是伤感的："上个月参加老同学聚会，我是男生当中最显老的，他们说讨年纪轻的老婆总归辛苦，有两个讨大娘子的保养得可真好！所以这个苦也是自讨的……""什么意思？讨了我就是讨了苦吃吗？"爱妮责问的语调，但追过去的目光却有着怜悯。

志秉垂下头没有看到："我是说有得必有失，那两个保养好的心里反而在转着换老婆的念头，他们有他们的不满足，身边的女人上了年纪不够漂亮，而我们这样的却担心老婆跟人家跑掉！"他抬起头，看着天花板，眼圈红了，"有时候累得要命，很想放弃，爱妮，我晓得自己很勉强，不管是经济条件还是身体，很难够上你的要求，不要以为我很麻木什么都不知道！爱妮，你是有过很多机会的，但没有跟人家跑掉，就因为这，我会心甘情愿为你吃苦,但是我也不想看到你吃后悔药,现在小锦大了,可以离开娘了,你要是,要是想走……我……不会拦你!"困难地说出最后一句话,志秉反而能够坦然地望住妻子。

许铮这个小神经病啊,他难道去找过志秉?爱妮问着自己,躲开丈夫的视线落在荧屏上,但她什么都看不见,眼前空茫茫的,仿佛站在暮霭笼罩的大海边,她像一匹一直在被驾驭突然之间给松开缰绳并且是站在悬崖边上的小马驹,没有了方向,而危险在咫尺之遥。她流下眼泪,闸门一旦打开,便不可收拾,她哭得喘不过气来。志秉惊慌地为她擦泪,一个劲地自责:"都是我不好……是我不好!"

这一天她流过太多泪,很快像溺水一般沉到睡海里。睁开眼睛时,丈夫正蹑手蹑脚打算离去,关上房门前他们的目光相遇。他说:"牛奶已经拿上来烧开了放在锅里,菜包子也蒸过了,吃的时候放在微波炉里转一下……"他已经很长时间没有叮嘱这叮嘱那的了。爱妮看着他不说话,昨天他那句"我不会拦你"将她得罪了,她至少冷落他三天。他走后她又睡了,起身时已是正午。肿着两只核桃眼给许铮拨电话。

"……我有老公女儿哪里还可以再嫁人……呵,你该知道我不会离婚,要离,早就离了!还会等到今天?……许铮,求你了,找个比你年轻的女孩子,那种婚姻会更长……"

许铮生气把电话挂了。半小时后,许铮来电话道歉,爱妮不理他。许铮说:"你不说话,我就一直不挂电话……"多少年前的气氛,他们互相的流泪就是为了这一次次的爱恨。爱妮无奈地对着电话摇头。

最后爱妮答应明天和许铮去酒店吃饭,前提是不谈婚嫁。她知道,她和许铮又将回到过去的关系,他们之间不会有任何结果,她突然明白,这正是她要的结果。

接着她给金频电话,要她下午来家搓麻将,金频一口答应。盛夏酷暑,她躲在借来的公寓正无聊,老戈去加国看望自己的儿女,金频没有心思管公司的事,她在电话里向爱妮感叹:"你比我聪明,因为你不离婚!"

洗牌时,邻居儿子去隔壁他家接电话,爱妮站起身走到窗前微微旋开木百页,强烈的光线立刻在她脸上划出长条,白昼气象瞬时替代室内夜般朦胧。麻将桌旁的老妇喊起来:

"哗,这一亮让你想起外边有多热!"

金频问:"已经是阴历七月了吧?"

"还有一个月!"爱妮答道,松开手,木百页齐齐地垂下。

金频一愣。爱妮离开窗走到月份牌前,"哗"地翻一遍日历:"阿华还有一个月的时间!"突然拿下日历,走到窗前,撩起木百页,拨开生锈的窗插销,推开窗玻璃,将日历扔到窗外。

"爱妮!"金频喊道。老妇慌乱地立起身似乎要去阻止。

"没什么!"爱妮背靠在窗上,镇静地说道,"我只是不想再撕日历!"

(初刊于《上海文学》一九九五年第九期,
修改于二〇二〇年六月十一日)

双面夏娃

阿杜第一次见到黎凤和关山，是先被黎凤迷住。

那时的黎凤长发黑亮笔直，滑过肩膀直抵腰间，衬出她额角圆润，唇红齿白，或者说，这一头长发使她的脸容更显清秀。然而，坐在一群高谈阔论的人堆里，她沉默地倚在沙发一角，嘴角含烟，那烟细长，长得引人注目，原来是接在烟嘴上。如此这般的黎凤，让阿杜开了眼界，她第一次看见女人用烟嘴吸烟，第一次发现烟嘴可以让女人这般有型。

阿杜不抽烟，且生在一个禁烟的家庭，对烟嘴之类的烟具完全无知，是要到后来，她们成为朋友之后，她第一好奇并渴望了解的是关于烟嘴的知识。黎凤收集烟嘴，有象牙有玛瑙也有犀牛牛角，黑色的犀牛牛角烟嘴配长至腰间的直发，是黎凤那天的招牌装束，至于她的衣着，阿杜已记不清，或者说，黎凤的招牌装束令她的衣着变得次要。

那时候，黎凤和关山还未成夫妻，事实上他们刚刚认识且是工作关系,也许已经火花迸射,在他们相视第一眼?但当时的现实是,关山正开始第一段婚姻,他工作和蜜月交叉,与新婚妻子出游各地,上海是最后一站,已经难掩疲惫之色,无论是他还是她。

阿杜仍记得被称为"小红帽"的关山的第一任妻子,那个娇小率真快人快语的女孩,她当然不是黎凤的对手。黎凤虽然几乎不说话,却是座中最嚣张的存在,她控制了座中主角的目光和情绪,通过主角而控制全场,无论小红帽说多少话,都无法把她新丈夫的目光拉回来。

从那一刻起,阿杜将黎凤锁定为自己的目标,她意欲模仿的目标,她尊称黎凤为凤姐。

那时的阿杜是个正在实习的大学生,被邻居请去给他上小学的女儿补课。那位邻居在电影厂任编剧,与关山是戏剧学院的校友,而关山是表演系的才子,青岛人,毕业却被分去四川的电影厂。这次他应邀为一部六十分钟的电视电影来上海试镜,凤姐是这部片子的导演助理。

邻居把他们请来家里聚餐,阿杜补完课也被请到餐台旁,她的目光立刻被黎凤吸引,然后她才看见关山,他正神采飞扬地讲述一段故事,仔细听去,才明白他在讲述自己。

关山就像他的名字,有一股傲岸的气质,虽然他只长了个中等个子。阿杜是上海弄堂女儿,在小市民堆里长大,鄙视周遭津津乐道世俗生活细节的本地男性居民。而这位与她隔桌而坐的男子,瘦削的脸颊线条刚硬,鼻梁坚挺,剑眉下一对黑眸炯炯发亮，闪烁着神经质的光芒，从阿杜的视角看过去，当然，相当"正"，甚至，"正"得有点不真实，有点像舞台上的角色。这正中阿杜下怀，二十二岁的阿杜，需要拒绝的不正是现实？

事实上，关山是在表演，或者说，他善于在日常中将自己戏剧化。戏剧自有其蛊惑人的力量，首先被蛊惑的是关山自己，而此刻，他身在一个戏剧匮乏的城市。

在这张有些拥挤的饭桌上，关山正在讲述他的初恋，一段发生在校园里，不如说是发生在校园背后的故事。他的恋爱场景是在他的表演指导老师的家中。

这段故事的引人之处是：关山一时有些混淆他的初恋对象到底是他的老师还是老师的女儿，或者说，这是一个合二为一的对象。

要等好些年后，阿杜有机会看到大量的盗版DVD电影，她才会发现关山的初恋故事基本上是达斯汀·霍夫曼《毕业生》的翻版，也许其致命的诱惑便在此，纯情和性乱的两极，放纵后的忧郁，对于她乏善可陈的弄堂女儿生涯，这是个另类的具有颠覆性的成长故事！

于是关山的形象再一次通过彼岸的"毕业生"故事深植于阿杜的内心。事实上，给予她至深印象的不仅是讲述者，也和讲述的情景有关。

当时的情景历历在目，在飞速流逝毫无纪念意义的日子里不时闪回，用世故的目光回看觉得可笑，可又有着莫可名状的令人惆怅的气氛,让人怀恋,这是否成了她后来不惜背叛凤姐的心理背景呢?

关山在讲述中穿插大量的描述,他的老师年过四十,仍然光彩照人,有一对异常丰满的乳房,以及这对乳房给予青春期的关山以冲击。

关山的魅力在于没有禁忌,描述被诱惑如此具有诱惑力。举座被吸引。

那天的餐桌挤得满满当当,当年市民们的住房小,餐桌挤在家具中,竟也坐了八九位客,且都是能说会道在影视界兜得转的主,因此在阿杜眼里更有一种高朋满座的声势。

佳肴丰盛,被装在不同样式的陶瓷或搪瓷碗里,资深编剧的居家生活不甚讲究,与大城小民无异,处处遗留过往的简陋。那是八十年代中期,取消各种票证才几个年头,物质和物质带来的欲望刚刚涨潮,滚滚而来,将漫过修筑多年的道德堤岸,而此刻的生活方式,仍然保留着旧时代谈天说地集体度过闲暇的习惯。

不过,这种日子已到尾声,将一去不复返,也因此增添了这一刻令人难忘的背景。

尽管用缝纫机和方桌子拼成的模拟长台挤满菜肴,邻居太太围着围兜仍在窄小的厨房忙得不亦乐乎,为红极一时的主旋律电影编过故事的男主人似乎从容得多,他一手四五瓶啤酒一手七八只玻璃杯端上桌,不急不慢地找出开瓶器,嘴角含烟夹带一缕似嘲非嘲的笑意,斟酒稳当,第一杯端给已成为饭桌主讲的关山。

关山心不在焉接过酒喝水般一口气喝了半杯，事实上他是将酒用作解渴的水，他并不感兴趣吃吃喝喝。阿杜后来将发现，他一生的主要兴奋点乃是自身的形象，如何表现自己，如何赢得所有人的关注，人越多他越能展示魅力。

某些职业由上天决定，比如演员，关山他好像生来就该活在聚光灯下。

手舞足蹈间，关山差点把面前的酒杯打翻，他欲把杯子推远，但被拥挤的菜盘子挡住，他干脆举起杯子把剩下的半杯酒一饮而尽，他把空杯子递给旁边的什么人，好似让他帮着清除障碍。

他的故事正进入高潮，他在描述他视为纯情象征的老师的女儿，如何因为嫉妒母亲而自闭在桌子下，抱着须臾不离怀抱已褴褛不堪的婴儿毛巾毯，他们的分手是以吵架结束的，关山把她的毛巾毯夺过来，撕成真正的碎片，然后裹成一团朝窗外扔去，扔到隔壁弄堂的垃圾桶还是马路的阴沟里，他记不得了。

总之，扔到哪里并不重要，重要的是他扔弃了女孩子的心……或者说，故事本身并不重要，因为任何关于爱的故事，中间枝枝蔓蔓的情节，对他人来说都无关紧要，其意义只限于当事人。对于听众，或者说对于阿杜，重要在于讲述者本人，他通过故事所表达的能量。

是的，关山赋予故事巨大能量就像一帖加了激素的药剂，刹那改变了服药者的新陈代谢，关山这帖药改变了倾听者心跳的速度,观看的视角,或者说官能的感受力。

"我冲出她们家的后门再也没有回去,我以为我会回去的,但是我毕业了,离开上海,我有了新的女朋友,很奇怪,我怎么一离开她们就成了情场老手?"

关山用目光去找他的校友,男主人在给众人倒酒,他向关山耸耸肩表示不以为然或者认同,在阿杜看来表达模糊,她觉得邻居在敷衍他,而关山对他的反应并不在意,他的目光已经回到他真正关注的对象——抽着烟,看起来有些漫不经心的黎凤身上。

"但是,那个女孩子的哭泣让我想起来就……心痛……"

他的炯炯黑眸黯然了,竟有些哽咽。

阿杜垂下了眼帘,似乎不堪面对一个男人的动情,或者说失态。内心却有震动……还有惊诧!关山的所谓初恋充斥着乱伦的纠葛,他却将之视为"纯真年代",他的故事动摇着阿杜从庸常而简单的生活中获得的认知。

与此同时,饭桌变得沉寂,人们有些无措,这个城市给予他们过多的世故却吝啬于情感,他们一时判断不来眼前景象的真实程度:一个看起来够"正"的男人在众人前毫不羞愧地大动感情。并且让他的新娘"小红帽"也跟着眼泪汪汪。

她下意识地去看黎凤的反应。她的头微微仰起靠在椅背上,一缕缕的烟雾从她嘴里吐出,她的睫毛浓郁的眸子微微眯缝,有那么一丝嘲讽,也许她并没有嘲笑的意思,仅仅是一种防卫的姿态,防卫烟雾对眼睛的侵害,或者防卫自己卷入这周遭人们莫名的尴尬或感动中。

从阿杜的视角看过去，仿佛唯有黎凤置身度外，好像那是一幕早已熟悉的场景，关山的故事，他为之动情的哽咽并不真实，仅仅是剧情的需要。

"他有表演瘾，他喜欢表演他自己的经历，表演他和另一个女人的感情经历来吸引他刚刚喜欢上的女人。"

后来，凤姐便是这么解释关山当众讲述情史的动力。

"他只有表演自己的经历时才是个好演员，"那时的凤姐和关山已成家人，"这时候的他的确最有魅力。"

阿杜已经记不得那晚的聚会如何结束，但有种东西隐约激荡在心，延续良久。

直到若干年后，她经历了毕业后由国家分配的公职，好容易从教师转为公务员，很快又放弃，与时俱进地在诸如广告公司之类的私人企业游荡了一阵，她可以用来谋生的技能是写广告文案。之后她被邻居雇去当电视剧本枪手，在编好的场景里填入对话，不久，便成了邻居的同事，她在他的部门谋得一职。

借工作之便，她去关山和黎凤的城市找他们。这些年里有关他俩的传闻不绝于耳。

那次聚会后不久，不会超过两年，关山和黎凤相继离婚，听说黎凤的丈夫是诗人，他不甘妻子被夺，与关山打了一架。也有说法，关山自觉对不住那位丈夫，自愿挨打，使黎凤下决心离婚。

黎凤搬离上海去了四川成都，之后又搬去北京，她抛弃了她的令人羡慕的职业，做了一阵子自由职业，不如说是失业。至少在一般人眼里，当然也包括她的邻居，认为她做了一件天大的傻事，尤其是她的前夫离婚后开始经商，很快买起了豪宅，而黎凤却跟着关山过着居无定所的生活，关山从演员转向导演，正经历转行初期的挫折，拿不到投资没有戏拍，一度生存都成了问题。

然而这些传闻从阿杜的耳朵听来，却无比传奇：决斗，离婚，漂泊，简直就是一段超浪漫的旅程。而阿杜朝九晚五，从令人厌烦的课堂讲台转到政府部门办公室，到撰写广告文案的写字大楼，在拥挤的公共交通的间隙，在耳边充斥的连绵不断的抱怨和叹息声中想到他们俩，她为自己人生的无谓感到不值。

眨眼间，已从二十二岁走到三十岁，阿杜甚至都没有认真地恋爱过，所谓"认真"，是说阿杜几乎还未遇到一个令她怦然心动的什么人。虽然有过阶段性的约会。

过了三十岁生日，阿杜更有一种"时不我待"的冲动，简直想揭竿起义。然而和平年代，她能做什么？能做的至多是自我革命，她辞职了，好像离开上班族便是扬弃旧我。

然而新生活并非招之即来，即使被邻居带进她向往过的电影厂，如今被称为影视集团，她也已经没有惊喜，做"枪手"的经历多少磨灭了她对这份职业的热情。

不过，借工作之便，她可以做些自己想做的事，比如会会黎凤和关山，这个念头是她到北京出差突然听到他们的消息时产生的。

他们住在北京三环旧工房两室户单元，令她深受刺激的并非是周围环境的脏乱破败，而是他们那间放置了几件不配套的旧家具、收拾得还算干净的屋子的水泥地，才用湿拖把擦洗过的水泥地留着水渍，让阿杜煞是沮丧，她正是从这一细节无比深刻地感受到现实的冷冽如何在嘲笑你的热情。

她几乎要责问关山：怎么可以让黎凤住在水泥地的屋子里？

那天黎凤不在家，她去一间来历不明的摄制组做场记之类的临时工，那些年里，这类草台班往北京越聚越多，阿杜问自己，这是黎凤为爱付出的代价吗？

"她是个好女人，她并不在乎住……哪里，过……什么日子……"关山凝视这令人气馁的湿漉漉的水泥地，好似在回答阿杜内心的责备。

呵，"好"算什么？在这个时代，这个"好"字还有多少分量？它和这个纷乱的、自行整合的社会规则有什么关系？它尤其不适合一个用犀牛牛角烟嘴抽烟、不惜为第三段情离婚的女人。

那天她是由关山的朋友陪着过来的，那朋友是来说服关山参加一部由外省小城政府出资拍摄与政策宣传有关的纪录片，他对着关山喋喋不休，活脱一个油嘴滑舌的说客，尤其是在这样一间由灰色水泥地作为主色调的场景里，这说客俨然成了得意扬扬的拯救者。

也许天已近黄昏，这间坐落在一楼的工房光线本来不充足，这时候更显得暗沉沉毫无生气。而曾经很"正角"气质的关山则被一种沉郁替代。阿杜心情复杂,她到底是对他失望还是怜悯,或者更为微妙的情绪?

她坐不住了,起身告辞,突然而坚决,带着一种生理上的急迫性,好像月经来了,用后来关山的形容,留下说客朋友继续口沫飞溅。

阿杜不甘心带着巨大的失落感回上海,无论如何她得见到黎凤。

离开北京前,她终于约到黎凤,她把他们夫妇请到北京的"夜上海",选择那家饭店也是为黎凤,在座的当然还有那位充当过说客的朋友。但是原本四人位变成八人位,因为在这家饭店关山和黎凤遇到了他们的两对夫妇朋友。

这顿晚餐唤回了过往的繁荣,这就是说关山又成为饭桌中心,不如说中心属于关山夫妇两个人。事实上,可能黎凤的中心感更强烈一些,她一扫过往的沉默,谈笑风生,话题多半是摄制组流行的"段子",她的标准普通话含了京腔,带着那么一丝嘲讽,似乎力图与她变化的口音保持一些距离。而她的外貌变化更大,一头长发削成短发,是极端的短,被称为"寸头",与"寸头"相称的是一对大如鸽蛋的紫色耳环,现在她的睫毛也是紫莹莹的,更配上紫色的甲油。

八年过去了,黎凤仍然出色有型,虽然身上并未着名牌,这是九十年代中期,她的时髦染上前卫色彩,不再甜美,而改走酷烈路线。这晚开始,阿杜跟着大家称她凤姐,心里疑疑惑感的,有样什么东西从凤姐身上掉落?

当然,阿杜同时还会有诸如此类的感慨,那间水泥地小工房,那份草台班子的场记职务如何安放这样一个凤姐?人生里的挫折和失败感有时并非来自自身,那时的阿杜还年轻,但终究在极端精神的年代待过几年,难免抚今忆昔,感触满怀。

最后一道点心是酒酿圆子,凤姐欢欣雀跃舀一粒小圆子进口,才惊觉圆子里有馅,且是芝麻馅,她告知已几年未尝有芝麻馅的汤圆,涌起伤感的却是阿杜。阿杜逃避一般去了一趟厕所,出来便直奔账台,却见关山在结账,她急了,去推开关山执意付账,未料关山搂住阿杜的肩膀道:

"我住在北京,怎么可以让你这位上海客人付账,"他那俊挺的鼻梁几乎碰到阿杜的鼻尖,他笑而平静道,"我们……不是你想象的那么……糟!"

这句话竟让阿杜的眼睛湿了。她溜回厕所把自己关进隔间,使劲擦去泪水,一边骂着自己,蠢!蠢!人家过得好好的,要你难过什么。

但心里就是难过,那晚夜深躺在宾馆的床上回想这一刻,流下更多的泪水。有些感觉她是后来才明白,是否关山握住她肩膀的那一刻,也握住了她的心?

那次从北京回去,她向邻居——他现在不仅是她的同事,也是她那个故事策划部门的头儿——渲染他们俩在北京挣扎的处境,渲染的目的不言而喻。邻居果然心领神会,但他认为,假如他能帮，他们两人中他能帮到的是黎凤，而不是关山：

"关山自尊心太强了，他是不肯轻易接受人家的帮助的，这就是他今天在北京还迟迟打不开局面的根本原因。"邻居指出。

中年人的世故廓清了阿杜模糊的感觉，的确如此，关山的自尊不也曾使她为难！她朝着邻居使劲点头，却欲言又止，有些片刻令她难忘，却无法对人述说，比如，那个让她的眸子被泪水浸透的片刻。

阿杜心心念念想着要为他们做点什么，尤其想为黎凤做点什么，她对凤姐怀着疼惜，她是阿杜曾经希望追随的女性偶像，阿杜念念不忘的仍是粘在记忆影像上的那个更年轻的黎凤，黑色犀牛牛角烟嘴令她的衣饰变得次要，滑过肩膀垂落如瀑的长发衬出她意欲狂野却更显性感的矛盾个性。阿杜这时才突然记起在北京"夜上海"面对黎凤时强烈的缺失感，对了，那天的她竟然没有咬烟嘴，没错，阿杜想起黎凤整顿饭没有抽过一支烟。

好些年后她才知道，北京工房潮湿的底楼让关山的左肺出现阴影，当然，并非住底楼的居民的肺都有阴影，关山的父亲死于肺气肿，他的基因决定了他有两叶脆弱的肺，黎凤为了他而戒烟，为同样的原因剪去长发，家里到处飘落的发丝令关山的上呼吸道过敏。

阿杜在自己的办公室策划了一部女性题材的故事，希望由黎凤执笔做编剧，她知道当年黎凤正是因其编写剧本的能力进了电视台，邀请电话由邻居打去，但黎凤告诉他，那一年她实在忙，不会有时间坐下。

事实上，黎凤最终是靠她自己打开局面的。不久阿杜在电影系统的简报上获知黎凤的一部纪录片风格的短片参加欧洲一个电影节拿到短片奖。阿杜打电话向她祝贺，她回应淡然：

"我不过是要给自己回到电视台弄点资本。"

大概又过了一两年，凤姐才进了电视台，而关山则做了广告片导演，自从那年被说客朋友说服去为政府拍宣传片，关山便一路从宣传片拍到广告片，一样赚钱直接拍广告不是更爽，且能兼顾美感。他好像有过这类说明。

当然，期间关山的心路历程阿杜并不清楚，她只听说他们后来搬进了望京小区，不久又从望京搬到五环的别墅房。

对于阿杜，这些都是令她振奋的好消息，关山是否要坚持他曾经热衷的艺术片道路已经不重要，重要的是，他已经摆脱了窘迫的物质困境，给黎凤一份她应该拥有的体面生活，如果没有这份体面，阿杜又如何感受偶像的光彩？她为黎凤而感激关山的放弃。

事实上，没有什么人特别地向阿杜报告这些消息，这都是她通过各种渠道打听来的，她觉得自己就像小报的八卦记者，不停地追踪着他们的足迹，直至他们搬进大房子，她即释然又怅然若失，好像某种内在的联系被切断，她不再有追踪的动力。

有一天，阿杜的手机接到一条短讯："我在上海，晚上如有空一起吃饭。关山。"

那一年的阿杜已经三十五岁,距离北京访问又过去五年,她仍然单身,通过网恋找到男友,她打算说"愿意",假如他向她求婚。

关山在他住宿的宾馆大堂见到她的第一句话竟是:

"怎么还不结婚,在等什么呢?"

她的脸唰地红了,由关山问出的这句话简直像耻辱,她自卫般地反问:

"你怎么知道我的事?"

"我有你的邻居做耳目!"他哈哈一笑,伸出胳膊揽住她的肩膀,自然得就像揽住他的女人,将她带往酒店餐厅。

"所以这电话也是问他拿的?"她站下,在原地做了个三百六十度的转身,她的肩膀滑出了他的手掌,她看着他,谁都能看出她眸子里的不悦。

"怎么了,你……"他有些吃惊地凝视住她。

"你和他经常联系?"她问,重新移动脚步朝餐厅去。

"不是经常,只能说保持联系!"他答,跟上她的脚步,不解地看着她,他的自信被疑惑替代。

她在餐厅门口停住步子。"五年了,你到现在才想起问他拿我的电话……"她再一次涨红脸,真丢脸,才出口就知道是蠢话,收不回了。

服务员过来领位,他站在她面前看着她出神片刻,突然就把她拥入怀里,当着欲来领位的服务员的面。

他们坐在餐厅被称为火车座的那部分位子，两排双人椅夹着一张桌子，椅背高抵头部，因此便有了私密的气氛。阿杜坐在这里，有一种被包围的感觉，是被关山的气息包围。

菜上齐了，阿杜点的菜，她点了凉拌豆腐和萝卜丝海蜇皮两只冷菜，热炒是野山菌和清蒸草虾，菜单上中低档价格的家常菜。倒是半只草鸡汤盛在砂锅里占据了桌子的中心，使饭桌看起来还是相当丰盛。

关山的嘴角掠过一抹不那么快乐的笑：

"为什么总想着为我省钱？"

她一惊，她并没有意识到，再一想，是她下意识的举动。而他却对她的体贴并不领情，她心里涌上委屈，说了一句：

"两个人吃饭点菜难，我对暴殄天物有罪恶感。"

他一笑："三十五岁还单身，才是暴殄天物。"

"你怎么知道我没有男朋友？"她赌气问。

"是吗？你给我感觉是你的生活缺少爱。"

她不响，不想和他抬杠，很有点荒唐不是吗？她等了那么多年才重新和他坐在一起，却一举一动一言一行都让他嘲笑。

她正懊恼着，关山却拿起小汤碗从草鸡砂锅里盛了一碗清汤放到她面前。

金黄而澄澈的鸡汤漂着薄的油花、青的葱粒，阿杜把第一匙鸡汤送进嘴，有着纯然的生理的感动，五花八门的煲汤里，唯有草鸡汤给她味觉最质朴的感动。这使她几乎原谅关山先前的喜怒无常。

"你跟黎凤一样,好这一口,草鸡汤,"他虽鼻子哼哼却带着纵容,一百八十度的转变,"一定要捉养鸡场里的走路鸡,生杀活剥后炖成汤,这时候就不讲血腥气了,你们这些女人?"

她"啧"的一声放下碗表示抗议,碗里的汤已喝去大半。

他拿过她的碗继续给她盛汤一边道:"好好,不说了,喝汤趁热……"

她看着他再一次推到她面前的汤,喝也不是,不喝也不是。抬头见他看表,显得心不在焉,似乎等着这桌饭局结束赶赴后一个约会。

"你还有事吧?"她忍不住问道。

他摇头:"我最恨在餐厅消磨时间,待会儿去我的房间坐坐。我有好茶。"

"我晚上不喝茶的。"她道。

"没关系,房间里有酒水单,可以打电话让服务员送你喜欢的饮料。"

她口吻坚决:"我吃完饭就走。"

一阵寂静。

她专心吃菜,好像她点了这桌菜,便有义务把它吃完。

"黎凤有东西给你。"

"哦,什么呢?"她看着自己的筷子盲目地从这只盘子跳到那只盘子,除了鸡汤,这些菜都不能醒她的食欲,或者说,只要和关山同桌,她的食欲顿失。

"是她新剪的片子。"

"真的吗?"她的眸子立刻有了生气,她放下筷子,直视她刚才在躲避的他的眸子。"你现在就去拿,我等着。"语气带些命令,好像说到与职业有关的事便有了自信。

他去楼上拿片子时,她让服务员收桌子结账,但她被告知账结了。

"这么紧张干什么,这么些小钱。"她自言自语,想着北京"夜上海"的情景,那一刻在她心里留下了逶迤不尽的缱绻,整整五年,却在一顿饭的时间烟消云散。

她鼻子发酸。

他提着个颜色鲜亮的塑料购物袋子出现在餐厅门口时,她飞速抹了一下有些潮湿的眼睑,未等他走到桌前,她已起身,既然桌子已清空。

他招呼服务员给他拿一瓶啤酒,同时坐回清空的桌子前,从塑料袋子里拿出一盒录像带,他抬起头询问地看着她,她不得不重新坐下。

"这是她自编自导的,上下集共九十分钟的电视电影,"她接过片子,他却按住她的手,"她很注意你在电影杂志上的评论文章,说写得好。"

她把手抽出来:"我明白她的意思,"她看了他一眼,"今天你来找我,就是为了给我带子让我写文章?"

他没有回答,又从塑料袋子里拿出包装精致的礼盒。"五年前就注意到你用香水,"语气变诚恳,"年初去了一趟法国,给你带了'兰蔻'香水,这牌子不就是你这一型的女孩子用的?"

虽然收尾时口吻又变得揶揄。

她一愣，心里翻江倒海却被掩饰了，只淡然谢了一声没有接他的礼物。

"人们总要找些理由去见想见的人，"他笑眼看她，"比如给书给录像带之类……"

终于说了一句让她窝心的话，她笑了，权作回答。他把手搁到桌上，似要去握她的手，但她已把自己的手放到桌下，好像预先藏好自己的财物。而他那双搁在桌上的手似有无限的权力却又显得落寞。

她困难得似是挣扎般地从桌子旁的座位上站起身，背起双肩包向他道别。

他跟着起身，拿起被她撂在桌上的礼物盒，走到她身后，解开她背上双肩包的扣子，把盒子放入，那动作亲密而随意，令她加倍感觉自己的笨拙和被动。

她没有转身，背对他说声"谢了"，快步离去。

阿杜洗完澡换上睡衣，迫不及待把自己抛上床，她的双肩包还扔在房门口，包括关山送的那盒香水。

对于礼物本身她并没有多少感觉，却是他的一句"五年前就注意到你用香水"让她的心悸动，然而悸动又如何？从第一次见到关山，已十三年过去，这中间只有短短几个片刻的相处，下一个片刻将是在多少年后呢？

这个问号令她无比空虚，她起身把洗澡时脱下扔在沙发上的长袖衬衣和裙子挂到衣架上，这是今天下午接到关山电话后，她冲去中信泰富二楼法国牌子的柜台，挑选试穿，花了两个小时和四位数的人民币才把自己武装好的。

她又回到浴室，手洗扔在浴缸边的内衣，连内衣都是崭新的，难道曾有过如此露骨的期待？她自问。怎么可能？她否定。当时，到底是怀着怎样一种心情？她现在努力回想，记忆屏上模糊得如同沐浴后被水雾罩住的浴室镜子。

回想只令她疲累，将洗净的内衣晾在浴室的金属架上，重新把自己抛回床上，好像是直接把自己抛入梦乡。

她被电话铃声吵醒，眼睛还未睁开，手已经下意识地伸到床头柜拿过电话，一边懊恼自己竟忘了关电话。

"嘿，我今天下午要赶飞机，我们只有一个上午的时间，"关山的声音令她大吃一惊，彻底醒来，睁开眼睛看了一眼床头柜上的钟，才七点，"我们只有一个上午的时间！"他强调道。

强调得这般突兀，她完全失语。

"你来我宾馆房间，或者我去你的公寓？"他问。

"我不去你宾馆！"她立刻答，听起来赌气似的，好像就这问题他们之间有过争执，她知道自己不得体，却也不知如何得体。

"那我去你公寓！"他心平气和，"把你的地址发到我的手机上。"

"你找不到的。"她说，这算什么理由，她问自己。早晨，她的情商和智商低到两位数。

"不用我找，出租司机会找，"他笑问，"你们的出租车公司服务一流不是出了名的吗？"

"那也要看什么公司，"她被卷入他的话语范畴，"大众和强生应该不错……"

结束电话后，她便把她的公寓地址从手机上发送过去，这都不是她可以预想到的，是当时的情势而不是她自己的意愿，她后来辨别，对着心里的黎凤。

那天关山坐的是强生车，遇上的却是个新手，司机刚结束培训上岗。他是崇明岛人，不熟悉上海地形，除了市中心几条马路，对中山环路以外的区域全然无知，也无看地图习惯，载客完全靠客人指路。现在遇上关山这路外地客，读着他递上的阿杜公寓地址便茫然胆怯，央求关山另找车送。但这是早晨的交通高峰时段，关山好容易才招到空车，哪肯轻易放弃。他再次拨通阿杜手机，让她通过电话指路。

然而这一路指导着实费劲，间中司机下错高架桥出口，搅乱了阿杜思路，她迷失方位，无法继续指导。正是在这一刻，她开始焦虑，她突然很担心关山因此无法成行，她将失去这个早晨与他相见的机会。

因此，当他终于到达时，她竟难掩再见他的欣悦，防守的城门就这么不经意地打开了。

"你已经三十五岁了，没想到在床上还这么笨！"她沐浴后穿回家常睡衣，躺回床上他的身边，他笑说。

她翻转身，趴在床上，脸埋进枕里。

他用力扳转她的身体，令她的脸离开枕头，他看见她脸上的泪痕：

"没想到你这么会哭。"

"为什么要让我自卑？"她问，仍带着哭音，"从见到我开始，就打击我！"

"让我自卑的是你！"他放开她，平躺回床，双手枕在后脑勺，深陷的眸子睁得很开，望着天花板，"你唯一一次来过我们家，就是在那间旧工房，你那时在想什么我从你的眼睛可以读到，后来你请我们去'夜上海'，你的好意伤得我很深……"

她扑过去用手捂住他的嘴：

"我不知道你读到的是什么信息，我的眼睛小你看不清，"她自嘲道，松开手恢复与他平躺的姿势，"你和黎凤是我的偶像，当时的我不能接受你们的……"她停下来寻找适当的词语。

"落魄？"他自嘲一笑，接她的口，这两个字从他口里出来好似被锐利的锋刃削出来。

"不是落魄，谈不上落魄。"她急着更正，"在我的想象中你们的生活很浪漫，很传奇，我没有心理准备面对……"她勉强地撑住微笑，五年前的心情此刻触及仍感到刺激。

他几近温柔地把她揽进怀里，如果说之前他们之间只表达了更为直率的性爱。

"我还记得当时你抢着付账时那副焦急的样子，好像我付了这顿饭钱就会破产似的……"

"你那句话,让我难受了很久!"她答他。

"我说了什么?"他问。

她不响,好像重复那句话需要极大勇气,抑或,是顾及他的脆弱?她总要到后来才会意识到,在与他的关系中,她总是忙着照顾他的感受,他的自尊心。

一阵沉默。

"凤姐……她……好吗?"她犹犹疑疑问道,"她在忙什么,除了拍片子?"

"除了拍片子,还有什么可以令她忙?"

是嘲讽还是赞赏?她一时分辨不出,他已起身去浴间打开水龙头,水声哗哗。

她起身从双肩包里拿出黎凤的录像拷贝塞进她已很久不用的录像机里。

"等我走后再看,你有的是时间,她不着急!"他在她身后说道。

事实上,他是站在浴室门口,他自信地展示着他中年的身体,这是一具勉力保持年轻的身体,腿上胸上胳膊上那些曾让他凸现肌肉的地方仍然残留着那么一点肌肉,或者说肌肉的影子。她转开眸子,是关于黎凤的话题让她无法直面他的身体吗?

她退出带子,随手搁在录像机上,钻回被窝。

"我明白你的意思,"疲倦突然袭来,她朝他一笑,"快洗你的澡,我也会尽快为她写。"

好像这是两件可以同时完成的事情。

他走过来吻吻她才回进浴室。

在水声里，她困倦地睁不开眼睛，很快就盹着了。

待他热腾腾的潮湿的身体回进被窝，她睁开眼睛轻轻拨开他伸过来的胳膊坐起身。

"你怎么了，不高兴了？"他抬起脸去看她的表情。

"你今天来找我终究是为了黎凤！"她看着他的深陷的眸子。今天上床前，她甚至没有勇气直视他的眼睛。

"奇怪的逻辑，"他的口气强硬而不耐烦，"你们女人脑子里乱七八糟都转些什么念头？"

"你们女人……"听起来他的婚外关系繁密，其实是她被提醒他到处留情的传言，这更令她生气。

她起身穿衣，把他撂在自己床上，只想快快离去，他竟然躺着不理。

她不愿去想这局面的荒唐，坐在门口的地板上努力解开昨天匆匆脱下已打了死结的靴子上的带子，她的手指发抖，她绝不会料到结束得这般难堪，她把头埋到膝盖上想要哭一场竟然挤不出眼泪。

待她抬起脸，他已蹲在她身边。

如果那天她系完鞋带立刻就走，她与关山的关系也就戛然而止，和黎凤之间会简单许多。她会对她怀着一些愧疚，但不用卷入噩梦般的所谓朋友关系中，既不用写那些言不由衷的吹捧文章，更不会让关山改变自己的人生历程。

然而，她是非常情愿地被关山带回床上，这一次的做爱持久而真实。所谓真实，是指她在快速到来的幻灭后重新面对关山，她不再是羞涩的女孩，更像历练过的女人在一场性爱中只为自己的身体获取快乐。

因此，相比较，前面那一次做爱更像暖身，他们像一对彼此寻觅良久，匹配得天衣无缝的好搭档，而关山却戏谑道：

"我是你和黎凤之间的桥梁，你需要通过爱我去感觉她！"仿佛也是在回答她先前的责问。

她瞪着他，这玩笑并不好笑。

他离开当晚她便看了凤姐的片子，她很遗憾地发现黎凤在重弹老调，或者说，与十多年前的作品相比，凤姐几乎没有长进。也许她的技巧圆熟了，但观念是陈旧的，难道这些年的生活，所有的漂泊挫折是白白经历的？她好像仍然是那个一帆风顺，阅历肤浅，因为被骄纵而任性展示个性的女生。

凤姐的新作品给予阿杜的失望，令她需要重新审视黎凤这个人。事实上，她对她几乎不了解。对于黎凤这个同性，她原本也是对她一见钟情。

是因为二十二岁那年，她的生命园地太贫瘠？

关山离去的这个晚上，她一夜未合眼应该在意料之中，关山这颗巨大的禁果终于令她失守，她的思绪却充满黎凤的身影。奇怪的是，她在感到不安的同时，还有几分窃喜，仿佛她在和黎凤分享这颗禁果。

"与黎凤分享"这个念头令她有成就感。

这个夜晚,在观看黎凤的片子时,其毫无新意的过程常令她不耐烦,思绪便闪回更值得逗留的场景。在关山的床上,她成长飞速,她那么快就跟上了他的节奏,让他发出快意的呼啸?爱是在盲目的一刻迸发,让她觉得辜负了理智,她知道会有后悔的一日,但至少不是现在。

她要关山转告凤姐,她会立刻去看她的片子,并很乐意写出推荐文章。

"不用着急,要是喜欢,就为她写几句。"关山说。

她嘴角含一丝讽笑:"你知道,即使不喜欢,我也是要写的。"但这句话被她咽下去了,她怕惹关山不快,那时候她还没有学会说刻薄话。

其实这是她真实的想法,并希望当晚就把这件事解决。她不想有耽搁,好像急于把欠的债还清。是的,现在黎凤是她的沉重的债权人,她但愿从未遇见她,从未对她有过任何好感,或者说莫名的倾慕。

事实上,她心里明白,关山不忠并非今日始,一次交手她就明白了。他熟练地,几乎轻而易举地颠覆了她视为沉重的关系,也许,他从来就不打算遵守婚姻包含的戒律。没有她,也会有别的人;或者说,对于他,她仅仅是他艳遇对象中的一员,并不蕴含任何特殊意义。

人都有某些与生俱有的天赋,关山的天赋是和女人发生纠葛,意识到这一点,她对他有了恨意。

于是这个夜晚,她是怀着恨意书写评介黎凤作品的文章,不如说，因为突然明白关山而产生出对凤姐的怜悯和情同手足的体贴。她用不着对作品本身认真，她有足够的能力写一篇空洞的吹捧文章。但她又不情愿，觉得即使是应景文章也不要太拙劣，尤其是当你还欠着别人。

她不得不把黎凤的片子看了两遍，尽力寻找其中的价值，假如她换一个标准。然后她发现，标准变了，目光和结论都会变。事情就是这么简单，你可以把粉红看成红色，把米色看成白色。这之间本来就没有清晰的分界线。

这一天阿杜经历了两次飞跃，她睡到了别人的床上，她写了违逆自己标准的文章。

文章发出后，黎凤给阿杜电话，这么多年，这是她第一次给阿杜电话。

电话接通后她开门见山，

"我要请你吃饭。"声音清亮语调干脆。

"喔不用了，"阿杜急忙推辞，"上次在北京的'夜上海'，关山请过了。"她觉得自己不仅不酷，简直是蠢，俗不可耐。

"那是猴年马月的事，你还记着。"黎凤的声音颇能代表她的风格。"再说关山是关山，我是我，我会到上海找你！"不多寒暄便挂了电话。不提文章的事，不唠叨谢谢之类的话，反而显得她要谢她的心意很强烈。

黎凤自有她的风格。而更多的人，所谓普通人，没有风格可言，我们都是普通人，阿杜想道。

几天后,黎凤果然来上海,她把阿杜请到外滩三号,这是个刚开张不久的奢华空间,黎凤把她带到七楼的餐厅,这里最简单的套餐一人份也要三四百元。

"那就套餐吧,我想你跟我一样,吃什么并不重要,在哪里吃才是关键,所以对我们这类人,吃的是情调而不是食物。"

她让领位的服务员把她们领到餐厅的露台餐桌,但被告知露台餐桌已满。黎凤便吩咐服务员去大厅靠窗的地方安排一张桌子,一边拉着阿杜熟门熟路走到露台一角。

黎凤的做派毫无拘束,甚至有些颐指气使,用来对付上海滩崇金媚外的势利角色再合适不过。这是阿杜想学都学不来的,果然,眼看有那么几分怠慢的服务生,其态度随之变得逢迎顺从。

现在的黎凤又留长了发,但也只能称为中长,似被不经意地扎成马尾悬在脑后,发色近红棕,有那么几缕未被束缚,色泽更红,飘荡在她白皙的额前和仍显瘦削的脸颊旁。她是那类没有年龄的女性,或者说,人们总是先被她的魅力吸引而不再分辨她的年龄。

她现在的服饰也更趋简约,质地柔软的黑底碎花吊带裙,配一双黑色镂空短靴,却在上身加一件男式黑棉麻衬衣,那衣服宽松又起皱,似乎随手拈来,在别人是不和谐,在她却是破局,平添格调,风格顿时凸现。

黎凤循着阿杜讶异的目光捏着自己的上衣前襟得意告知,这件衣服最不值钱,是从上海偏僻马路的小店淘来。

黎凤的天赋都用在自己形象的塑造上，是否她的自恋阻挡了她在艺术上的眼界？阿杜不由得要在心里发问。

不过，露台外的景致立刻又吸走阿杜的目光，她们正位于外滩视野最为宽阔的斜角，南京路步行街在此结束，转弯就到外滩。两段风格迥异的街区在此融合，那一边行人商铺密集，霓虹灯旖旎、繁华景象惊鸿一瞥，而外滩宽敞气派的路面上磅礴车阵挟着古典巨型建筑与黄浦江并肩奔腾而来，江上桥梁形成另一股潮流，从河对岸建筑更辉宏灯光更耀眼的浦东新区涌来，河上游轮、客船和舢板则是另一番节奏，轻歌曼舞，浅唱低吟。

"这里有全上海最完美的视角。"黎凤侧脸一瞥阿杜，阿杜不由心虚，为自己毫无创意地穿了一套 GAP 现成搭配的 T 恤和牛仔中裤倍感遗憾。

然而，黎凤眸子里闪烁的灯火引开了阿杜的思绪，两岸铺张的灯光因了河水的反射而更炫目迷离，站在这个位子的黎凤，被她周边的光环罩住。当然，阿杜也一样，只是她看不到自己而已。

"上海滩的好位子到头来还不是被他们占去了？"指指坐满露台餐桌的西方人，"过去，现在，将来，上海总归是他们的乐园。"黎凤耸肩一笑，"你以为我是民族主义？才不是，我是嫉妒，我嫉妒他们占的位子比我好。"

然而黎凤把一头黑发染成异族色彩，她眉眼本来就深浓，经过仔细描画，效果更立体，这使她的外貌与她嫉妒的"他们"更接近。

阿杜含笑瞥了她一眼:"你最合适奇装异服,高调、引人注目,风头太足而带点侵略性。"她顿了顿,"可是你的作品完全不像你的外表。"

"作品怎能代表我?"黎凤笑问,从她那如麻将牌般线条方正皮子上好的名牌包里拿出香烟和打火机,动作娴熟地点火,她指甲彩绘缤纷的手指老练地把香烟夹到嘴角,属于她的最有型的姿态。

"你不再用烟嘴了?"阿杜出神地看着凤姐两唇间陡然变短的烟枝。

"什么烟嘴?"凤姐在烟雾后眯起眼睛。

"你有一枝犀牛牛角烟嘴。"

凤姐怔了一怔,然后莞尔:"噢,你不提我都忘了,哦,我是有过一两枝好烟嘴……"她想了想,呻吟般地哼哼起来,"嗯……都被关山扔了呢,吵架时……猴年马月的事了,呵呵……"凤姐自顾自笑了,阿杜等着她说下去,但她微微抬脸,朝河对岸的浦东眺望,刚才的对话像一粒掉落在地的小珠弹子,它一径滚到某个暗角,不再被理会。

"那时候听说你为关山的肺把烟都戒了。"阿杜又问,似乎要把过去听到的传言一个个来证实。

"戒过一阵子,"她把香烟夹离嘴角,轻吹烟雾,仿佛动作本身令她更享受,"不是为他是为我自己,那阵子想生孩子。"

黎凤对着手指间的烟笑笑,然后把烟掐灭,四处看看未见到垃圾箱，顺手交给走过身边的服务生。

阿杜不由笑了，为她善于让人服务于己而觉快感，尤其是这类摆足架子欲把非富贵之流羞辱出门的豪华之地，阿杜自问从不曾离开上海，却经常会在自己城市的某个空间感受被驱逐的滋味。

但她的思绪只划走一秒钟，马上又回到令她吃惊的话题上，"哦，你也想过要孩子？"

"岂止想过，还有过……"

阿杜张着嘴，痴呆般地看住她。

黎凤转过身背对着那片锦绣繁华，阿杜不由跟着转身，脸对着露台上的吃客们，只觉他们扬起脸看过来，仿佛也在等着听下文。

"那里有位子！"说话间，黎凤已急步领头穿越在饭桌间，阿杜则像木偶般跟着她。

坐定后，黎凤给自己点了一杯干白葡萄酒，阿杜对酒没有任何热望，但似乎要配合黎凤制造的气氛，她点了红酒，但黎凤为她换了同样的干白。"今天吃鱼该喝白酒。"她说。

酒立刻送上来，黎凤带头举起杯子，

"谢谢！"

阿杜把黎凤的举杯的手按下："凤姐，你说到有过孩子，我没有……听错……？"

"关山不想要，要我做手术，否则就离婚。"简略道来，黎凤像要飞速跨过这个话题。

"离就离,大不了做单亲妈妈,孩子真的生下来,他未必舍得离开你们。"阿杜则愤愤然。

"看看,我们到底是两代人,"黎凤皱眉而笑,"我比你至少大七八岁?"阿杜一惊,不敢承认自己已经三十五岁,"可能不止,再过两个月我就……四十四了!"

这世间的现实,没有比数字更无情了,阿杜从来没有真正计算过关山和黎凤的年龄,好像唯有此才能保住他们头上的光环。

"你看,有些难题在你们一代却不算什么!"黎凤道,"我现在回想也觉得自己可笑可怜,好像我多么想保住那个婚姻似的。"

"那个婚姻"?阿杜吃惊地看看她,心跳莫名加速。

"没事,我们现在还是夫妻!"

黎凤用着安慰的口吻,让阿杜更觉荒谬。她后来不断分析自己当时的心情,难道她不希望黎凤离开关山?好像是的,至少维持现状好过另一种翻地覆地的变化,那种变化也可能波及她的人生,就像黎凤说的,她们到底是两代人,她已经预先看到一种关系带来的风险,而她不想承担风险,她不会为了所谓爱义无反顾,像黎凤这代人。

"那么,再想办法怀孕!"阿杜的话让自己吓了一跳。

"好主意!"黎凤笑,"我没有告诉你吗,我四十四岁了,还能生孩子吗?"

"能的!"阿杜斩钉截铁的态度令她自己觉得好笑,"我知道有人四十六岁还生孩子。"

"噢，那倒是好消息，不过要生也不会跟关山生了，我们没有性生活有些年头了！"黎凤轻描淡写的，"这个你大概还没有经验，没有了再恢复就很难，除非重新恋爱，但是既然要重新开始，为何不干脆把对象换了？"

阿杜垂下目光，像是躲避她的询问。

"现在我和关山更像一对有风度的朋友，"黎凤自嘲的，又改用安慰的口吻，更像在宽解阿杜近似失态的呆滞状，"我们彼此宽容忍让，愿意给对方空间。"

黎凤回北京后让阿杜失落了很久，她现在觉得欠黎凤更多。黎凤能对她推心置腹，她却不能。事实上。她又何尝不渴望向凤姐倾诉自己和关山之间进退维艰的困境？

在与凤姐对话的片刻，她常会产生幻觉，好像凤姐是来拯救她的，她将指导她如何免遭关山这类男人的伤害，在与异性的战事中，她们俩才是永远的盟友。

荒谬也在于此，阿杜自从与关山有了性爱，敌意随之产生。他回北京后他们并没有联系，她当然不指望他频传情书，但如此声息全无好像也太没心没肺。阿杜是有些失望的，然而远不如黎凤告诉她的故事给予她的失望更大，这是一种更加抽象的失望。

她自动加速与网恋男友的步伐，他们订了婚，可订完婚她又在网上找到更有"谈头"的朋友，见了面却觉得不如笔谈有意思，可是回到笔谈，原来那种引人入胜的神秘感消失了，还不如和眼前的男友去电影院看一场进口的大片。

从电影院回来，她通常还会再单独看一场自己精心收集的欧洲电影，用她的话来说是"消商业片的毒"。她的男友做媒体编辑经济版面对艺术片不那么有耐心。

然而这并不是问题所在，问题是，她现在和男友做爱，假如偶尔做个爱，内心另有一个幻象，事实上他已经不是幻象，而是那个在床上带她飞速成长让她成为合格搭档的已婚男子，名副其实的"关山"，在千里之外。

郁闷时她给黎凤电话，自从她回北京，她们开始通电话，最初是她先去电话，为了谢她，她告诉凤姐："没有你，我大概不会有机会去外滩三号，那种地方让我怯场。"

她知道说些什么取悦黎凤，这是个轻松的开场白，她们开始无关痛痒的对话，一起嘲笑她们那越来越新、越来越陌生、也越来越装腔作势的城市。她们说她简直像个美容院常客，拼命整容疯狂整容，就为了把自己整得不像自己，陈谷子烂芝麻的弄堂旧事也是她们的经常话题。那时候黎凤便讲起沪地方言，电话这一头的阿杜乍一听仍会吃惊，就像戏台上的演员在后台卸了妆，乍然撞见的观众有说不出的怅惘。

无论如何，童年往事的话题通常令人放松且不用负责，在情绪柔软的间隙，她会抓紧时机问仍排列在心的问题，

"关山的肺还好吧？"

"早就好了，刚去北京那阵他的肺不好……"

"你们住在三环时……"她忍不住提醒她。

"对,在三环时,环境不怎么好……"

你看,总有一些传言是真的,阿杜踏实些了,她不能忍受传说中的关山和凤姐被虚构。

阿杜再见到关山是那年年尾,感觉上已有年头。关山打来电话时她既没有惊喜也没有责备,她正参与厂里一间电影摄制组的制片不如说剧务工作——她很难分辨这两种职务的差异——每天泡在郊区的片场,衣容不整,睡眠不足。

关山电话里告诉她,他参与投资她厂里一部电视剧,捞到了导演一职,许多前期准备,他将在上海待到春节前,总之他又回到了影视圈子,兜了这十多年的一大圈,他感慨。

又怎么样呢?她在心里说,拍广告片拍电视剧有什么本质差别?她的摄制组片场在刚造好的新开发区,还未沾上人气的新建筑在冬天简直就是一座巨大的冰箱冷冻格,她站在毛坯房的水泥地,靴子里的脚痛而痒,生了一脚的冻疮,每天为了预算催导演赶工,像个拿摩温,阿杜在想,做完这部片子就辞职。

不是为了这些:冷、冻疮、担心预算,吃不了摄制组的辛苦,而是吃这些苦是否值得?所有你觉得有意思花心血的片段都将被剪去,一部电影通过审查早已面目全非,且还是商业电影。阿杜向关山发牢骚,或者说,他们互相发牢骚。关山这边的头绪更乱,资金卡士场景等等,剧本还在审查中,没有一个关是容易过的……阿杜和关山倒是成了难友。

"应该这么说,这些艰辛,如果为赚钱倒也罢了,生存嘛,哪有容易的？如果冲着理想来，请转身快快离开，因为事实上并不存在你要的那种理想。"

阿杜的见解令关山一震，他摇着头，无言。那天他们在一个小饭馆，喝了许多酒，进了一次摄制组，阿杜也成半个酒鬼。小饭馆的环境简陋，谈不上什么情调，好处是方便，就在电影厂附近，那时候她已回厂做后期，他不是出城看景，便是泡在厂里，这种会面没有约会的感觉，偷空小聚，像一个厂关系密切的同事。

"我……我们这代人，在你们眼里，是不是有点死心眼？"关山问阿杜，"总觉得赚钱和理想是可以兼顾的。"

阿杜不响，良久才点头道："我现在总算明白黎凤……她的片子为何没有……"

她把"新意"两字咽下去，这类话题不谈也罢。

他看看她，拿起酒瓶给她斟酒，道："你变了很多，成熟了！"

"噢？谢谢！"她手捂住杯口，表示够了。

"可是，我喜欢比较生涩的你。"他放下瓶子捏住她的手，炯炯的眸子对着她。

她抽回她的手去揉眼睛，为了揉去即刻溢出的泪水。

阿杜参与制作的片子送北京广电部审查期间，她便辞职了。这件事也令关山对她刮目相看，特别是他知道她同时接下电影厂的编剧工作，但现在算自由职业，拿剧本稿酬，反比工资拿钱多。

"表面看起来黎凤比你强悍,其实你才是厉害角色。"关山发出这样的评论。

阿杜不知道这算是褒还是贬,心里有刺痛感。

然而,关山在上海的两个多月,他们虽然见面不多,但每天电话联系,关山那头的无数难关,阿杜乐意帮忙解决,在她看来能帮的都是些小忙,比如找场景啊联系演员啦,她说如果没有之前的制片经验,连这些忙都帮不上。但关山感觉身边好像多了个不可或缺的助手,他在上海没有根基,在心理上对阿杜产生依赖也是顺理成章的。

"工作着是美丽的。"这好像是一本书名,却成了阿杜和关山经常拿来互相戏谑的一句话。因为他们发现他们的关系突然变得光滑,很少闹恋人们才会闹的那些别扭,但他们现在算不算恋人呢?阿杜有时自问,他们并没有再上床,好像,他们两人在一起等待某个合适的时机;她同时发现已很长时间不和自己的未婚夫联系,那个莫名其妙的订婚仿佛不曾存在。

她也已经很长时间不和黎凤联系,那段时间黎凤正好也在拍片,去了藏区,她们俩不联系也很正常。可夜晚上床前她常想到黎凤,她凝视镜中的自己:"你是双面人吗?你真的很厉害?"

关山的电视剧资金仍有缺口,他不得不提前回北京去设法解决。他直言相告阿杜,能帮得上忙的只有黎凤了。阿杜笑问,为何不请黎凤当你的制作人?他答,他是在说服她,如果她能让她的电视台参与投资,她就可以代表她的台当制作人之一。

他回北京后给阿杜电话,半开玩笑道:"我可悲地发现我已经有点离不开你了!"

他们开始了频繁的电话和短信,关山直到这时候才学会发短信,而短信最容易催情,所有电话里说不出来的肉麻话,可以通过短信发送。情话灼热时,关山竟飞来上海找阿杜做爱,在阿杜看来,她和关山之间真正的恋爱是从这一刻开始,

春节期间,黎凤打来电话,她第一句话便是:"真麻烦,关山又跟什么人搞在一起,他好像年纪越大越没有自制力,他不讲游戏规则了!"

阿杜拿着电话紧张得说不出话来。黎凤继续道:"他这次去上海时间太长,祸根出在那里……"

阿杜的心脏怦怦有声,禁不住捂住受话筒。

"我不那么管他的,这是我和他的相处之道,他需要自由,嘿,关山嘛,他从来不是什么道德楷模,他需要证明自己的魅力。"阿杜使劲点头,可黎凤是看不见的,

"可是这一次,他过分了,大年三十的,在他父母家团聚,他居然在饭桌上忙着发短信,谁都能看出他心不在焉。他破坏了我们之间的游戏规则!"

大年三十就在三天前,阿杜那天回家和父母过年,在这个即刻长一岁的夜晚,她再一次经受被父母催婚的折磨,他们说:"明天你就三十六岁了,眨眼就到四十岁,你打算做老姑娘吗?"

她给关山发短信:"我恨过节,尤其是大年夜!"他回短信:"明年我们一起过大年夜如何?"这句话令她震动,倒不知说什么好。他的短信又来:"你没有回答我的问题。"她回答:"还有一年呢,谁知道会发生什么!"他回:"你比我年轻许多,却比我悲观。"她答:"悲观和年龄无关,你当然乐观,北京有黎凤,上海有我阿杜,其他地方有什么人,你自己知道!"良久,他才回应:"你心眼怎么这么小?如果黎凤这样,我们早就完了!"阿杜马上回他:"我怎么能跟黎凤比?"

他没有接她的话,她也只能将更多的牢骚话咽进肚子,真奇怪,一旦有爱,涌上心头的竟多是怨恨。

三天过去,他沉默,她也不发声,像两台电脑在飞快的点击中同时死机。

"我要和他摊牌!"黎凤的声音清晰而镇静。

"噢?"阿杜的心脏又变得虚弱,她得努力咽下喘息声。事实上那晚与关山发短信,也就三四个汇合,谈不上"频频发送",她在心里申辩。

"过去我都装聋作哑,现在我不得不问问他要怎么办,他可以选择,我无所谓!"

"那不行,关山没有你怎么过?"阿杜冲口而出,这时候的她并非站在黎凤一边,而是为关山着急。

黎凤的手机响,便中断了这一头的电话。

阿杜转手给关山拨电话,但他没有接电话。

从这天开始,黎凤时不时会来一通电话,通常是深夜,话题虽然围绕着关山,但开始的方式不无突兀:"阿杜,你也没有怎么见到他,在上海?"黎凤会突如其来问这类问题,往往把阿杜吓了一跳,还未来得及回答,她的问题又来,"我关照他请你吃饭,他请你了吗?"

"你们又没欠我,为什么要他请我。"阿杜的回答也是脱离常情轨道,听起来有几分负气。

但黎凤电话比较贯穿的主题是,她对关山这个人的评述:"关山这人不好色,他不拈花惹草,和女人好他是用感情的,但这人的毛病的是,女人们没有办法和他一起生活,孩子啦、柴米油盐啦,女人要的安定他不会给的。他是破坏家庭的人,不是坏别人家庭,是毁自己的……"

"他很适合摄制组的生活,成群结队关闭在一个地方共同做一件事,有点像营地生活,换个组就是换个营地。拍广告的好处是,他可以经常换营地,关山是要把他的人生当夏令营过!"

黎凤的结论让阿杜好气又好笑。"你为什么要接受他?"她责备般地发问,像是为黎凤不平,这一刻的阿杜是真的为黎凤不平。

"我是女人中的异数,可能近朱者赤,我们一起二十年,他影响我太多,不过,营地生活方式是我先找到的,"黎凤笑了,能想象她得意的神情,这时候阿杜的心情也调整得较为松弛,"现在他手里的电视剧是我找来的,他的'夏令营'需要我帮忙搭建。"

黎凤并没有夸大其词,阿杜在心里恨着关山,她是恨他如此这般就没了音信,她实在不晓得怎么做才对得起自己,既然,已经对不起凤姐。

不过,不管阿杜如何生气,或沮丧,或思绪如麻,或夜深难眠,这都没有影响她的理性尚存,不如说从未丧失过,所以这几天黎凤的电话冲击、关山的音信全无,并未真正击垮她。

多年来,她一直是生活在这一情感的挫折中,与关山的关系她从未索要结果。她早有直觉,没有什么结果是快乐的,她深知她代替不了黎凤,她顶多是关山短暂的情人,如今既然黎凤已察觉,这个"短暂"也到结束的时候了。

春节早就结束,但不管是父母家还是朋友间,聚会仍频。她终于不再拒绝甚至积极配合父母或亲戚安排的相亲会,但这种事往往由命运安排,几场相亲未果,却在大学校友的聚会上看到某种可能性,一离婚男生知道她仍然单身便来约会她。他是成功人士,虽说有过婚姻,留下的孩子由前妻抚养。但如今的社会价值观,阿杜的人生经验都在暗示,这成功人士比是否有过婚姻更具有决定性。

他们的关系发展神速,成功人士工作在珠海,每星期周末飞来上海与她见面,他不知道正是他这坐飞机的约会在情感上打动了她,两个月后,他们已经在谈论五月的婚礼。

这时,关山却来了电话。她不接他的电话,他发来短信说,他刚回北京,前一阵被电视剧集资的事弄得焦头烂额,因为黎凤不肯帮忙。阿杜好像刚刚发现关山的短信里只有他自己,他竟然没有因为迟迟不联系而道歉。

气愤中阿杜回的短信:"我也在忙,忙着约会,他向我求婚,我答应了,所以我们不便联系。"

关山答:"我不喜欢太强悍的女人,一个黎凤已经够我受的。"

看起来牛头不对马嘴,但她能读懂背后的意思,他显然误以为阿杜在对他说气话,她在心里说,瞧瞧这个自我膨胀的男人,这一次他可是判断失误。

那晚夜深十二点,黎凤来电话:"关山今天难得早回,已经睡了,"她用气声道,"你都听得到他的鼾声。"她悬空听筒试图让阿杜倾听。

阿杜"哈"地一笑,在对方听来这笑声太响,她好像听到电话那端的黎凤打开客厅门,走到阳台,她也随之到阳台。星空下,暗影交叠,秘密四伏,

"我终于忍不住做一回小人,他的手机在我手里,今天的短信还留着,我读给你听……"

阿杜一惊,夹在颈项间的电话筒差点掉到地上,她一把接住。

"喔,算了,我不想听……!"

她又退回屋子,仿佛看到黎凤也从阳台退回客厅,直退到客厅旁的备用厕所,坐在抽水马桶盖上。

"世上没有不散的筵席,我想通了……"黎凤念念有词。

阿杜把受话筒从耳边拿开,拎着电话,到厨房倒了一杯凉

水放到客厅的茶几上,去卧室找烟缸,捧着烟缸回到厨房找香烟,她好像需要在移动中镇静怦然有声的心跳。

"噢,听听关山的回答……"黎凤稍稍压低嗓子,"前一阵被电视剧集资的事弄得焦头烂额,因为黎凤不肯帮忙……哼!"这"哼"声是黎凤添上的。

阿杜想象黎凤的表情,不屑,或讥诮?

"这应该是他先发出的信息,然后她回答前面那句筵席之类的话……"

她似乎看到凤姐的拇指在手机的接收和发送键上来回拨动做着剪辑,呵,职业习惯。

阿杜拿起打火机点烟,坐到沙发上,脸正对着嵌在墙里的镜子,镜子里的女人嘴上叼着烟,披头散发,这个人到底在模仿谁?

"关山又答……喂喂……"在一片寂静中,黎凤以为电话断了。

"噢,我在……"阿杜答应道,对着镜中披头散发的自己吐出一口烟雾,"五月长假有空来上海吗,请参加我的婚礼!"这声邀请让她自己都吓了一跳,不过也无所谓了,她试图笑望镜中自己,但见那烟雾毫无节制地扩散开来,把镜面遮盖,她总是无法做到像黎凤那般富有韵律地让烟雾一缕一缕从唇间袅袅升腾到空中。

"婚礼?"黎凤的标准普通话吐字清晰又浓烈,相当戏剧化地重复道,"阿杜要举行婚礼?"

"是，我妈妈的老姑娘终于嫁出去了！"阿杜回答。两指夹着烟，将烟送到嘴角，即便这样一个简单动作她也模仿不好，或者说，模仿得太像黎凤，一看就像模仿，阿杜负气地把烟掐灭。

"呵……呵……"黎凤笑了，"我可是比你妈还高兴呢？"

"为什么？"阿杜突然就有种解放的感觉，毫不畏惧地发问。

"这新时代的婚礼我还真没有机会参加！"黎凤清亮的声音颇为轻快，"我们这代人结婚哪有婚礼？呵呵，我结了两次婚，居然都没有捞到什么婚礼，一辈子都没有机会穿雪白的婚礼礼服，真他妈的不爽！"

黎凤的笑声感染到阿杜，她好像刚刚发现乏味的日子后面有一件趣事等着。

"你不请关山吗？"黎凤突然问。

"当然请，快递送上邀请卡，写上你和关山的名字，我已经想好了，你的名字写在前，'黎凤关山贤伉俪'，谁让我是女性主义……"

阿杜的话语被黎凤的笑声淹没。

阿杜的眼前却幻化成一副电影《落跑新娘》的画面，她穿着雪白的婚礼礼服，从婚宴上逃出来，与迎候在外的关山汇合，他们牵手在尘土飞扬的大街奔跑，沿途的行人变成啦啦队，喊加油声最响的竟然是黎凤。

（初刊于《上海文学》二〇一〇年第七期）

糜 烂

一

没有人接机。

苏晓卉站在拥挤的机场大厅,被迎客的人群推来搡去,她知道,他们都是些视而不见的"盲人",这些被重逢冲昏了头脑的人啊!他们眼泪汪汪,悲喜不明的泪水,还有比这种长相迎的地方更富戏剧性的吗?苏晓卉茫然四顾有点儿失措,对于所有戏剧性的关头,她从来是要回避的,而眼下,她却被人群抛在大厅中央,形单影只,只有大堆行李像爱儿围绕在膝前。

家里人不会来,母亲住院父亲在医院陪她。当初走的时候就没让他们送。那时老父六十,老母五十五,她在弄堂口朝他们招招手后便跳上送行大巴,仿佛只是一场小别,车子立刻启动,她不由地松一口气。从窗玻璃望出去,母亲的额前留着一缕卷发,看上去比父亲年轻整整十岁。她想到,至少三四年以后才能回家,到时母亲已近六十,无论如何,六十岁的女人该显老态,而父亲更不知会老成什么样子,心里就突地黯然。但车厢里嘻嘻哈哈叽叽喳喳,像打翻的田鸡篓,不给她片刻的伤感。

自从拿到马来西亚签证,她那十三平米的家便人来人往,像个闹哄哄的车厢。旧朋新友,三亲四戚,都来了一遍,感觉他们比她还兴奋。无论如何,她是有遗憾的,马来西亚在她的印象里,不过是个热带小国,多有丛林……但他们,亲友们都是乐观的。他们说,你当然不是为了去马来西亚而去马来西亚,马来西亚只不过是桥梁,你是要通过它去世界上任何一个地方!

世界上任何一个地方?她当时手中的签证只有三个月,三个月的旅游签证,她的心中只有惘然。而要去送行的人如此之多,以至她和妈妈不断拟定送行者名单,为了让那次告别成为一场快乐的聚会。她不顾妈妈的反对,删去所有长辈的名字,她因此也把双亲阻止在弄堂口,她不是不知道他们其实也很要轧闹猛。

她怎么会料到,这一别便是八年?而让她匆匆赶回的,是妈妈坐在病房床上的照片:短发,短又直。那晚她穿着睡衣驾车冲上高速公路,她在车上号啕大哭,哭完了便在路边电话亭和父亲讨论回家的计划。之后,又给沈清华、章霖她们写信报告归期,因为过于激动而没法从容写来。她想告诉她们,这一天她憧憬了八年!但是这句话还未写完,泪水已不可收拾。她才发现已经有很多年不写信,或者说不写心情;才发现心绪如此之满,轻轻一触便从心口溢出。

会有许多人来接机,许多人呢,想象中比八年前离开时更闹猛,为什么不?这一天她等了这么久,在吉隆坡寂寞的深夜,豪华却又空荡荡的别墅内,只有音乐陪伴她。可音乐没法填补她的人生虚空的那一部分,无数个失眠夜唯一能给自己带来安慰的想象,便是回家的那一刻——走下飞机,走出绿色通道,玻璃墙外贴满熟悉的脸庞,鲜花举过头顶,不如说机场大厅在举行欢迎她的盛会。是的,吉隆坡生活的全部意义不正是在回家的一刻显现?

此刻,她孤零零地站在机场大厅中央,宛若骤然丧失观众的演员,极度的失望令她茫然。

出租车司机问:"去哪?"

"回家!"她不假思索答道,立刻又喃喃道,"我连回家的路都不认识!"

司机侧过头,从反光镜里注视着她,然后启动车子,一边问道:

"住哪条路?靠近哪两条大马路?"他又一次从反光镜里看她。

"知道皋兰路吗,那里有个东正教堂,靠近淮海路,与瑞金二路垂直。"在这样的叙述中她获得了现实感,心情趋于平静。

"这就对了,有方位很好找的,用不着怕,如果真的是连方向也没有,我可以问调度。"他打开对讲机又立刻关上,回头朝她笑。安全挡板挡住了他的脸,透过晦暗的有机玻璃只见一张模糊的笑脸。这时车驶上机场大道,他说:"你刚从国外回来,大概出去很多年,你有些紧张,为什么不让家人或者亲戚朋友来接?"

"屋里只有爷娘,"她讲上海话,"娘住医院爷要陪伊,我跟老朋友、亲眷都写过信,不晓得伊啦收得到伐,好几年不联系了……"絮絮叨叨竟有这么多的话要对陌生的司机讲,她憋不住的心酸,脸转向窗外,那只是个眼熟的陌生城市。

"……说不定他们都已经搬走,批租啦造桥啦拆迁旧房啦,上海很多人家都是搬了又搬,很多年不联系有可能就失去联系……"

心惊令她挺直腰背,目光拨开挡板,看到司机的后脑勺有一块白发。

回家第二天便去清华娘家,她真正大吃一惊,清华娘家那一栋面朝淮海路的公寓成了一片废墟。三大间六十多平米的沈家,连同楼下的药房、水果铺、食品店,变成街市拐角一大堆尘埃。尘埃漫过来,淹没了人行道,行人走到这儿便穿马路绕开去,废墟更显空旷。

那些夏天的夜晚,雷雨过后,她和章霖踩着湿淋淋的梧桐叶片,一路散步去清华家。她们总是避开热闹的淮海路,从皋兰路经过瑞金二路,进南昌路,出陕西路到淮海路口,便来到清华家楼下。这一路梧桐树遮天蔽日,树梢披着路灯光映在天空深邃蓝色上,楼房幢幢在雨后浓郁的绿色气息里,竟森森然如置身在林中。雷和闪电帮助雨水洗刷了空气,沉淀了所有的浊味，只有腐叶味新叶味夹杂着泥土味，如一股股小溪漾开来，一圈圈涟漪，都市沉滞的空间竟有波光粼粼的感觉。她们不说话，只是深深地呼吸，肺腑像清洗后的肌肤，滑爽沁凉。十七岁的年龄唇红齿白，却和街上大部分行人一样，穿的确良长裤，但一件朝阳格短袖衬衣仍然传递了青春的芬芳。她们在楼下的马路上叫唤清华，清华父母都是主任级的医师，每晚坐在应该称为走廊却被他们充作客厅的地方研读医学书，使她们觉得沈家森严壁垒，所以很少上楼。等清华应声下楼，她们便退到沿马路的弄堂口说话。

那些日子，物质匮乏，生命却如此丰满。她们用国语齐声喊"沈清华"，尾音好听地扬起，在市声里竟也余音袅袅，令自己不胜喜悦。清华是她俩中学同学，高头大马，遗传了父母的基因，好读书又好为人师，可那时她的才华只能表现在读小说讲故事上。那些犯忌的情事在清华嘴中绘声绘色，她俩便在弄堂口且喜且忧，面对街市的嘈杂，莫名的激动却在身体内喧哗。

陪伴在旁的父亲说，这种旧房子再也造不出来，现在上海滩上的好房子数也数得过来……说，拆房容易，再牢固的结构都一样，定向爆炸，声音都听不见，房子酥了一样坍下来，就像沙滩上孩子们玩的沙器。这时一阵大风吹来，春天的风狂乱轻漫，即刻便尘土遮目，街口的汽车喇叭竟比风还嚣张，她不由地闭上眼睛。

抱着电话机颓坐在圈椅里，上海只待一星期，已经两天过去，她手中只有沈清华娘家的地址。沈清华五年前已结婚，当时写信说，没有固定婚房，后又写信说婚姻也是暂时的，大概娘家才是恒久的归宿……她一直后悔没有及时给清华回信，因为那时她正穿着防弹衣，每日提心吊胆于丈夫前女友的手枪射击。后来再也没有收到清华的信，每年年底互递卡片，再后来她单方面递卡片。

收不到清华的信便也没有章霖的信息，她情感上更依恋章霖。她们本来住一条弄堂，同一所幼儿园、小学、中学，她和章霖无话不谈。可出国时章霖家在忙调房，为她大哥成家，打算将皋兰路上有大小卫生间、钢窗蜡地的单间洋房调往边缘区的工房。章霖答应搬了家便给她写信，但是章霖是个不可救药的懒笔头，从来也不写信。出国第二年从清华那儿得知章霖也在准备嫁人，那时她正被绝望锁在深谷——在吉隆坡的豪宅陪着女眷们打牌却身无分文，夜晚含泪给父母写信，央他们给章霖送两百块钱作为喜礼。

几个礼拜后，居然在姑妈家的客厅听到章霖的声音，因为激动，因为担心电话费，她俩没法安静地说话。她埋怨章霖不写信，章霖骂她多事，朋友结婚却要麻烦自己的父母。才说开头电话又断了，为此心神不宁了一天。晚上姨妈当着姨夫的面嘲笑她讲上海话，叽叽喳喳没有教养，她却在后悔许多该问的事没来得及问，比如新婚生活、新家地址，想象不出瘦瘦小小、智商极高的章霖配上什么样的夫婿。

后来章霖又来过两次电话，两次都不是时候。一次她正准备和姑妈家的女眷出门,这一个吉隆坡富家的女眷出门是集体性的,她们总是共同去参加某一个社交活动,带上宅里所有保镖,所以她在走廊上听电话的时候,却在记挂等在车里的女眷们的脸色。仍然没问想知道的事,电话仍突然中断,不过她已知道是章霖用磁卡的缘故。另一次她没在家,电话接在女佣手上,她相信那个只会讲英语的菲佣,一定让章霖浪费了不少血汗钱。想想看,一分钟四十五块钱哪,很多年这点儿钱是她一个月的工资。她心疼得当晚给章霖发信,责备章霖花钱不计后果……荒唐的是,她当时仍然没有章霖的新家地址,信便寄给了清华。

清华回信,用章霖的口吻说,打长途用的是她送的两百块钱,谁让她送钱呢?清华告诉她,章霖的哥哥为婚房的事和家人翻脸,不肯去边缘地区的工房,最终他们一家调往老家附近的石库门底层,牺牲煤卫楼层,面积扩大十平米。当然是有人帮忙。章霖的夫婿是房管所的管理员,在他的疏通下,石库门天井加盖了一间浴室。清华不无苛刻地写道:我很怀疑章霖结婚是为她哥的婚房,他们相亲认识,两个月就结婚了。

她坐在英语补习班,双肘支在课桌,双掌捧住头,胃堵得要命。啊,房子,又是为了房子,房子已成了她和章霖和所有心比天高的女孩心中的块垒。临走时,关照过章霖,不到最后一刻不能结婚!可最后一刻是指哪一刻呢?她们好像没有讨论过,但她心里明白,只要有可能,第一帮的是章霖,也把她拖出来,永远离开南市区的那间小厂,要紧的是永远与拮据计较的小市民生活告别。但这一天，出了国才知道，原来是遥遥无期。

清华的这封信她间隔了很久才回，大概就是从那时开始，她越来越少写信。章霖不再打电话，也仍然不写信。清华的信仍是忘了写上章霖的地址，她也不再索讨，她似乎在躲避章霖，或者说躲避章霖黯淡无望的生活，她离开中国不正是为了抗拒将要降临的这种生活？

"长久不联系就会失去联系！"她没法接受这样的荒谬，一直以为任何时候回来都能相见，积聚了八年的心情，也只能对她们倾诉。要不然回来干什么呢？

自从结婚嫁给一个年长二十岁的吉隆坡华人，她才发现孤独的远游刚刚开始。曾经有整整半年时间，父母不愿给她写信。他们是规规矩矩的本分人，怎么能够答应一个接近更年期的鳏夫娶走自己花容月貌的女儿？"又不是封建时代，谁也没有逼你，你可不要糟蹋自己……"父亲在电话里发脾气。她气得甩电话，真是拎不清呵，人家可是吉隆坡数一数二的富翁！她在马来西亚没有身份，等他求婚等了整整三年呢，那时，她离开上海已经六年。父亲一封信追过来，写道：幸福不是能够用钱买到的（她窃笑，陈词滥调的大道理呵）；要那么多钱干什么，我们不会用你一分钱（她摇头，相信父亲会这么做，但是自己需要钱，父母有能力资助她吗）；再说，我们怎么向亲戚交代？她读到这儿，把信撕了，见鬼去吧，亲戚，我们他妈的是为他们活着的吗？

漫长的岁月里,父母到底敌不过思女心切,在她到吉隆坡第七个年头,他们申请了大马探亲签证,但父母住了不到半年便吵着回家。豪华生活不是自己挣来的,一辈子自食其力,坐在几百平米的客厅,竟有苟且偷生的感觉。母亲捧着胸口老是担心心脏病发作,果然发作了几次,花去好几千美金。老两口心疼到几近有犯罪感,父亲埋怨国外的生活不健康;母亲说,这里没有冬季,长年累月的热下去,会缩短寿命,不正常的气候。她那时突然明白,时光不能倒转,跨出去的步子退不回来,这一次婚姻是她和父母之间一道深深的鸿沟。

但是分别之中却又刻骨思念,她打电话回去,妈妈总是问,为什么不能回一趟家,飞机才几小时,为什么?婚前一切悬在半空,重要的是没有在马国取得合法身份,于是又谈何衣锦还乡?婚后则是个翻天覆地的变化,或者说,如梦初醒,所有关闭的部分突然向她打开,似乎是在一夜之间经过沧海桑田。她不怪他,可笑的只是自己……丈夫是吉隆坡屈指可数的几大富翁之一,婚前是大家族未婚女儿觊觎的配偶,他的温文尔雅更是让所有的女儿心仪,却对她情有独钟。那时候,几乎每个深夜,他从生意场上归来,进入睡眠前的那段宝贵时光,他都给了她。事实上,他们很少见面,他们只是睡在各自床上,通过电话轻轻地聊天。他的低低的嗓音,温暖宽厚,几乎成了她的生活——什么样的生活呵,灼人的阳光下无边无际的沙漠,是的,他的嗓音是沙漠里的一片绿洲。

那时候,她举目无亲,前途晦暗,身边有个朋友,有利可图的朋友,并且知道他喜欢自己,感觉就会好起来。

回想起来,作为女人,她原本对他没有太多的需求,如果不是为了居留证,她和他的关系绝不会是婚嫁的关系。也许,他们将长久地有着那种联系,浪漫的联系,她将是他的红粉知己,而他不时地给予她一些资助,他们之间保留着大块空白,她将一直愚钝……为什么不呢,如果愚钝能帮她摆脱痛苦?

有时,人就像坐在滑梯上,"嗤"地一下就滑了下去,沙坑里有一摊污水。她正是坐在婚姻的滑梯上,一下子滑进了真相的污水里。她的丈夫,著名的企业家,吉隆坡最温良的富人只能给她太太的虚名。这个曾经给大家族女儿带来许多期待的男子,在新婚之夜才让他的妻子明白,他能给她一切,除了男人的爱。那个晚上她比他更难堪,他以为她早有准备接受这没有性的婚姻,他温柔地搂住她,说道:"我们都得为自己的人生付出代价,我为了家庭的事业付出健康,你呢,你为你的前程付出了一些快乐……"

真是天大的讽刺,她仿佛拿着一个美丽巨大的礼品盒,一层一层打开来,空无所有,除了一地的包装纸。仿佛闯入深宅大院,正得意登堂入室,却发现将自己被囚禁在无人之地。她怎么没有逃走呢,她无数次自问,可是,怎么能在失败的时候回家?她到底还是稳住了自己,稳稳地坐住了太太的位子。人们能够看到的是,他开始带她出入他的公司,他们成了一对伙伴,真正的商业伴侣。夜的虚空变得无关紧要,公司的利益才是首当其冲。

婚前那些温馨的夜谈，飘荡在他们之间的风月气息，早已随着婚姻的到来消弭。任何罗曼蒂克，哪怕是想象中的（有时她觉得是自己的一种精神病症），都无颜面对家族的伟业。而作为女人，她一无所有，没有性爱，当然也没有孩子的慰藉。可她获得了居留证，她是豪门叶氏主妇，有多套别墅，亭子间女儿是一个多么远多么远的记忆，仅仅是一抹阴影，时隐时现于现实强烈纷繁的色彩间。

有些印记仿佛永远没法揩去。她诞生在那个时代，匮乏的时代，从那个时代产生的欲望、热情、焦虑，仍然在折磨她。她只能拼命消费，最喜欢买的当然是房子，因为房子曾经是她的忧患中心。阅读房地产商的广告成了她的一项消遣，她不断地买房，然后卖房，因为她不可能占有所有美丽的别墅。爱好可以转变成才能，她的这一才能比其他的一切更能获得丈夫家族的赏识，她开始为公司经营起房地产。她庆幸自己有这样一份事业，如果这能称作一份事业。她有了早出晚归的理由，自己驾驶跑车的理由。

她没法把自己忘却在事业里，每天傍晚她去健身房、美容院消磨几小时。三十五岁的身体仍然苗条而富于弹性，皮肤光滑细腻。她站在镜子前审视自己的胴体，不可抑制的期待和柔软的浴巾一起覆盖住了自己。夜晚九点，她和丈夫在固定的餐馆共进晚餐，之后，丈夫会有一些应酬，她驾车回家。她和丈夫分房睡，她从不熬夜，大部分夜晚，她不知丈夫何时归来。她为自己的卧房安置了最好的音响，她的夜晚有音乐陪伴，听起来诗情画意，可她就是在那些夜晚，感受着生命在流逝，感受着正在流逝的生命的空虚和冷酷。她在音乐声中冲出房门，驾着跑车冲上高速公路，她在"飞车"中狂嚎，动物一样地嚎着，嚎过以后的睡眠特别深。她已经不去咀嚼自己的感受，除非需要对付那种生理性的症状，比方说，嚎的渴望。

她问丈夫，什么时候回上海？丈夫答，等忙过这一阵。就这样，等了一年又一年。内心深处，她发现自己是在等待中吮吸明日的乐趣，抑或，她对回家是否会带来快乐心存疑虑。妈妈病重住院促她成行。回家途中，激动得不可抑制，除了父母，她最想见的便是她们——少女时代的女友，八年未见，在自己人生状态变得暧昧不清的时候，她们甚至不通音讯。

父亲坐在沙发上打盹，电视在播放体育新闻，她的心里充满焦虑。已经三天过去，宝贵的三天，她仍然没找到好朋友章霖和沈清华，这意味着，也许她将永远失去她们。

夜晚八点，她正准备回住宿的酒店，却来了不速之客。当她关了电视机，又为父亲铺好床，蹑手蹑脚穿好衣服拿起包正欲离开时，她听到楼梯的脚步在房门口停住，虚掩的房门被推开，一张脸伸进来。

"苏晓卉，认得我吗？"

的的确确能一眼辨明，肉鼓鼓的鼻子，微龅的齿和带棱的唇角，以及脆亮的嗓音，如果体形不是过于丰满，下巴没有赘肉，再把烫卷的头发削短，脱去西式套装，甄真无疑仍是一位活力过人的俏女生。苏晓卉暗暗地在为甄真做减法，这些年她常做减法，对着镜子给自己做：拿去鼻梁上的雀斑，拿去眼梢旁轻溅的细纹，拿去罩在肌肤上触摸不到的倦怠……为了减，她不倦地去美容院，可衰老却像春雨，一夜之间悄无声息地润湿了青春之泥。

"算起来有十七个年头，中学毕业去外地就再也没有碰到，你怎么一点都没变，真的没变呵！"甄真就像过去一样叽叽喳喳，言不由衷地强调着，但她城府不深的表情传递着全然不同的信息。

她们从幼儿园开始就明争暗斗，甄真的聪明伶俐，晓卉的漂亮乖巧，都受宠于老师，便有了争宠；更因为住在一条弄堂，知道彼此底细，便避之不及，从来不在一起玩乐。但此刻，她衷心欢迎这位不速之客。

"真没想到你会来，回国后还没见到什么人……"

她的声音在甄真听来过于陌生，声调压得很低，成熟的、魅人的，却捉不到情绪。她的身体稳稳当当地安放在家中独一无二的红木圈椅里，双臂抱在胸前，娴雅慵懒。那种美是拒人千里之外的，一刹那，甄真有点儿尴尬！

"早就知道你要回来，老激动的，这么多年碰不到。要不是女儿发高烧，我本来想去机场接你！"

一番话令晓卉鼻酸，这正是她回国时盼望得到的情意。她掩饰地站起身，拿出从国外带回的巧克力、坚果，放在甄真的面前。父亲已醒来，一旁说道：

"现在只有甄真还常来陪陪我们，她女儿已经十岁，钢琴弹得好，已经考到六级！"无端地叹了一口气，"还是甄真福气好哇！"

飞快地瞥一眼父亲，他正为自己点烟，也许是不小心掉出的一句牢骚话，甄真已经响亮地笑起来：

"到底谁福气好哇，苏家爸爸，晓卉已经做外国人，房子买了好几幢，铜钿不要太多噢，在伊面前我还能做人吗？"没有一丝嘲讽，甚是欢快。

苏晓卉却在忐忑，这样的话题难免不触礁。

"晓卉，我现在是家庭妇女，当初争长争短还不是为争个好分数？到头来又怎么样呢，不就在家带孩子？"神情明朗如初，没有任何错失良机的遗憾，晓卉才想起，那时的中学女生如何鄙视家庭妇女。

不等晓卉提问，甄真自答：

"没有什么，就是嫁个老公听话，虽然一生平平淡淡，但还顺心。当年一道在山西煤矿谈朋友时正好恢复高考，我对伊讲，考回上海，否则免谈结婚。伊真的就考回去了，一考回去我就跟伊结婚，请了病假跟到上海，伊读书的辰光，我住在婆家。婆家是石库门房子，没有卫生设备，日子真难过，还是熬过来了，坚决不住，回娘家！我是要给他点压力，没压力读不好书，伊到底还是争气，全优生留在上海，没多久我户口也回来了就立刻生小囡，生了小囡更加不想上班。再说我这种人没有专业，找不到称心职业，老公讲，我养你算了……"气也不歇一口，几十年的风雨人生便这样轻松得数过来，有的是小女人的满足感。苏晓卉竟对她生出忌妒,就像多少年前,甄真的功课名次总在她的前面。

"甄真的先生现在是合资企业副总经理,"父亲补充着,"上下班车子接送,每年出国几次,分到一套虹桥开发区的房子,三室一厅,这套房子自己买多少钱?四十万还挡不住,在国内混到这一步还要出去做啥?"他看着晓卉发问,说不尽的遗憾,还有谴责。甄真直笑:

"唉,唉,中国人和外国人到底不一样,人家晓卉是见过世面的,我会有什么出息?每天在家陪女儿练琴,家务都是保姆做的。"他炫耀地伸出手,"晓卉,你知道,那时候,音乐课是我的弱项,做梦也不会想到,三十岁以后会练起钢琴!"这双手丰润得几近肥腻,手背上分布着肉窝,的确是一双享福的手。

她淡淡一笑,突如其来转移话题:

"甄真,我找不到章霖和沈清华!"

意外的是,甄真说她常常遇见章霖,她现在是花店老板。"当然,在她那儿也会碰到沈清华,"阴云从甄真的脸掠过,"可她这人太自以为是,我们互相不理睬……"

苏晓卉的一声欢呼打断了甄真的话语,她扑过来,抱住她喊道:

"甄真,我以为再也见不到她们!"

甄真略略不快地挣脱晓卉的拥抱,先前她已经有占了晓卉上风的快意,这一刻那种感觉烟消云散。

二

早晨在宾馆,晓卉试着一套套衣服,最终确定了牛仔裤配细麻纱白衬衣,这套衣服尽管是价格不菲的名牌,但看上去质朴无华,她要的正是这种感觉,再配上修剪得十分讲究但同样不露声色的短发,清新卓立。丈夫一向赞赏她对服装的品位——低调中的不同凡响,她自己明白,那是她对人世沧桑的感受,化解成服装上的世故,而这,丈夫会懂吗?

她摘下钻石耳环和戒指,所有可能造成与故友之间距离的物质都要拿走。但是见面的一刹那,她发现八年的时间已横亘在她们中间。

她从宾馆回家等她们,她甚至不愿在更为宽敞的宾馆客房见她们,她是这样地渴望回到过去的气氛,也因此坐立不安了一上午。甄真保证过,她们中午之前肯定到。她为了镇定自己便开始看电视,看着看着便盹住了。半梦半醒的时候,听见有人喊自己的名字竟有点儿不耐烦,那种感觉,正是读书时,下午有课,中午在家午睡,睡得正酣,章霖来叫她同去上学。

她不情愿地睁开眼睛,沈清华正站在房门口脱鞋。

"我等了你们一上午!"她抱怨道。似乎这个上午比八年的时间还宝贵,她其实是个拙于表达自己的女人。

当年人高马大的沈清华清瘦了许多,甚至比年轻时候漂亮:单眼皮上打了眼影;嘴唇红润,被仔细地勾勒出唇线;脸上的皮肤保养得很好，光泽而柔韧；衣服经过仔细地挑选搭配，品质不低。她的白色棉麻短袖高衩长襟西外套，配上低圆领灰白横条紧身棉恤衫，在这暮春季节显得清爽而富时尚的活力。沈清华自己找个位置坐下来，抬起头打量她，微笑着，不无嘲讽。

"你做阔太太哪知道上班族的苦恼，除了周末，白天的时间我们能支配吗？今天恰恰是一星期一次的编辑部会议，我是找了个机会溜出来，喏，你一声召唤嘛！"

"对不起，我以为……我印象中，你好像是不坐班的……"心里被一根不经意的手指钩出一线懊悔，懊悔什么呢？

"自己单位是不坐班，我另外在打一份工，所以白天的时间挤满了。"

她故意轻松地打趣：

"你这身打扮看上去有钱也有闲，穿这样的衣服能挤公共汽车吗？"

巧妙的奉承，清华果然开心了。

"没有你想象得邋遢而已，我这身劳苦大众名牌能跟你名家名牌比吗？一身'阿曼尼'几千美金，我连梦想都不敢！"

心虚地一笑，"阿曼尼"是她们之间的鸿沟吗？

清华坦然地打量她："晓卉，钱能塑造女人。比起八年前，你已判若两人，从小家碧玉到大家闺秀，要是在马路上碰到，我都不敢招呼你……"环顾四周，"怎么不给自己爷娘买一套房，这么多年，好像只有这间亭子间没有变过！"多年前的优越感，在出身平民的同学中自视甚高的优越感，苏晓卉需要重新适应。

她平静地一笑,这是她坚固自己的方式。

"清华,他们还是十几年前的老脑筋,对钱有罪恶感,对我的婚姻有耻辱感,尤其是我爸爸,他认定我是嫁给钱,所以不让我给他买房……"

"嫁给钱又怎么样?如果到头来什么都落空,至少钱能给你一份人道的生活。再说,没有钱的男人不一定比有钱的男人多点其他什么长处!"

晓卉咕咕咕地笑,清华的这番话令她释然。看起来,她的愤世嫉俗多半来源于男人。等着听她说故事,甄真带着女儿又喊又笑上楼。

甄真已在饭店安排午餐,说已通知章霖直接去饭店。沈清华坚决告辞,称中午有工作饭局,甚至没有与甄真母女道别。晓卉无措地跟着清华下楼,这种关系令她慌张,心中恼恨甄真多事,嘴里说:

"要不是她,我也见不到你们,所以……"

"我的确是忙,不只是两份工,"清华截住她的话,"这两天又接了一份为外籍人上汉语课的活,章霖其实也忙得脱不开身,她的花店在翻修店面,打算经营快餐,她丈夫累得头发一根不剩,当然你走之前,我们总会见一次面……"

总会见一面?她以为她们应该日夜厮守,她在弄堂口拉住清华:"昨天去你老房子找你,那里是一堆废墟,常在你家楼下聊天,八年里最向往的是那种情景……"她突然落泪。

沈清华就是在这一刻冲动地从口袋里拿出一张名片,她一直克制着没有拿出来,因为章霖会反对,更因为自己的私心,但是这一刻,眼见得苏晓卉的寂寞潮水一般卷来,她心里为她痛。

苏晓卉没有表现失态,抬起眼帘时,她的眼睛是干的:

"谢谢你清华,我知道我其实没法谢你!"

把手伸给清华,手指冰凉,这冰凉感长久地留在沈清华的心里。

只有章霖是风尘仆仆,从生活的灰堆里出来,是苏晓卉记忆中多年前的中年主妇:干枯的鬈发乱似鸡窝,过时的旧衣服马马虎虎挂在身上,章霖的身体骨瘦如柴,脸上的皮肤缺乏保养而色素沉着,真真正正是尘满面鬓如霜的黄脸婆。

所以,当她和甄真母女在酒店对着桌子的菜等了将近一个小时,终于等来了这样一个章霖的时候,心里没有快乐,她责备地问道:"你,你怎么把自己搞成这个样?"

"我在给做装修的民工烧饭。"章霖歉意地答道,"等店修好了,正式营业了,就好了!"

会好吗?那些中国餐馆老板娘,她见得多了,几乎所有的时光都在厨房里度过,比雇工还不如,雇工还有休息日呢!辛苦铜钿舍得用吗?

章霖说:"一直想,有空的时候给你写信,一年年拖下来,一晃八年。急着想看到你,路上堵车,我是乘摩托车过来的。你,还这么漂亮!"

"在外国过日子到底不一样,哪怕是马来西亚这种小国家,以前听也没有听到过。"甄真快嘴道,"章霖嘛,也太劳碌,开花店时,你也没太平过,里里外外操心,能不老吗?"

心里有点烦甄真,无言地望着章霖,不知说什么好。她和追赶流行的沈清华比起来,如同两代人。可沈清华也有她的问题,离婚,和有妇之夫有情感纠缠。刚才在等章霖时,甄真详细地讲述了沈清华的故事,甄真是这一群人的旁白,好友们没有太多的时间给苏晓卉。

饭后,晓卉执意送章霖回家,急于摆脱甄真,多少心事要互相诉说。可是坐进出租车,两人一时无语。

"章霖,你丈夫不该让你这么辛苦。"

"不能怪他,他是想让我过好日子。能力有限,晓卉,我和你和清华不一样,我对生活的要求不高。有个待我真心的男人,有个争气的儿子,我已经满足。呵,我儿子已读四年级,是大队长,功课从来不要我管。"

她淡然地点点头,自己没有孩子,对别人的儿子便不甚关心,可章霖语气中的自豪使她心动,不由轻轻叹息:

"是呀,各人头上一片天,旁人的看法多半是错觉。有时候,别人深为羡慕的生活,当事人的感觉完全相反……"

出租车乌龟似的爬着,终于停住,司机摇下窗玻璃,头伸出窗外,市声涌入。

章霖转过脸,深深地注视着她:

"晓卉,他……对你好吗?"

她的额角抵在窗上,聚精会神地望住窗外,没有回答。

重新摇上窗,车里寂静,反光镜里,司机看到的是两个想心事的女人。

　　章霖的店面有三十多平米，这一间正在朽败的洋房底楼堆满了水泥黄沙和各种建筑材料，内里的装潢都已毁去，除了一张裂缝纵横但仍然留着精致雕纹的天花板，以及雕线同样精妙的橡木门、窗框和宽阔无比的木质窗台。章霖告诉她，结婚第一年丈夫分到的婚房是一间亭子间，离娘家不远；五年后，又分到这一间，跟娘家只隔两条马路。章霖笑着叹一口气。

　　"熬了五年总算熬出了头！"苏晓卉不响，章霖又笑，"记得老早老早清华就说过，将来嫁人不能走出这个街区，南不超过复兴路，北不超过长乐路……"

　　苏晓卉便皱眉道：

　　"她一直就是自我感觉太好，可听说到头来却嫁了个东北农村的，让人家在自己娘家落户，离婚时差一点输掉一间房。"

　　"甄真并不了解情况。"章霖心平气和地辩解，"东北人是博士留在大学教书，一表人才，清华嫁他也不亏，只是住在她家很受压抑。你知道，她家就是规矩多，比方说，吃饭时嚼东西不能有响声、长辈筷子未动过的菜就不能碰，她住了三个月便搬出去借了一间农民房，不会家务，这种生活就变得特别苦，两人的生活习惯、趣味又这么不同……"

　　"这么看来，她当年说这种话时对自己的未来已经有预感，"晓卉接口，望住章霖眼睛里却没有丝毫笑意，"至少你这三十多年是住在熟悉的地方。"

　　章霖不作声，然后说："我不可能为了房子和他结婚，他在我最需要的时候来帮我，你知道，我这个哥哥是孽子，一辈子让我姆妈受气，爹爹活着的时候也是只会用钞票不会赚钞票，对男人，我老早看透，难得他体贴我……"

她们是在声震屋瓦的作业声里说这些话的。

然后她跟着章霖上楼。

章霖的卧房安在店楼上的阁楼里，一米左右的高度，棕绷放在地上，胳膊上挂大队长标志的小少年趴在床上看书，楼板下的店堂正大兴土木，他竟聚精会神。苏晓卉想起小学三年级的章霖也是大队长，做题目飞快，男生都崇拜她。就是那一年开始"文革"，后来分在同一所中学同一个班，毕业时她留上海，章霖却去了农场。

她把塞了美金的红包给男孩，那一张跟妈妈相似的脸涨得通红地望着妈妈，于是，苏晓卉也求救地望住章霖，章霖便说："谢谢孃孃！"

男孩恭恭敬敬重复了妈妈的话，一刹那，晓卉的心里充满对男孩的爱意，她冲动地搂住她，喃喃道："高中毕业，孃孃送你去美国读大学！"

从阁楼上下来，章霖欲送客："你先回吧，晚上我来你家。"

晓卉却在店门口花摊旁的小凳上坐下，店门前的马路与淮海路垂直，繁华路上的汹涌人潮，便溢到了这条路上，加之眼面前还有个公共汽车站，坐在那儿，直让熙来攘往的流动风景弄得头昏眼花。一会儿，章霖拖了把小竹椅过来，两人促膝而坐。精雕细琢的女人和蓬头垢面的女人促膝而坐，来住的行人

总会投来奇怪的一瞥,她们并不在意。晓卉拿出一张名片放在章霖的面前:

"清华把成淙的地址给了我,只有清华会这样做。"

章霖漆黑的大眼望住她,她们的视线对峙了几秒钟,章霖摇摇头说:"你一定要找他,我也不会拦你。"

苏晓卉一声冷笑:"你拦得住我吗?我的父母都不能拦我。当年结婚时,他们拦得多起劲,有用吗?"

她的语气充满挑衅,她自己都没法控制。

"所以我保持沉默,那时,好几次在邮局已拨通了电话,最后还是挂断。我知道,要拦,就必须去吉隆坡拦。"冷静的语调,章霖特有的语调。这种时候,章霖式的聪慧就会撩开灰扑扑的形象,继而粲然一现:"我相信,只要面对你,就能把你拦住,可我去不了吉隆坡。"

"不要那么自作聪明,章霖,告诉你,我的一生中还没有遇到比我的婚姻更好的事了!"她负气地喊道,"我不会再过你这种苦日子,我本来一无所有,现在要什么有什么,凭什么要拦我过好日子?"

章霖点点头:"我也是慢慢想通的,所以我不赞成你去找成淙,既然是一个好婚姻就应该珍惜,经过这么多年,你也应该懂得珍惜了!"最后一句话她突然就有了气,抢过苏晓卉手中的名片撕得粉碎。

苏晓卉反而平静下来。

"你的想象太极端,非此即彼,成淙和我的婚姻有什么关系，你的脑筋比我父母还老……"

章霖冷笑地打断她："自欺欺人，苏晓卉，还有沈清华，都喜欢自欺欺人，两张嘴皮翻来翻去就想说赢别人，说赢了别人又怎么样呢，能说赢事实吗？日子还不是要自己过？到头来还不是自己吞食苦果？"

晓卉急了："什么苦果？说呀，你倒是说呀！遇到事情就喜欢充老大，平时呢，连个消息都不通，这么多年各管各陌生人一样……"猛地把下面的话咽下去，突然想到，相隔八年，还能像过去那么吵架？

"隔得这么远，写信能解决什么？一件事情要讨论清楚，来来回回不知费多少时间，我一想到写信就感到绝望，所以干脆不写，唯有初一、十五去玉佛寺烧香，从不忘记给你许一个愿……"章霖用纸捂住鼻子擤一下鼻涕。

沉默。她们一起看街景。良久，章霖说：

"你走后第三年，成淙回来过一次，找我打听你的情况，我没多说，不想说，因为你那时还没混出个眉目，我好想在他面前为你争气！"

苏晓卉深深地叹了一口气："如果那时让他和我联系上，或许结局会完全不一样……"她没说完，已经把手捂住脸，泪水汹涌从指缝里溢出。

车站上一部被等候长久的车，终于姗姗来迟，人们拥上去推挤着吵闹着，车子满而又满，车门外挂上几个人，便有行人驻足观望，嘴巴张得老大。

晓卉已经平静,擦干泪水后,竟也一起观望那部富有悬念的公共汽车,待车子开走后,章霖说:

"那一年成淙是回国治病,没有能力去实现什么愿望,却又无聊,"见晓卉皱皱眉头,章霖只管说下去,"直到前年,成淙第二次回国,情况已大为改观,鸟枪换炮,成了一个投资商,主要在大连发展,但常回上海。他来找我两次讨你的地址,我没理他,他又去找清华,清华开始也不想理他,但她到底挡不住他,她,她一直也那么迷他。"她阴郁地朝天空望去,展颜一笑,无限哀怨,这一个脸容深深地印在晓卉的心里。

"我关照过她,你和成淙尽管往来,但你不要给他晓卉的地址,不要让他去烦晓卉。"

"她怎么说呢?"

"当然不,他们俩人接上头,他还会理我?她是这么说的。"

"她还是把他的地址给了我。"

"这正是她侠义的地方。"

晓卉无言,想着她们之间有过的复杂关系。在她和成淙热火朝天地相恋时,清华以沉默保持她的自尊。很长一段时间她一直不解清华的心情,三人在一起谈天,成了她一人谈,只谈成淙。那时的她一定愚钝得令人讨厌,难怪清华会骂她"聪明面孔笨肚肠"。当成淙弃情而去,最激愤的是清华,使当事人的她,凉风嗖嗖空如山洞的内心,顿时蕴满热腾腾的雾气。

整个夏季的傍晚在游泳池度过,和成淙。成淙不擅游泳,仅仅为了陪晓卉度过在上海的最后一段时光。那个夏季,高温猛烈而持久，人们在议论自然界不怀好意的变化，晓卉只是心烦，终日一张汗水漉漉的脸，没有任何情绪可以留在心里，于是去了游泳池。浅水区站立的人比密林还要茂密，成淙抓着水槽浮在深水边，晓卉站在水池上，在成淙的眼里像一条美人鱼般优美，但他已经获得美领馆的签证，飞机票都订了，他只能眼睁睁地看着他的美人鱼跳入水中，贴着自己的肌肤游过去。

当第一场秋雨把酷暑洗得一干二净，转眼间满满一池人都散尽，成淙已坐在美国大学的课堂。她仍然去游泳，寂寥的水池，她的头深深地扎进池底，潜游在深水，所有的能量通过四肢流入淡蓝的消毒水。对于她，这不算突如其来的打击，成淙是在犹豫中慢慢地做出了选择。可是当她浮出水面，抹去遮盖了一切的水珠，看见清华披着浴巾坐在池边哭泣，她无措地用湿手一遍一遍抹自己的湿脸……

秋季到冬季，她坚持游泳，每个周末，清华从大学回来去游泳池找她。不喜运动的清华在水池边感冒，整个寒冷的季节患着慢性鼻炎，面色苍白。那个季节也是章霖父亲弥留的日子，葬礼上，章霖形同枯槁。只有她健壮异常，作为失恋的女人，她真该为自己的健康惭愧。她两腮红润，裹在牛仔裤里的腿丰满而有弹性，冬天的运动卓有成效，不可抑制的身体的喜悦使她无法抗拒新的异性的吸引。第二年春天，她又坠入情网。而清华却在校园写一些悲风悯月的诗。

回想起来，那个长长的走向寒冷的季节，在游泳池度过的时光真令人神往。站在高高的跳水台，秋雨后的风已有锋芒，拂过肌肤有些微的刺痛，在空中完成漂亮的翻飞动作跃入池中，水竟有暖意温柔如棉包裹着身心。深冬的时候，进入室内微温的池水的一刹那，身体仍然会因为激冷而战栗，于是拼命向前划去，不仅是四肢，全身的每个部位都在用力，和成淙的恋情就这样被划到了身后。当穿上衣服走到天空下，发现梧桐树叶已从苍黄到枯萎，行人在风的刀刃下缩回脖子，她却轻快地昂起头，让风把腮边的发吹到颈后。

她正是在寒风中感受着年轻和活力，感受着二十二岁年龄的完美——有过的丰富和未来的宽畅，一场情感变故如同盛夏酷暑成了遥远的回忆，四季更替伴随着现实每一刻的拥有。所以能够一个恋爱紧接着另一个恋爱，就像清华说的，漂亮的女孩活得没心没肺。留下的印痕是在以后的日子，在漫长寂寞的日子，一丝一丝地感受着。

苏晓卉就这么出了好一会儿神，待清醒过来，章霖已回店内忙活。黄昏正渐次浸润，吸附着午间的燠热，夕阳照红了半条街，橱窗玻璃反射过来的光线照花了眼睛。晓卉用手挡在额前，感觉到了暮春傍晚的丝丝寒意，突然想起躺在病房里的妈妈，便起身去向章霖告辞。

"无论如何，你得腾出一整块时间，去找个没人打扰的地方说话，约上清华，我想这一刻想了八年，在上海顶多还有四五天就要回去……"

她抱怨着，伤感地。见章霖扎着油腻的围裙，张着两只湿手，一头乱发，鼻梁上溅有酱油的污渍，更觉意兴阑珊，挥挥手便要走。

章霖把她唤住，说道：

"要是有空，去看看之钧的妈妈，他家在动迁范围，大概马上要搬，前几天特地到店里来和我告辞，春天花便宜的时候，他妈妈常来我这儿买花，也常常问起你。"

那个深目高鼻，丰姿绰约的女子吗？她们应该是一对心心相印的朋友，如果她不是之钧的母亲。瞧，八年的光景，她五十好几了，还常去花店买花？在她的终年拉着窗帘的西厢房，挤得铺铺满满的红木家具里，她的心爱的碎瓷花瓶总是移来移去，找不到合适的位置。

"之钧怎么样，他过得好吗？"她几乎是焦虑地问道。她以为早该把他忘记，可是这个名字带来的回忆如此真切，他的一切原本与她息息相关。

但是章霖笑笑，她不喜欢章霖这样的笑：世故的、洞悉一切却又不想言明的笑。

三

当晚她去之钧家。

弄堂已被拆去围墙，高楼遮天，她踩着瓦砾磕磕碰碰摸到他们楼下。门框上东点西染地缀着各家门铃，她到底不敢确切地按下去，要是按错了呢？和之钧最热烈的日子，她手里握有他们家的钥匙。白天，之钧母亲上班时，她和之钧在房间里放肆,这也是一生中最沉溺的光阴,她请病假,与之钧整日厮守。之钧母亲从不干预他们,她欢迎晓卉,或者说,她欢迎之钧所有的朋友。她喜欢轧闹猛,暗沉沉的被窗帘挡住阳光和视线的西厢房没有人,就像天空被遮盖了一样,令她生出无限的恐惧。晓卉相信,她四十多岁的年纪还出去和男人约会,定是出于这种恐惧。

苏晓卉在楼下踟躇,后门紧闭,只有大声喊之钧的名字,住在三楼的他们才能听到。晓卉的心怦怦直跳,如果这一声能将之钧喊下来,也不枉八年一次的回归故里。这一刻,隐秘的欲望突然张开翅膀,就像八年前,她关上后门,奔上楼梯,按捺不住的冲动……长日苦短,和之钧在每一天的情欲里挥霍青春,欲望总是不减,直至一纸签证。

她没有勇气喊他,直觉告诉她,之钧不住这儿,她将像成淙寻她一样去寻之钧吗?她在门上靠了片刻,然后才冷静地敲门。二楼亭子间伸出头,问了几句又缩回去。很快,三楼凹进的后楼窗口探出之钧母亲的脸,其实暗中看不清她的脸,但那发型、姿态、声音都是八年前的。她从楼上丢下钥匙,那也是她惯常的举止。

之钧的家像一间仓库,除了家具,任何什物都被装箱,并标上号码。事实上,这一栋楼都已被纸板箱填满,楼梯拐角处的煤炉、煤饼箱也被箱子替代。家家敞开房门,乃至橱门抽屉空落落地、没有隐秘地敞开着,加上满地飘零的废报纸废纸片,使这房子多少年来的破败终于在一个朝夕结束。夷为平地的废墟，废墟上将建高楼，于是一个时代结束。因此，高楼与旧居的主人毫无关系，他们被新的时代驱逐了，如同鸟巢被捣，鸟儿四处飞散，各去远处，寻觅藏身的窝。因此，在最后的日子，过往的破败变得弥足珍贵，邻居们前所未有的融合，仓皇中的融合。

在之钧家的纸箱堆上支着麻将桌，穿着睡衣的之钧母亲和邻居一起打牌的情景，并没有令晓卉惊奇。从一楼走到三楼，她已经被这种离散前的聚集的气氛包裹，看到之钧母亲能够安然于牌桌，心中反而有几分安慰。

打完一圈牌，他母亲才起身正式招呼她，牌友们收拾起麻将转移到其他房间，看起来他们对这一类打扰早有心理准备。晓卉发现，爱管闲事的邻居如今有些心不在焉，他们甚至不怎么仔细打量她。之钧母亲喊住其中一位已经走出房间的老人，对晓卉介绍道：

"他是之钧的爸爸，前几年退休，住回上海。"

之钧的爸爸？她以为他们早就离婚，抑制着心中的好奇，她朝这位皮肤黝黑的老人恭恭敬敬地鞠躬，暗暗后悔着没有多准备一份礼物，同时听见之钧妈妈在说，

"她就是苏晓卉！之钧的好朋友，晓卉哪！"她这么强调着，"后来出国了，之钧一直想着她呢！"

就这一句话，晓卉的眼睛湿了。泪眼模糊中，仍能看到老人的目光亮起来，脸上有了热情，他惶惶地搓着手，喃喃道："知道，知道，之钧常说起，果然不错！"他打量她，赞叹的。

然后满房间地乱转，拿起一个钢精锅，问道："想吃什么点心，我去买！"

不等晓卉制止，之钧妈妈已抢去他手中的锅子："小摊上的粗点心能吃吗，你以为是你家的乡下客人？先去泡杯好茶，等会儿我自己会弄点心，你玩你的，别管我们。"

他端来茶，磨蹭着并不急于离去，期期艾艾地想说什么，之钧妈妈性急地赶他："去吧，让我们说会儿话呀！"

对着他的背影，苏晓卉冲口问道："之钧他好吗？"

他慢慢地转过身来，拿眼神去探索晓卉，说道："之钧去过日本，赚了不少钱，他说过，晓卉回来就可以结婚买房……"

"哎呀老头子，陈年百古的事还在说，"之钧妈妈不耐烦地打断他，"我要是有这么个漂亮女儿我也不会让她在中国结婚，再说，之钧那点儿钱顶多买套两室户，人家晓卉住的是什么房子？花园别墅！真是的，花园别墅能跟工房比吗？晓卉，照片带来没有？给他爸爸看看！"

她摇摇头，胸口堵住似的说不出话来，可心中万丈波澜被掩饰得滴水不漏，之钧爸爸在晓卉的沉默中心犹不甘地踱出房间。

这八年，之钧妈妈在加速度地老去，颈部和手背的肌纹像老化的橡皮筋一般松弛，多少年不可动摇的年轻就这么被时间轻而易举地战胜。可她的五官仍有一种挺括的美，因为清瘦而不走样，天生的一张骨脸，都市化的性感，拿去网在脸上的皱纹，是一个时尚美人。发型不变，老理发师的作品，短发像被细铅丝撑着，落伍但和她的年龄相称。她知道他妈妈从不自己洗头，哪怕"文革"期间，也去理发店吹洗。她的腰背也是直的，是年轻时窈窕的影子，下巴微微抬起，多年来的自信，走在路上习惯被人注视。

她乐观佻达地笑问："我老了不是？他爸爸回来我反而老得快，女人怎么一过安稳日子就老得快，我看你们那位沈清华，离了婚倒好看起来，哼哼，女人一过单身生活就变成了一棵常青树。"她定睛望住晓卉，摇摇头，"你的脸颊削了下去，女人过了三十，脸就越来越小，这就是老的意思，当然离真正的老还远着呐，你保养得很好，只是表情，怎么说呢，表情也会出问题，你……你不像过去那么爱笑，你男人对你好吗？"

怎么搞的，婚姻问题已经写在脸上？不断地有人发出疑问。

"他比我大很多，我想，应该算是好的，用那边华人的标准，可以说是很模范的了。"她希望尽可能真实地表达她的状况，可听上去，仍有许多的敷衍。

之钧妈妈扬起脸，甩甩额上的短发，这是风流年华留下的小动作，笑容却从这张扬起的脸上沉下去。

"大年龄的男人好是好，事业稳定，懂得宠太太，问题是做太太的是否满足，老实告诉我，晓卉，他能满足你吗？"

响雷一般炸下来，她几乎躲闪不及。这样的问题，清华不会提，章霖不会提，只有之钧妈妈会提。如果控制不住，就会一泻千里地倾倒出来，一切都变得不可收拾。她勉强地保持住微笑。

话题倏地滑开去,好似什么都没问过,之钧妈妈伸出手臂,划过一房间的家具,叹息道:

"后天开始搬家,先住两年过渡房,这一房红木家具是带不走了,分三处地方放,"一下子乌云压顶,愁绪愈浓的之钧妈妈已经眼泪汪汪,"当初为了从他爸爸单位的造反派手下保住这些红木家具,我差点用刀片划开手上的血管!晓卉,我也总是梦不死呀,等呀等,以为总有一天会住进大房子,整套红木家具应该搬进有卧室有客厅的大房子才有派头,拼死去保住,保住了又怎么样呢?房子却越来越小,现在按照他们的分房政策,我和他爸爸只能分到一室户,你想想工房的面积多小,一整套红木家具怎么塞得进去?"

是呵,二十多平米的老房子还塞得铺铺满满,小一号的工房,并且远在郊区,并且经过两年过渡房,并且将心爱的家具分送三处,也许永远没法成套了!如果你想保住什么,你一生得做它的奴隶,你一生不得安宁。

她没法安慰之钧妈妈,你能安慰孩子,但你没法安慰成人,就像她自己的人生缺憾没法安慰。

被精心保护的红木家具在岁月的流逝中显现着它华贵不朽的本质,总有一天它会弃颓败的老房子而去。很多年前,她第一次随之钧走进这间房子,就有了预感,看到之钧妈妈仔细地擦拭红木家具的脚,像爪子一样的脚,跪着膝盖佝偻着背,仿佛她是可以为一套家具鞠躬尽瘁的。她的钟爱的手指抚摸家具时,晓卉几乎能感受到她肌肤上的快感。她同情之钧妈妈的那份溺爱，因为都是女人，对物质有着天然的敏感。但是，她们又是两代人，一套家具比起一生的快乐，微乎其微，她要的当然远远超过这些。所以，当年她在之钧家就像在自己的家一样感到窒息，小市民生活的窒息感。她知道之钧本性的消极，他只会被这种生活吞噬，而不会弃这种生活而去，因此，她只有弃之钧而去。

之钧妈妈早就明白。

即使和之钧如胶似漆的日子，他妈妈也从不用婚姻的问题麻烦他们。她属于那种格外"拎得清"（解事豁达）的人，而作为女人，她的母性又过于微弱，这才使她有足够的理性判断儿子和女友的关系。那时，她会和晓卉开玩笑："以后嫁给有铜钿男人不要忘记回来拉我们之钧一把！"或者，"我知道，晓卉飞得再远，也会回来看我们，她不痴心，但也不是没良心！"

之钧也不在意，一旁笑说："我妈长不大，喜欢无中生有地想象点故事出来。"

晓卉心里明白，也许并非是想象的故事，她那时正在暗暗地联系出国，不到十分有把握的一刻，她不会向之钧摊牌。她不是刻意隐瞒，只是缘于迷信：还未成功的事情是说不得的。更何况出国这种事像一枚焰火，一放出去就招来所有的目光，要是失败了呢？

她对之钧没有内疚，那是一种坦率的男女关系。之钧曾问她："要是我抓住你不放，你会嫁我吗？"

她摇头，回答得肯定："不嫁！不能嫁你！我们住哪儿？你们那间西厢房吗？怎么住？用布帘隔开？或者再做一堵墙？"她一句一句问道，那种情景刚说出来，柔情蜜意便从脸上消失殆尽，"之钧，那种日子怎么过？我和我父母挤亭子间挤了二十几年，结了婚再去挤吗？那可真是没有出头之日了！"

"要是我们有自己的房子？"之钧毫无把握地问道。

"怎么可能？"她否定得这么干脆，"你我都是小青工、小老百姓，谁会分房子给我们？为什么要分房子给我们？"

她不知道她那时脸上的表情是冷酷的，似乎下一分钟她就可能离他远去。他赶快收住话题笑道：

"只要我俩现在好就可以了，以后，以后我给你找个富翁，你帮我找个富婆，经济问题不用我俩操心，我们过我们的逍遥日子，你说呢？"

这就是之钧，性情温和心思简单的男孩。她怎么可能把自己的终生托付给他呢？但是他们的的确确是一对和谐的情侣，尽管她内心从来不愿承认。

他们在游泳池里相识。经过寒冷的冬季不间断地游泳，她的健康的体质已经战胜恋人远走他乡的忧伤，成淙正从心幕淡化。立春以后，在游泳馆的更衣室外，已经有个俊朗的男孩提着湿漉漉的游泳裤在料峭的春风里等她。他们一起骑车回家，在初春的狂风里使劲地踩着车子，风停住的时候，脚踏车轮好似在柏油路上滑翔。他们侧过脸笑着对视，他不由地伸出手臂，在车上搂住她的肩膀是这么自然。她不拒绝他的追求，因为他也同样地吸引着她。

他和她一样喜好运动，有着健美的形体和一张稚气的脸；他比她小一岁，心智的年龄更小一点，这使她感到轻松，因为成淙的才华过于咄咄逼人。

他们形影相伴，是一对真正的玩伴。游泳池仍然是他们常去的地方，那时没有健身房，即使有，月薪几十块钱的他们也没有能力消费。后来舞厅开放，他们将舞技磨砺得十分精湛，并在那种地方大出风头，只是消费的指数在上升，常令他们有捉襟见肘的感觉。再后来，网球场开放，收费更昂贵，他们去了几次终于放弃。

没有什么可玩的时候，便回到家中。而她本来一直拒绝上他家门，这是与他保持距离的方式，是将两人的关系划定在某一个界限之中的方式。她不断地提醒他也提醒自己：我们只是玩玩而已！那时，她还没有出国的方向，但已有出国的决心。大姨妈旅居海外多年，家中已有亲戚在动她的脑筋。1984年，出国的人不多，但周围的人都在跃跃欲试，成淙的走对于她更是个刺激，她背着父亲说服母亲向大姨妈开口。却在那时，父亲开始干预她和之钧的关系，认为之钧不思上进没有前途，为了给他们一点阻碍，他规定了晓卉夜晚回家的时间。于是，晓卉便在上班时混病假，将一个个白天变成假日。

一个阴雨天，他们突然发现没处可去，万般无聊时，她竟答应去之钧家。这是某种开端，从此和之钧的时光都是在他家度过的。开心日子！开心吗？当时的感觉很淡漠，有时候全心全意，有时候心不在焉地和之钧玩着青春的游戏。等待的日子，生命就像蜻蜓点水，不能沉浸不敢沉浸，怕对未来负责。日复一日，太阳升起又落下，岁月了无痕迹地流去，成淙的影子从眼前掠过，她在计算：他该大学毕业了。心里不是没有焦虑，前途押在"出国"上面，正是下了赌注，还未见结果的时候。然而，在吉隆坡寂寞的夜晚，回想这段时光，觉得人生的美好都留在了上海。怅惘中竟像夜游一般走进车库，深夜驾车在高速公路上飞驰，似乎要将自己驶回过去，她却总是在飞车中重新获得平衡，很清楚很清楚：之钧只属于过去。

拿出礼物，之钧妈妈破涕为笑。金项链配一只弥勒佛微形金雕像挂件，她对挂件尤其爱不释手；趁她高兴，晓卉想问问之钧的状况，她却把礼物交还晓卉，正色道：

"我不能受这么重的礼物，之钧他，他会不高兴的！"她的拒绝显得生硬。

晓卉尴尬："为什么？"声音越来越轻，"他是不是恨我？"

"好了两三年，也不是说分就能分的。之钧他看上去傻乎乎，心里是明白的，你走后，他好像一下子长大了，后来去日本就是为了向自己证明什么……"之钧妈妈欲言又止，立刻收起话题道，"这么多年前的事，说它干什么？晓卉，该忘的还是应该忘掉！说真的，我要是你，我也会这么做，当时的之钧除了年轻，除了讨女人喜欢再无其他长处，你跟了他，你们俩都不幸福，你要的，他没法给，我在旁边看得太清楚了，所以常在他耳边敲木鱼，要他死了那条心。"

说过这番话，就像一扇大门对她关上，她没法再从之钧妈妈那儿获得之钧的消息和地址。这之后的谈话就变成了敷衍,她很快告辞,到底还是把礼物留下了。这种送礼的感觉之坏还从来没有过,几乎是强人所难,当时也不去多想。她提出和之钧爸爸告别,他妈妈便去后楼把之钧爸爸叫来。他爸爸见她要走,遗憾地想说什么,却被他妈妈制止;他提出要送晓卉,也被之钧妈妈拦住。

之钧妈妈送她到弄堂口。弄口的一户人家在搬家,大灯泡吊在墙外,照出这条残破的弄堂,幢幢楼都已搬空。搬空的楼房就像被虫蛀空的树,死寂凋零。电灯光照亮的这一块空间,却亮得刺眼,衬在重重叠叠的黑影前,像是一个玻璃的世界。看过去,一切都是超现实的:来来往往搬运东西的憧憧人影是碌碌无为的芸芸众生,搬走的似乎都是次要的、琐碎的、不足挂齿的,留下的却是没法丢弃的、和生命连在一起的……

走过弄堂的垃圾箱,垃圾早已溢出垃圾箱,铺陈在箱外,在灯光照耀下如旧货摊:茶几、凳椅、镜框、台灯、沙发,甚至马桶、脚桶、夜壶箱,应有尽有。一位七十开外的老太太守在垃圾箱旁,嘴里念念有词:"罪过……罪过……"此时刚好有两个男人扔下几大蛇皮袋的垃圾,也是家具玩具衣服器皿什么都有,一只几十年前的藤编摇篮在杂物堆里尤为孤寂地摇摇晃晃。老人的喃喃变为喊叫:"罪过!罪过!"已经走远的男人不由得停下步子,其中的一个走回几步歉意地对老人说:

"你挑你喜欢的拿回去吧,我们也舍不得扔呵!可几十年的旧东西哪里搬得完,总归是要扔的,今天要走了,不扔也得

扔!"男人指着停在弄堂口的搬场公司的大卡车,最后两句话是对站在旁边看热闹的之钧妈妈和晓卉在讲:

"我们家也是,明明晓得总归留不住,就是不舍得一下子扔掉,每天扔一点每天扔一点,自己骗自己!一个地方住了四五十年,每年留一件东西,也有四五十件呢。这种旧东西,你跟它感情深来,人家看过去一钱不值,所以旧货商店也不收购,再说现在旧货商店拆的拆并的并,都不晓得在哪里……"之钧妈妈挽住晓卉朝弄口走去,一边滔滔不绝,心事的匣子一旦打开,便一件一件抖落不尽。

"还有我那两樟木箱的衣裳,都是老货,送啥地方去呢?旗袍啊,马褂啊……啥人要啊?东西是好东西呀,真正的绫罗绸缎,哪能舍得扔啊!又没地方去,人家告诉我南昌路上有个收购旧衣裳的摊头,我把衣裳装进纸板箱让伊爸爸送过去,那里卖衣裳的人太多,收衣裳的看东西太多,看也不看,随便叫了个价,低得来要把你气死,跟扔掉有啥两样?伊爸爸实在舍不得,又拖回来,放到现在,后天就要搬了……"

"一起带走吧,一份人家总要留点纪念物吧。"晓卉轻声劝道。

"带过去也总归要扔,两只樟木箱也要卖掉,一室户工房,一套红木家具塞不进去……"

又回到红木家具,它是之钧妈妈的忧患中心。

她踽踽走在星空下,为了获得星空的感觉,她特地走到对面马路,上海展览馆前的人行道,仍然保留着多年前的空阔。

旧俄宫廷样式的大厦尖顶,在周围现代高楼比照下,更显其瑰丽奇谲但脆弱。

这儿原是南京路最罗曼蒂克的一段,大厦附近全是低矮精致的洋楼,大厦斜对面的巨楼群——商城的旧址,原是一大片树林,树林虽被围墙挡住,但它上面舒展的天空、奔腾的云和飞翔的鸟总是给人一份情绪。那时,从之钧家出来,通常是黄昏,走出弄堂,转身略一抬头,被大厦尖顶的夕阳照花了眼。晴天,绯红的云彩辉映着古典建筑的纤美华丽和遥远,拐过弯便是南京路的一长列围墙,走着走着忍不住回首:彩云消失,天空晦暗,心头蓦地黯淡。阴雨天,大厦如舞台背景般的虚幻和了无生气,走在围墙旁便不再回头,心里更是苍茫。

那些黄昏,和之钧沿着围墙漫步,心里怅然若失,便让他送了一程又一程,正是在那些黄昏的某一刻,她感受着生命的不可把握。

离开上海前一晚,她和之钧去附近那家有名的老咖啡馆坐了一会,为了和他告别,百忙中匀出的一小时,坐在那里常要偷偷看表,两人之间本来也话不多,匆忙间更没话说了。拿到三个月的探亲签证,之钧问过她,"你大概不打算回来了,不回来了,是吗?"她回答他:"哪有那么容易!"但当之钧说道:"那个地方都不大听人说起,要是,要是住不惯,就回来……"她立刻打断他,道:"好容易走出国门,怎么能轻易回来!"她是怕之钧说出"我等你"之类的话。但是之钧和她一样,谨慎地避开了有关出国的话题,仿佛不谈就可以忽略。而成涞走前的半年,他们是翻来覆去地讨论这个问题。当然不一样,如果成淙在,她也许就不走了!可她仍然希望与之钧的关系不要变化,保持到走之前的最后一刻。然而,客观上却已经做不到了,她申办护照、购买服装、告别亲友……恨不得晚上当白天用。开始之钧还帮她忙,后来插不上手,她便自顾自忙,最后一段时间,他们有十几天没见面。

因此,坐在咖啡馆,她觉得某种生疏落在他们之间,她归结为多日不见的缘故,当然没有必要再叙别情,更远的离别在即,她其实是很想逃避这一场告别的。

见她坐立不宁,之钧起身说:"我送你回家!"

她笑说:"你家就在附近,我送你到家门口。"

他叹息了一声:"让我这么早回家干什么呢?"

她突然就鼻子一酸,默默地由他陪伴朝家走。到了皋兰路,树浓人稀,他猛地将她抱住,抱得那么紧那么紧,令她想起过去的好时光。但即使在这种时候,她也不肯和他一起沉浸在伤感中,她温柔又坚决地挣脱了他的怀抱,却伸出手臂从背后环住他。那时,那男孩是属于她的,可她要把他打发走,她送他回家。

后来,回到南京路,他俩走到那一长列围墙前,脚步更慢,索性停下并停靠在墙上,仰起头能看到树梢,风奔过树林,如急鞭甩过,发出哗啦啦啦的响声,冬天肃杀之声——冬的诗,峻烈、慑魂、却荡气回肠。围墙里的林子将铺满落叶,另一番凄切婉约,之钧的声音好像从遥远的地方传来,

"那里是热带,没有冬天……"

"真的呐,我冬天的衣服还特别多!"她不由地笑。见她笑,之钧跟着笑,她说:"我就是喜欢你开开心心的!"

"我是你的开心果啊?"之钧呵她痒抗议。

她笑着躲开:"开心果有什么不好,不开心时我会想你呵。"

"说好了,不开心时给我拨电话,我马上申请装电话!"他郑重地关照。

她鼻子又酸,心一横,扬手招来一部出租车,脸对着马路道别:"真得走了,家里等着一屋子的人,装了电话通知我。"朝出租车奔去,头也不回。

车子启动时,她摇开窗子对他挥手,他双手插在裤兜里,站在空空荡荡的围墙前,是一幅萧瑟的图画。

当然,他们后来并没有通电话,就像许多男人女人,分离即意味着分手,而分手时的景象早已不复存在。之钧站在围墙前的图景,好像某一部二流言情片的镜头,自己的一生里也有过抒情的片段?可年轻的时候,心肠可以这么硬,不肯留恋不肯彷徨,义无反顾地朝着既定的目标去。

如今商城铺铺满满挤占了空地、空林和天空,正是春意最浓的节气,反而充满了下一轮季节的气息,街上已有女郎穿短袖短裙。漫长的夏季在后头呢,她庸人自扰地为她们发愁。在热带国家一住八年,却是这儿的酷暑给她至深的印象。她独自坐在商城二楼的长廊酒吧,面前是一杯白水,她的手掌撑住下巴,伸出一根手指,按住眼角的一滴泪。

四

夜深时分,她在住宿酒店给章霖拨电话,听见铃响禁不住忐忑,知道会吵醒她丈夫和儿子,那个从早到晚在用功的儿子,可她就是憋不住想打这个电话。八年也不知怎么熬过来的,有心事没地方说。章霖立刻来接电话,她说他们刚忙停当,此刻洗完澡正坐在床上看报。听上去,章霖比白天要从容得多,她开玩笑着:"我老公还在洗,他认为每天最好的辰光现在刚开始。"

他们有他们的乐趣,虽然章霖不事修饰,全无风光,苏晓卉在电话那端沉默。

"晓卉……"章霖喊道,"我以为电话断了呢。"

"我想延迟几天回去,刚刚和我丈夫通过电话,他说他不会勉强我,其实他今天打电话是来叫我回去的,有一笔房产上的生意要我去谈……"

"那,不大好吧,房产的生意也是大生意,以后有机会再回来,做了生意赚了钱还怕回不来吗?"

"讲讲是容易,"她不耐烦道,她只对章霖耍性子,"生意做了还会来,永远也做不完,赚了钱还想赚,不会有停的时候,这么多年回不来,还不是因为生意拖着?我现在也想穿了,不过是少赚一笔钱。"

戛然而止,牢骚发下去是发不完的。

"那也好，既然来了，真应该多住几天，我正担心没有时间和你说话，工程在进行，时间就是钱呢……"

"我想去北京。"她打断章霖，像赌气，"去看看之钧，他妈妈话里有怨言，我不要之钧怨我，当时都讲清楚的，即使走不了，也不会跟之钧结婚，这是千真万确的！"

"你上北京就为的跟他说这些话？我看你是神经搭错！"章霖骂她，"这么多年过去，如果是伤疤也早就好了，你还要去把它挖开来，之钧惹你了吗？你有病！"

"是你要我去看他妈！"晓卉跟章霖不讲理起来完全是二十年前的样子，"她妈妈要不提起，我心里会这么乱吗？"

章霖沉默，然后说："我很后悔，我以为之钧一直没往你心里去，这么多年他妈妈又一直牵挂你。年纪大了，儿子也不在身边，加上动迁这桩事对她是个刺激，我想，你去看看她，会给她安慰。"

晓卉沉默。

章霖轻声问："她对你说什么了？"

"其实也没说什么，我也知道她是无意的，她一直护我，"晓卉语无伦次，"可之钧到底是她的儿子，她也没有怪罪我的意思……"

章霖不响，等着她说下去。

"他妈说，好了两三年也不是说分就能分的……"她哽咽了，"我走的时候，他也是高高兴兴的，他……他心里怎么想，我……我不知道……"

"不管怎么样,都已经过去好多年。"

"我都没有忘记,他会忘记吗?"

"总是会越来越淡,再提过去的事有什么意思?"

章霖的冷静令她不快,其实向来是冷静的,对她的情感风波持保留态度,不管是成淙还是之钧。讨论这种事应该找沈清华,可深更半夜她不敢找她,她一直是有点畏惧清华。

她沉默半晌,又道:"算了,说不清,这种事只有自己碰上才晓得,你睡吧,这么晚了,他们被吵得睡不着了。"好像才想起对方有一家子,也不等章霖回答,就把电话搁了。

几分钟后,电话铃响,章霖的声音:"我把电话搬到楼下,他们听不见,说吧,说一夜也没关系。"

这就是章霖,所以你在为难时会去找她。那时如果晚上和之钧有约会,为避免父亲作梗,便让章霖来约她。这种时候,通常章霖下班不久,正在厨房帮她母亲烧夜饭,为了扮演角色,章霖必得换上出门衣服,到晓卉家去点个卯,这样来来去去的有过多次,也不嫌烦。

晓卉拿着电话不响,章霖便说下去:"之钧也好,成淙也好,反正你得想清楚,你到底想干什么。你是回来度假的,没必要把自己卷入复杂的关系中去。"

晓卉还是不作声,章霖就说不下去了,两人拿着电话沉默了半晌。

"帮我弄到之钧的地址好吗?弄,还是不弄?我就要你一句话!不要跟我讲大道理,我都三十多岁了,还会不懂吗?"

"我不保存地址,你一定要,我只有去他家拿。"章霖冷淡地回答。

少顷,苏晓卉轻声说:"这么多年,没有地方可以发脾气,在那里生活就像戴个面具。"

"我总归是你的出气筒,可你也应该把心里话说出来……"

"你们给我时间吗?都那么忙,我以为自己回来的不是时候……"晓卉喊起来,马上又不好意思,"我又在抱怨了!"

"这是你的权力,漂亮女人好像就可以横行霸道,"章霖半真半假,"从小就让着你,虽然那时候功课比你好,猜,为什么?崇拜你呵!自己长得丑,就只崇拜漂亮女孩。"

晓卉竟有点儿心酸,想起来,这么多年,章霖一直是个倾听者,她好像从来就没有自己的故事。

"知道吗?我在丈夫面前喷嚏都不敢打。"她故意轻松地转换话题,"结婚前,一次深夜通电话打了个喷嚏,他立刻驾车前来探望,以为……以为我得了重感冒……他自己是从来不打喷嚏的,认为不礼貌,为了赶上他的教养,我已经能够下意识地克服喷嚏……"话未完,章霖在电话那端打了一连串的喷嚏,两人一道哈哈大笑。

是在融洽的气氛里挂上电话,但一静下来,心里头仍有仓皇的感觉,是从之钧家带回的感觉?她拿起床头柜上的安眠药瓶,数出两片药吞下,她知道,在一个切切实实的睡眠之后,会有一个平和的心境。

她没有立即躺下,却坐到梳妆台前对镜细察自己的脸,一张光滑细腻却苍白瘦削的脸,就像之钧妈妈说的,三十岁以后脸在小下去。她的脸庞原是属于"粉蒸肉"的那种,饱满红润,上面嵌着亮晶晶的单眼皮的大眼睛,有着唐代美人的明媚。刚去吉隆坡那阵子,姨妈家的男亲友们贪婪的目光像要把她吃了。所以姨妈把她管得紧紧的,上哪儿都带着她,既要防外又要防里,晓卉成了阔太太们的仇恨中心。姨妈的女儿也就是她的表姐原和她说得来,却因为表姐夫的太过殷勤而变得很疏远。如果她不是一直哄着姨妈,陪着她为她解闷,她早被姨妈赶回来了。

年轻的时候,并不为自己的美貌骄矜,倒觉得常被它所累。中学时曾被女生孤立,中学毕业进厂,也因为漂亮的缘故受到歧视,被分在老弱病残呆的包装车间。不管在校园,还是在弄堂或是厂门口,都会有流里流气的男人的干扰。那时的社会不崇尚美,引人注目的同时也在被人鄙夷,直到1978年社会秩序和规则都发生了变化,那种感觉才淡化。刚到吉隆坡,作为上流家庭的姨妈家和他们的圈子,气氛彬彬有礼令她心安,时间长了,才知同性们也在防着她,因之,她在生活中的态度一直是低调的。

在姨妈的保护兼监视下,她仍然有过一场短暂的恋爱。他是西方外交官员,英俊开朗,他们在姨妈家的派对上认识,彼此一见钟情。那场秘密的恋情充满忧郁温馨的梦幻感,她的签证将要到期,他也将离任,双方言语不通,只有几个简单的英语单词可以沟通。她借去邮局或药店的路上和他约会,只有极短的时间,又怕被人看见,每一次约会便有惊心动魄的感觉。他的车子停在姨妈家附近的街口拐弯处,她坐进车子后,他迅速驶离那个区域,然后放慢车速,用一只手去抓住她的手,遇上红灯,他才能放开方向盘,转过身将她揽进怀里热烈吻她,那种激情是能够把人烧伤的。只一会儿工夫她就该回去,离开他那儿,犹如从高温室里出来,她的脸通红,浑身被汗浸湿。

即使这一个听起来是浪漫的恋情,在苏晓卉看来也并非是纯粹的。她正伤脑筋如何让在领馆工作的情人了解她的困境进而帮助她,她本不是工于心计的女子,只是流落他乡,孤单无援。她终于想出一个笨拙的办法,将自己所要说的话寄给已从大学毕业的沈清华,让她翻成英语后再寄还她。是的,所有可以相信的朋友都留在了中国,这一个办法虽笨却万无一失。果然,清华熬了两夜,磕磕碰碰地译成英语(她毕竟不是英语专业)后,立刻又寄还她。可晓卉有一点没算到,这一来一去的信竟花费一个多月的时间,等译文到达时,情人已离开大马五天。

他走时她痛不欲生。最后一次约会,他不顾她的反对把车驶进他的公寓,销魂的几小时呵。结束时她放声痛哭,即使成涂离去,她都没有这么哭过。她裸着身体跪在地毯上双手捂住脸,用中国话哀恳:"不要把我一个人丢在这儿,不要丢下我……"

他温柔地吻遍她全身,喃喃地讲着英语:"我爱你!我会回来!我一定回来!"

三年后他再来吉隆坡，她已经订婚，接到电话时，她正和姨妈拟定她婚宴上客人的名单。她已经能够毫无困难地用英语沟通，可她没答应他的约请。太晚了！她不再要任何冒险的尝试，她激荡的情感早已经平息。

但是也正是在她平静的岁月里，她开始失眠，她需要将安眠药带在身边。吞服过安眠药的早晨，脸是苍白的，即使去健身房，也没办法让睡眠像年轻时那般酣畅。她的脸颊在凹陷，瘦是时尚，但谁也不会称赞她比过去漂亮。

她打开随身带的 CD player，让音乐充满房间，然后躺上床闭住眼睛。到时间，安眠药就会起作用，她可以放心地睡去。

她被电话铃声吵醒，已经上午九点，清华的声音好响似乎兴致颇高。

"晓得你还在睡，腐朽的资本主义的人呵！"清华开着玩笑，"今晚有安排吗？我请你去吃四川火锅，今年冬天开始在上海流行，这是所有的流行中最让我称心的。章霖也去，我关照她了，一定要做面膜，一定要吹头发，一定要穿时装！八年一次聚会总要有点形式感吧。"一口气说到这儿，笑起来，晓卉瞌睡全无，跟她一起乐。

"不许告诉甄真，她知道了会老着脸皮跟来。我最烦她，一天到晚吹自己老公，全上海就他们家过得最得意。"清华还是那么尖刻。晓卉不好说什么，这次回上海，甄真待她不错。

"清华，说好了，我来请……"她换个话题，被清华打断。

"有你请的时候。今晚我买单，别争了，这笔饭钱最终不会是我出，我会想法报销。"

清华情绪好，她便也跟着高兴，这就是清华的魔力。所以尽管清华长相平凡，到哪都能成为中心。

清华的祖父是神父，父母亲是医学专家，她的家总是充满求助的人，无论是精神还是肉体。因之，清华在同龄人中便有一种高高在上的气质。她自信成熟，好为人师，小小的年纪身边聚集了一批崇拜者。可是年长之后同样也要去经受人生的磨难，第一次情感的挫败，是成淙给予的，情敌正是晓卉。处在事端旋涡中心的苏晓卉，却是在多年后才获知真相。

和清华在一起，晓卉一向甘拜下风，她深知自己除了美貌别无长处。当年在学校，功课中游，再无其他才能。而沈清华样样行，数学一门仅次于章霖外，其他都是第一，即使纯属业余的技能，也常为班级捧回名次。苏晓卉在中学受女生孤立的局面，是在沈清华站出来公开声援之后，才得到彻底的扭转。

他们三人的关系在女生们的眼中颇为奇特。富于才华、自命清高的沈清华却对同为班长功课不如她的成淙俯首帖耳，成淙与她同进同出关系密切却不掩饰对苏晓卉的关心，苏晓卉呢，却是在沈清华俯视的目光下，接受她的保护。

毕业时，成淙自愿去了安徽农场，清华和晓卉按照分配条件留在上海，于是暧昧的关系突然变得清晰，临走前一晚，成淙来找晓卉告别，他问："你愿意给我写信吗？"

晓卉点头，有点儿惊讶于他的郑重其事。他又问："你愿意我们之间的关系不同于别人吗？"

晓卉紧张起来，问道："你想说什么呀？"她是因为糊涂才问得直率。

成淙反而嗫嚅："晓卉，你……你没看出……我……一直……是喜欢你的？"

"你怎么可以……"晓卉难为情地转过身去。

当时他们正站在她家的弄堂口，见她背对着自己，成淙着急了："晓卉，哎……人家看见了以为我……我不说了……"

于是，成淙便把没说完的话写在给她的第一封信上，因此从通信开始，他们之间就建立了一种崭新的关系。她好像承载不动自己的幸福感，眼睛嘴角盈满笑意。

在星期天的三人聚会时，沈清华发出疑问："苏晓卉毕业以后反而开心了，成淙在给你写信？"

"你……怎么知道？"晓卉窃喜，她也在寻机吐露秘密。

"我们共处四年，能不了解他吗？"清华似在讲一个最亲密的人，可当时的晓卉并不具备这样的观察力。倒是章霖瞠目结舌的样子令她不安，她问章霖："你觉得这件事情很出格吗？"

沈清华说道："不要去问章霖，她跟我们不同，她是个循规蹈矩的人，她将来的丈夫肯定是通过介绍认识！"说罢哈哈大笑，笑声过于响亮因而显得刺耳，苏晓卉至今都记得这一个不太悦耳的笑声。

清华就是这样一个要强的人，她难受得要命，却不肯在晓卉面前流露丝毫；四年的疑虑、担忧被确认之后，她的自尊心彻底崩溃。那天下午的聚会散后，清华又来约章霖。在夜公园的草坪上,清华流下了眼泪,她说她的胸口像被人踩了一脚……这一切,晓卉是在几年后,与成淙分手后才知道的。

晓卉获知真相时,有的只是愤怒,清华竟让自己当了好几年的傻瓜。冷静下来,感觉变得复杂,她明白,和清华真正的沟通是在失恋之后,就像章霖说的,痛苦才能使人相知,毕竟后来两年,她们是做过真朋友的。

"爱情的潮水消退之后,留下的是友情的沙滩。"这一类格言抄满了她中学生的日记本,去马来西亚后,给清华的第一封信开首便是这一句格言。清华回信说:"希望不要开口闭口格言好吗,让人觉得幼稚而且肉麻,什么时候你才能成熟,用自己的语言描述自己的感觉?"

当她终于学会用自己的语言描述自己感觉的时候,她已经阅尽沧桑。满腹心事再也无人听你述说,有时候提起笔想要给清华写信,终究又放下,千头万绪的,不说也罢。

电话搁下不久,清华的电话又追过来:"瞧我的记性,把最要紧的忘了说!每一次都是这样,拣次要的先说,其实是铺垫,可说着说着倒把要紧话略过了。"

"刚才是说请吃晚饭的事,如果吃晚饭是铺垫,后面的高潮是什么呢?"晓卉开玩笑地问道。

沉寂几秒钟,然后清华喊道:"晓卉呀,八年到底没有白过,你比过去至少聪明十倍,可以说是判若两人!"

轮到苏晓卉沉默。沈清华似乎感觉到什么,放低声调问道:"我说错什么了吗?"

这已经不像清华的语调,晓卉笑了:"没什么,不过是一番话让我想起了许多事!"开朗的口吻,"你还是没把要紧事说出来。"

"其实也没什么,"清华的兴致已经大减,"想给你一个小小的惊喜,也许你不会有这种感觉,谁知道呢?"说到这一句竟已经是无精打采。

"为什么?"晓卉追问。

"说不定你已经'曾经沧海难为水'了!"

心弦被轻轻地拨动,清华是最合适的谈话对手,如果她愿意给你时间的话。

对于赴晚宴穿什么衣服,晓卉有过几番斟酌。这种时刻,既不能太随便,也不能过于讲究,和姿色平平的女友在一起,晓卉会下意识地敛起光彩。她选定一套棉麻料子、米色主调的服装,最终又放弃,只因为这套衣服的上装配一件马夹,而这个季节,马夹竟一统上海的马路,男女老少,人身一件,或长或短,本来是时髦,却由于如此普及,便也俗不可耐。这正是大陆的气氛,让她想起十多年前,人人一条喇叭裤,后来人人一条牛仔裤,也人人都去听邓丽君……她这次回家,上海好像无处不变,这一个不变化,让她产生小小的幽默感。

她穿一条蓝白花长窄裙,配超短长袖白衬衣,只戴一个白金戒指,再无其他饰物。和许多女人一样,她在衣着上不倦地花费精力,哪怕家里的一条睡裙也不肯马虎,"女为悦己者容",自己又是为谁容呢?

刚刚装扮完毕,甄真上门,她打量晓卉道:"这时候出门,是去吃晚饭吧?"

苏晓卉尴尬地一笑,想着清华的关照,心里有对甄真的歉意。但甄真似不在意,说道:"我是来跟你爸爸联络,他托我找心脏病专家,为你妈妈……"

提起妈妈的病,晓卉立刻心烦意乱起来。回来这几天,陪妈妈的时间越来越短,今天原是答应陪妈妈一整晚,却因为清华之约,匆匆去医院点个卯便朝回赶,使得妈妈抱怨:"回家时间这么短,还不肯全花在娘身上!"发现一年年过去,母亲对自己的依恋越甚。自己没有儿女,将来竟不能像母亲那般依恋自己的儿女?将来的问题就像深渊,令人不敢朝前探视。从来不和丈夫讨论这个问题,这是他们之间的禁区。她把心思拉回来,有些烦躁。

"爸也真是的,喜欢兜圈子,找沈清华不就得了,她老爹是院长。"

甄真格格地笑,把她话当成笑话听:"怪不得老头不找你,你晓得的情况过时了至少七八年。她爸老早退休,回聘过几年,没赶上坐专家门诊便中风了。她妈,她妈这人脾气暴躁,医院里没人缘,她不是这一科,一样要去求人,再说,现在最吃香的多半是出过洋的中年医生……"

晓卉想起甄真爸爸是卫生局的行政干部,想他现在也该退休,甄真似乎读出她的疑惑:"我不用我爸的路子,这种事我老公最有办法,谁不想讨好有权的人,我老公的路子不要太粗噢!"

瞧瞧,又来了,又抬老公了。但从晓卉的耳朵听来,并不如沈清华那么感到刺耳,说到底,自己不过是个路人,何至于往心里去呢。

甄真话未完,伸出手摸摸晓卉的衣料:"这衣服是在大陆买的?"

"不是,是在香港,我喜欢去香港购物,那里的东西又多又好又便宜。"

甄真不以为然地瘪瘪嘴:"我看也不过如此,淮海路上专卖店里的衣服比你这档次高多了,当然价钱也厉害,不过,有钱怕什么呢?像你这样,何必买便宜货!"

"不是买便宜货的问题,我是说,同样的东西在香港价格更合理。"晓卉解释,心里有不快也不会露出来,"再说,衣服不是越贵越好,合适是最要紧的。"

"但是你穿这套衣服走在马路上,人家不会看出你是从国外回来,你是不是故意这么朴素?其实没关系,现在开放得很,上海人现在什么花哨衣服都敢穿。"

晓卉微笑不语,她应该告诉甄真,上品的衣服从来不花哨,恰恰是在低调中显示它的高品质。可甄真是这么自信,她这样的人是在环境中获得教育的。甄真今天穿了一套精致的针织棉套装,但粉蓝色过轻,绵软的质地凸现她腰部和肚子的赘肉,这身衣服也许价格不菲,但对甄真来讲,肯定是扬短避长了。批评不能说出来,无论如何,赞美话也是没法讲的,所以只能对甄真的新衣保持沉默,甄真却认为她小觑了她,刚才那番话便有了挑战的意味。

就像为了安慰甄真似的,晓卉说:"国内有钱人是不少,我看到高级名牌时装、高级化妆品也在卖,即使在发达国家,一般的人也不会去买。"

"真是这样,我丈夫去新加坡出差,上乌节路帮我买名牌化妆品,陪伴他的那位公司白领说,我们自己并不买这么贵的东西,太奢侈了。"甄真得意。

晓卉同意:"我看锦江对面的迪生商厦简直跟巴黎的一条街一模一样,卖的牌子也差不多……"

"你去过巴黎?"甄真有些气馁,"还去过哪些国家?"紧接着追问道。

晓卉淡然一笑:"大概十多个吧,为生意上的事跑来跑去,也没心思玩,有些地方连印象都没有,很无聊很枯燥的。"

甄真却感慨了:"虽然是住在小国家,到底来去自由,中国人和外国人是不一样!"

见甄真没趣的样子,晓卉也没意思起来。沉默了一会,说:"其实住哪儿都一样,一切都在于自己的感觉,我看你对自己的老公很满意,正羡慕你呢!"

甄真眼睛一亮,颇有意味地望住晓卉,她从晓卉的话里听出些许遗憾,这正是她想了解的。是的,她必须从苏晓卉的发达里找到破绽,她好胜的性情需要获得平衡。

"从你的话听起来,好像你的老公不让你满意似的,开个玩笑……"甄真自己笑了,"你一点都不谈起他,我连照片都没看到,什么印象也没有,感觉上你还是个单身……"

晓卉阴下脸,甄真的心脏因为兴奋而加速了跳动。瞧,触到了她的痛点不是?她的风度快要保不住了,甄真见好就收地起身告辞。

"放心吧晓卉,你妈的事包在我身上,十八年的老邻居了,没有跟你这层关系,我也会帮她。"甄真认定自己是个善良的女人,脸上挂着宽容的微笑。

"甄真,我想只要肯出高价不愁找不到好医生,不要去托关系什么的,人情是最贵的了。"晓卉微蹙双眉。

"问题是这儿并不都是明码标价的,给钱也得有门路。"

晓卉从包里拿出一厚叠人民币交给甄真说:"这些钱你先用起来,托人办事需要乘车送礼什么的,事情办成之后,我会另外给你报酬。"

甄真脸上的笑容挂不住了,一步跳到房门口,没法掩饰的鄙夷:"哟,晓卉忘了这是在中国,情义还是最要紧的,再说,我丈夫的公司有两部小车供他使用,一部桑塔纳,一部奥迪,我们家收到的礼都可以开礼品部了,有什么应酬都可以报销。钱嘛,在我们这种人家没多少用处。"说完,逃也似的离开苏晓卉家。晓卉也不去追她。

黄昏的街口,车子长龙一般,并且是条奄奄一息的龙,苏晓卉只得徒步赶往沈清华指定的酒店。

摩肩接踵,这是在上海街头的感觉。有时候,比方说在心情落寞的时候，她需要这种挤来挤去的热闹，这在她已是一种非常陌生的熟悉。双臂有力地摆动，平底鞋踩在水泥路面轻捷灵活，不时躲避莽撞的行人，在拥挤的人群中保持健步如飞，不啻是一项过瘾的运动。她的身体在运动中焕发活力，心好似云散后的天空，清朗空廓。甄真耽搁了她约会的时间，也耽搁了她的好情绪，但她已经把这当作次要的小插曲，急不可待地丢在脑后，等在前面的，却是她向往多年的聚会。

五

清华点了一桌好菜，派头地使唤服务生。章霖的经过理发店吹风机的刘海儿，像一面旗帜高高飘扬在额前。晓卉拿着筷子，一个劲地笑望着她们。跟想象中的一样，她们又聚在一起，在某一个舒适的环境会餐，品尝佳肴的同时，回忆过去的好时光。

服务生给杯子斟满啤酒，清华和晓卉不约而同地举起杯子。

"祝什么呢？"清华似笑非笑瞥一眼晓卉，又看住章霖。

"当然先祝晓卉衣锦还乡喽！"正在剥吃炝虾的章霖吐出嘴里的虾壳，含含混混地说道。

清华一皱眉："陈词滥调啦！"

"那么说，我们又活了八年，并且聚拢来吃一顿好饭，希望有生之年还有几顿这样的好饭。"章霖说着，找纸巾擦汁水淋漓的手指，端起酒杯，手一晃，酒撒在刚端上还吱吱作响的铁板牛肉上。

清华嗔笑:"为一个庸俗的愿望,毁了我一道好菜。"

晓卉便大笑。笑着笑着却流下眼泪。

饭桌一片寂静。

沈清华道:"做啥啦,多愁善感的?我们这样的年龄,加上你在外的八年闯荡,也该刀枪不入了!"

泪水越流越多,苏晓卉干脆把脸埋在胳膊肘里。

章霖不发一言,继续剥吃炝虾,清华急了:"章霖你也不劝劝她,等会儿还有人来,哭肿了眼睛还有什么样子?"

"你又约了谁,不是说好我们三人自己聚吗?"章霖不满地问道。

清华不理她,转而拍着晓卉肩膀说:"顶多还有半小时成淙到,他一个晚上赴两只宴席,上半场和公家人敷衍,下半场……"

晓卉站起身拿包欲走,清华一把扯住她,冷笑说:"这桌饭是为你请,怎么能说走就走不给人面子?"

"但也不能强迫人家接受你的好意,比方说,自说自话把成淙叫来,却不问苏晓卉是不是想见他……"章霖说。

沈清华气得将打火机"啪"的一声扔在桌上,拿烟点烟。

晓卉端起满杯酒朝清华面前的酒杯碰一下,便一口喝干,唇上留着一圈泡沫也不擦去:"我其实是很感激你的,清华,"她又朝章霖看去,"只是还没有这样的心理准备立刻和他见面……"

"没有这么严重,见个面而已!"清华含讥带讽的表情,

"男人可不像我们这样认真,他昨天刚到上海,知道我们有个聚会,一定要来!再说,苏晓卉在我的印象中有一种处变不惊的风度,她在男人面前不会失分,所以我就这么安排了。"最后两句话是对章霖说的。

成淙单薄的身材厚实了一大圈,发胖的趋势,但还未胖出来。"重了二十磅吧,肯定不止?"她大概就是这样问他的。十三年的别离,弥漫在她青春岁月的伤感气氛就被一句话否定了。她们都哈哈大笑,清华、章霖和她自己。

"哪有这样打招呼的!"章霖说。

"说明体重问题在苏晓卉的生活中至关重要。"清华说。

"真是这样,我每天称体重。"晓卉说。

她们自顾自说话,成淙陪着她们笑。西装革履,头发梳得一丝不乱,走在马路上,不会再有豆蔻年华的少女对他回头。

"很少看到美国人穿西装。"她瞥了他一眼,不无遗憾地说道,拿起筷子给自己夹菜。

"这身装束是为国内人准备的,他们看重这些。"他歉意地答道。

他们的目光突然撞上立刻又互相躲避。

晓卉开始吃菜,她觉得饿,奇怪的是她竟觉得饿。记得成淙走后,她才真正地喜欢上游泳,怀着恋情,孤独地在水中舞蹈,浮出水面,池边总会有热情的注视,那时候她才懂得怜惜自己的美丽。游泳后,她总是觉得饿,回家后妈妈烧了一砂锅红烧肉,用肉汤淘饭可吃三碗,饕餮的快感使失恋这个情绪变得十分次要。常常过后又为自己不合时宜的饥饿感遗憾,她内心的气象规律是相反的吗?

一桌好菜。也只有到中国,才经常有大吃大喝的机会。她才发现,清华为她点了好几个久违的家常菜,剥皮大烤、咸菜豆瓣沙、黄泥螺,吃着吃着就思念起泡饭,这些菜原是下泡饭的。她便唤服务生拿饭来,顺便问他们三个是否要点儿饭,他们都摇头,纳闷地看着她把茶水倒进饭里,筷子淘几下吃将起来,一起笑了,章霖嘀咕:"这么多菜吃不了,还吃什么饭呢?而且吃泡饭!"

"你不领市面,这叫返璞归真,是时髦。"清华说话很少不带刺的。

"那我们一不小心赶了一记时髦,家里天天吃泡饭呢!"章霖惊问。

晓卉捂着嘴笑,成淙笑微微地看着她,旁边是清华尽收眼底的锐利的视线,她却如入无人之境,仔细地吐黄泥螺壳,唇上留着黑色泥浆。

结账时,成淙从清华的手中取过账单,从容不迫地付钱。男人为女人从容不迫地付账。这一刻,成淙很迷人,三个女人出神地望着他。

她忽然发现,成淙的手精致纤巧,跟她丈夫的手相像。婚前,和丈夫的手偶尔相握,心总是一跳一跳,不懂这是一种什么样的感觉……婚后,丈夫因有慢性疾患,遵守医嘱分房睡,后来连手都不碰,不要碰,完全是一种生理性的厌恶。她的目光从成淙的手移开,那些联想不快乐也不合理,可心里边好像已被垃圾车碾过,留下了污秽的气味。

见晓卉心神不宁,章霖拉起清华欲走:"我们先走吧,再不走,他们俩把我们当大灯泡了。"

清华的脸瞬时阴暗下来,她朝成淙望去,深深地注视。甚至失神片刻的晓卉也意识到清华不同寻常的注视,她迷惘地看着他们,看看清华又看看成淙。成淙朝清华点头,默契地一笑:"我们再坐会儿,回去后我再给你电话。"

清华顺从地跟着章霖离去,成淙告诉晓卉:"她在帮我谈一笔生意。"

直到坐进酒店的大堂酒吧,蜡烛光在脸上明灭,绿色观叶植物屏障一般阻隔在本来是一览无余的空间。她接受他含笑的注视,才有怦然心动的感觉。

相爱的日子,他们互相写信,写恋爱的心绪,美丽飘忽的心绪。爱,这个字从来不出现在纸上。通了三年的信,直到恢复高考,他才从安徽农场考回上海,两年后,他去美国。这两年的大部分时间他在学校图书馆度过,她后来才知他是在这段时间恶补英语,同时却在犹豫是否去美国。这场恋爱几乎停留在意念上,在一起从来没有肌肤的交流。也许意念的空间更加巨大,回声更加悠远,所以他离开她时,她并没有切肤的疼痛,她已经习惯把他留在记忆中,成为一段岁月的背景。这样面对面坐着,反而感到疏远,他们习惯的话语已随着青春消逝,重新建立话题是需要时间的,更何况他在她心中的位置一直没人替代,她无法与他正常交往。

见她不语,他也没话可说。不是没话说,是不敢说。在他的眼里,她依然漂亮,也许更漂亮了,就像一朵花到了盛极的一刻,因而具有了衰败的意味。这样的女人谱写的爱情是以悲剧结尾的,因之,她以拒人千里的姿态坐在他的面前,雕像一般,冷极,艳极。

他对她完全没有把握,即使当年,在她含苞欲放充满新鲜诱人的活力的时候,他也只是在遥远的地方向她抒情。他从来不敢在她的面前袒露自己,他曾经把对她的欲念当作罪恶。那些年他的欲念就像大合唱,在身体的每一处高歌低吟,但他把它们封闭起来,封闭得如此严密,他把自己塑造成时代标榜的理想青年,女生的偶像……到了美国之后,才发现自己有多愚蠢,但已经来不及后悔,他需要对付另一种严酷的现实。后来许多年,为了补偿年轻时代的饥渴,他和西方人一样开放,放纵的结果是,他丧失了快感,这就像一场漫长的意淫,从来没法获得真正的满足。而苏晓卉是他年少时的性感偶像,永远遥不可及。

他的身体曾经最活跃的那一部分如今处于休憩状态,她的目光却充满过去的回忆,虽然他们开始了交谈,但也只是无关紧要的交谈,顾左右而言他的交谈。他们唯一共同的感觉是:咫尺天涯。

心如止水反而使她极度倦怠,回到旅馆匆匆冲完澡扑上床,没来得及拉开毯子便跌入梦乡。听到铃声拿起电话的时候,都没弄清楚自己在哪里。

话筒一片沉寂,她受惊这才清醒,按亮灯对着话筒问,传来章霖低低的话语:"晓卉……你好吗?"声音听来沉重。

"怎么啦你?出什么事了?"苏晓卉声音响亮,她自己吐一下舌头,回国后嗓门都高了好几倍。

"我一直在担心你,现在好了,听上去你不错!"章霖的语调即刻放松,"他,成淙……对你好吗?"

"哦,你是为这事操心……"晓卉声调下降,明显的消沉,片刻沉默调门又高,"这么多年过去,大概是我的记忆有问题,反正他对我来说很陌生,面对面坐着,怎么,怎么找不到感觉?"她就像在问自己,"需要时间互相熟悉,过去这种关系其实是空的……章霖,我们顶多坐了一个小时,他有事……我发现,他和清华,他们现在蛮要好是吗?"

章霖吐出一口气,这也是她今晚的块垒。

"我也是今晚才发现……弄不懂清华的意思,却是她安排你们见面,可是……"章霖没法形容清华注视成淙的目光,"她是个聪明人,有时却很糊涂。"

晓卉不响。章霖说:"晓卉,清华不是什么事都告诉我……"

苏晓卉截断她的话:"章霖,你没有义务一定要为我们解决点什么!"打着呵欠,情绪上没有章霖那么投入,"我今天是特别的困……"

"从酒店回来,路上遇到之钧妈妈,问她要了之钧的地址,你去拿支笔记下来……喂,晓卉,你在听吗?"

"我在想,走回过去有意思吗?"

章霖不理她,只管念地址,床头柜上现成的留言笔,笔下压着名片。唯一的一张名片,是成淙的名片,苏晓卉把之钧的地址写在名片的反面。

搁下电话,铃声紧跟着响起,沈清华的声音:"拨了好几次电话都是忙音。"

"章霖在和我讲话。"

"我猜就是,你们在讲什么?哼哼,肯定讲到我了!我觉得耳朵热得很。"

"灵得很嘛,真讲到你了,讲你和成淙很要好。"晓卉不假思索地冲口而出,为掩饰话语里的酸味又补上一句,"其实你们中学里就要好,两人都是班长嘛!"

"不一样!中学的好是虚空的,现在更加真实。"语气是挑战的。

沉默片刻。清华说:"知道你已经看出来,这个电话就是来向你说明的,啧,让我说嘛……"清华的声音透着严厉,"知道么,这三年他经常回国,和我谈得很多,可以说我是他在这个世界上唯一的知己。"

"为什么又要安排我们见面?"

"为你更为他,这是你们两人的心愿。而为他,我什么都肯做!"

"这是你最想告诉我的?"苏晓卉阴郁地问道。

"不是，这只是铺垫，我要告诉你，他跟我好和跟你好有本质的区别，他跟我之间没有性的内容……"

"我们也没有！"晓卉气愤喊道。

"只是没有发生而已，但有过幻想，至少他对你充满这方面的幻想，晓卉，你曾是他最想要的女人！而我，嗬……"她短促地一笑，晓卉看不到她脸上此时的表情，"我只是他的朋友，无性朋友，他不会给我男人的爱，三年前，他这方面出了问题。"

"轰"的一声，只觉得血朝头上涌，昏昏然，清华的声音退得很远。这是不是命运的诅咒？她自问。在和丈夫漫长的无性生活中，常常幻想的，是和成淙的结合。

"晓卉，你在听我说吗？"清华问她，她勉强拉回思绪，听见清华在说："到了今天这一步是因为他太过放纵，他说那时候的放纵是因为年轻时的欲望受到压抑，所以归根结底跟你有关系……当然，他永远不会把这一切告诉你！和许多人一样，恰恰是在最心爱的人面前保持着假象……"

"你为什么要告诉我呢？"苏晓卉怨恨地问她。

"我们都是女人，关键时刻我忍不住要为女人打算，"自嘲的语调，却渐渐的诚恳，"女人会为了一个空幻的梦，伤害或许更有价值的现实。你以为我不知道吗，你一直把成淙放在心里，现在到了应该把他忘记的时候了。"

放下电话，她去楼下酒吧喝了一杯酒，一杯葡萄酒而已。她不会狂喝滥饮，不会抽烟，更不会染上吸毒。节制，是她的准则，任何损害她身体容貌的事她都不做，这已经成为一种下意识。喝一杯葡萄酒可以加深睡眠,这通常是在她极想睡觉却又对安眠药丧失信心的时候。如果在吉隆坡,此刻也许已经驾着跑车在高速公路上飞驰,她的手只要握紧方向盘就不会发抖。有一天,她会不会把车驶向沼泽?她不敢想下去,就像站在高楼,她不敢打开窗朝下看。

　　子夜时分,她突然醒来,算一下时间,一共才睡了四小时。酒对她的作用越来越轻,就像安眠药,用久了终会失效,以后还有什么能帮助睡眠呢?她起身开窗,被露水湿润的空气像细雨洒遍她裸露的皮肤,她就是在这一个早晨还未到来水分最充足的时刻,心中被唯一的愿望激动,是的,一定要见到之钧!

　　星星碎银一样撒开在澄澈辽远的天宇,接着晨曦将像巨大的面纱铺展开来,星星渐渐黯淡,隐没在它的后面,此时朝霞映红天际,浑圆饱满似被欲念浸透的太阳跃然而出于层层屋顶,瞬时便耀眼炫目光芒万丈。她将在晴朗的早晨,办好延期回程的手续,然后登上任何一架去北京的班机。是的,见到之钧,是她八年一次回国最能带来快乐的一件事。

　　子夜时的愿望和计划,使她在后来的几小时里充满活力。她穿上牛仔裤和运动鞋沿着慢车道跑步,迎来了比想象中更富于能量的早晨,然后去酒店的餐厅吃了一顿丰盛的西式早餐,回房打电话、收拾行李、去航空公司,一切都按照子夜的设想进行。

　　直到坐进头等舱,才有前所未有的困倦和软弱,而此刻正是正午前的一段时光,一天中最富于期待的时刻:都会中具有影响力的大公司、繁华街道的商店是在这个时候开门,苏晓卉却闭起眼睛,在飞机升起的嘈杂声里昏睡。

六

她在北京机场给之钧拨电话,拿起话筒的一刹那,她才生出畏惧:要是之钧不在家,要是其他什么人接电话,比方说他的妻子……但铃声响起,她已经不能逃避。听见之钧在招呼,八年前听熟的声音,清晰的、近在腮边,她的心一阵狂跳,三年中多少次约会,她从来没有心跳的感觉。

"是我呀,之钧!"仿佛昨天还耳鬓厮磨,她的脸立刻姹紫嫣红起来。

沉默。良久,之钧才答:"晓卉,你现在在哪?"

"我刚到北京,正准备去你家,我来北京就为看你!"她的话语里有一股任性,她对他从来就为所欲为。

又是一阵沉默,这在她的意料之外,然后听见之钧说:

"我正要去医院,我老婆病得……厉害,我一直在医院陪她,刚才碰巧回来拿东西。"

轮到苏晓卉沉默,而后她说:"对不起之钧,我一点儿也不知道你的情况,她得什么病?"

"心肌炎,已经发过一次,原先有先天性心脏病,所以很危险……"

"我能帮你什么忙,之钧,你需要……需要……钱么?"她困难地问道,她真的很想帮他,却不知怎么表达。

之钧似乎懂她的心思,轻笑一声表示接受她的好意。

"现在不是钱的问题,她爸是高干,两个哥哥公司做得很大,我们也有股份,其实……其实赚了不少钱,"声音越来越低,在她的感觉里,他被女家高楼大厦的背景挤得十分渺小,之钧叹气,"她现在住在北京最好的医院,可是,对于疾病,医生的作用也有限……"

她在电话的这一端由衷地点头,看起来是一场疾病,其实是命里注定的一个挫折,谁能避免人生的灾难呢?可怜的之钧,他不再是那个无忧无虑的男孩,她多想安慰他呀!

"之钧,下午我去医院看她,我们在那儿见。"晓卉不容置疑道,只有在之钧面前她才充满自我,她兀地发现。她又一次温情地感叹道:"之钧,我特地来北京看你啊!"

之钧没法拒绝晓卉,尽管他早已痛下决心将她忘记。他是在她离国之后,才明白她对他的伤害。晓卉在他身体上留下的甜蜜,日后他是带着痛苦去回味。三年青春浪掷,他后来才知,他是预支了漫长人生的快乐,他曾经感受到的人生的欢娱似乎都被晓卉带走。她怎么可以一走八年,对他不闻不问,就好像他是她的一件过时的时装,受损的还有他的自尊。但他不恨她,他不是个恨女人的男人,他是在女人的带领下去感受人生的丰富和美妙。

所以重新听到晓卉的声音,她的温柔的要求,他又冲动得没法自持,明知这样做不合适,可他不再有自己的原则,他原本是可以为她去做一切的。

放下电话,他像掉了魂似的,几小时以后,他将如何在妻子面前与晓卉平静相对呢?而晓卉的身体已经千军万马地奔腾起来,一时间给了她过往全部细节的记忆,她几乎能感知血液像加了温似的在血管里哗哗地流淌冒着热气。她奇怪自己对之钧的急不可待,完全不同于即将见到成淙时的畏惧和紧张,是因为对之钧单纯的情欲里不再承载其他期待?

她提早十几分钟到达医院,车子还未停下,便已经透过窗玻璃看见站在大门口的之钧。每一次约会他总是提早到,安安心心站在那里,脸对着前方,决不东张西望,稚气里有一份执着。仍然是她熟悉的一身装束:恤衫、牛仔裤和运动鞋,甚至体格和身架也保持着年轻时的舒展和挺拔,令她惊喜。就像梦幻化成现实,她捧着一大束鲜花,潮湿的笑眼藏在花枝后面,悄无声息地朝他走去。他转过脸瞧见她,目不转睛地凝望她,方才记得微笑:"打的来的?"问了一句废话。

她也不答,只是笑着怔怔地盯着他看,刮青的连鬓胡的阴影衬着他俊秀的眉眼,他这样的男人,魅力是随着年龄增长。在这样的凝视中,她才感受到他的成熟,他眼梢嘴角的细细的皱纹正丝丝缕缕渗进她的心里,负着岁月峥嵘,没有不变的生命。

病房大楼比她想象得更豪华,更令人惶恐。他妻子所住的单人病房在高层,自动电梯越往上升人越少,突然就走剩他们两人。门刚合上,他猛地抓住她的手,泪水瞬时盈满他的眼眶……

她转开脸，不敢看，也无力挣扎，喃喃地说："不要……之钧，马上要见她……"话未完，电梯门开，他们的楼层已到。

之钧妻子燕燕并非柔弱无力、骨瘦如柴，甚至可以说是丰润的，也许是经常需要卧床的缘故，只有苍白的脸和青紫的嘴唇暗示了她的病情。她五官线条鲜明、笔画浓重，有一种英武的美，简直是对她病体的背叛。

她称呼晓卉的时候有一种熟稔，显见这名字经常出现在他们夫妻的交谈中，晓卉将花送进她的怀里，同时发现她的床头柜已摆满鲜花。

"我出去许多年都断了联系，这次回来把老朋友一个一个找回来，到北京办事，也想和之钧一家见面，才知你病……"对事实的解释，也是顺理成章的谎言。

燕燕好像没有注意她的话语，她抱着满满一怀的花又是嗅又是吻的："我爱花爱不够呢，我最向往的是躺在鲜花堆里去死。"像是撒娇又像是威胁。

晓卉不安地朝之钧望去，对于这一类戏剧化的表达，她向来无所适从。之钧像没听见似的端着面盆朝外走，燕燕头仍然埋在花里："我知道你会回来，会回来看之钧。"是在回答晓卉刚才的话，"我等着，等了许多年，有好几次都快要死了，我想，可惜还没见到你……"

"我爱之钧，这么多年过去我却没法真正占有他，就像他没法真正占有你，不公平的命运！"她咬着自己的指甲，恨恨的。"所以，我喜欢生病，我喜欢之钧在我床边忙来忙去，生病的时候反而有安全感。"像个恶作剧的孩子因为成功捉弄了大人而得意地笑了。

等之钧从盥洗室出来，晓卉立刻告辞，她对燕燕说："我马上离开中国，希望你多保重，我看他很为你担心，健康起来才是为他好，对吗？"

燕燕答非所问："男人最想要他得不到的东西。"

晓卉不想说什么，拿起手袋扬手向燕燕道别，燕燕喊道："等等，答应我，让之钧陪你吃一顿饭，你们需要时间说说话，这么多年不见，也代我招待一下你。"朝着之钧说，"附近找一家最高级的酒店，五点到七点来探病的人最多，你离开两小时没关系。"

一连串的意外，晓卉穷于言辞，愣在那儿像个木偶。

直到走出病房，她才如梦初醒一般对之钧说："你还是回去吧，她，她让我觉得害怕，我不想吃饭，这种时候。"

"别在意她，不吃饭找个地方坐坐也好，既然她放我两小时的假。"之钧回答。

他们去了一家私人饭馆，没有顾客，安静极了，但方才电梯里激动的瞬间却不再出现，燕燕的影子插在他们之间，怎么也自在不起来。没有比在医院附近约会更糟糕的了，病房的来沙尔气味、死亡的气味侵蚀着他们的心情，而燕燕的话语像咒语令她心思惶惶，他们终于提早分手，说好夜里再通电话。

九点，晓卉在拨了好几个电话之后，终于听到之钧的声音，她没答话便把电话挂断，乘上出租车直奔之钧的家。关上门，没说任何话,他们便紧紧地搂在一起。

他的吻他的拥抱电流一般冲击着她的官能,从痛苦中诞生出富有力量的激情啊,她整个贫血的岁月等待过的激情。他不再是八年前的男孩,他们之间的爱欲将是崭新的,她顺从地躺在他的面前裸露着身体,她的经过健身房雕琢更加完美也更加寂寞的身体,他扔掉最后一件衣服温柔地裹住她,就像一条冬天的暖被。这时,电话铃响,正当他们共同去创造幸福的瞬间,铃声响起来,他们的身体立刻僵硬得像动物受到惊扰处于戒备状态。铃声惊人地响着,晓卉身体的热度在退却。

她轻声说:"接电话吧!"

一个长电话。夜凉如水从脚踝处渐渐浸满全身,晓卉躲进毯子,之钧终于也钻进来,身体冰凉,令晓卉打了一个哆嗦。他不说话,从床头柜拿起香烟和打火机。

"燕燕的电话?"她问,眼睛望着天花板。

"她说她今晚的感觉很不好,要我去陪她……"

"你去吗,这么晚了?"她侧过脸去看他。

他徐徐地喷吐香烟,脸藏在烟雾里,答道:"不去,她就会不断地打电话,她身边有电话,尤其是今晚,她可能会一夜不睡。"

她起身穿衣服,他抓住她的手抓得紧紧的。

"晓卉,我可以不理她,她的病情我有数。至少今晚不会出问题!"

晓卉摇摇头,一边穿着袜子:"但是从现在开始,这一个晚上除了恐惧我不会再有其他感觉……"她没说完,因为他已经仰起身体伸出手臂从背后拥住她,他的脸贴在她的脸上,突如其来的柔情令她泪水汹涌。

她默默地哭泣,泪水滴在他的手臂上。

他问她:"告诉我晓卉,你有孩子吗?"他第一次询问她的家庭。

她摇摇头,他更紧地抱住她,说:"你离婚我也离婚,我们结婚!"他急切地说着,不让她打断,"我有钱,日本赚回的钱做股票做得很顺,足够买一套房子,晓卉,我们自己过日子,用不着靠任何人,我们可以生孩子,真的,我常常想,常常想,让你为我生个孩子……"

她含着眼泪笑说:"我们俩生的孩子一定漂亮。"但她立刻敛起笑容和眼泪,轻轻挣脱他的怀抱,"为什么要离婚呢?不离婚也能在一起。我可以经常回来,我在上海买一套房,一年至少可以在一起过一两个月,如果你能来上海的话。"

他不说话,望着她的目光在黯淡。她继续说,并不回避他的目光:"我不会离婚,我已经属于他的家族,我个人和我公司的发展必须依靠他的家族,也不仅仅是个人的前途,这些年,我是跟他们生活在一起,一起呼吸,得失感利害感是一样的,希望和忧虑也是共同的,我是他们家族的一分子,我怎么会轻易地离开?"

他点点头,起身穿衣服,一边说道:"当时不能把你留下,现在也不可能让你回来,晓卉,我知道我是你生活中次要的角色……"

晓卉去捂他的嘴说道:"你知道不是这样,我来找你,我希望今后的许多日子是和你在一起,也许我们真的可以生个孩子,如果到上海办个公司,我就有足够的时间在这儿怀孕生产,我太想要孩子了,我必须跟我喜欢的男人生个孩子。"

"晓卉,"他喊道,神情肃然,"你丈夫……他……不行?"

"他不会和我生孩子,我们一直分居,秘密分居,他有病,可他忙生意连看病都顾不上,"她一旦讲出藏在心里多年的秘密竟如释重负,"我已经习惯这种关系,彻头彻尾的商业夫妻的关系,我甚至不能想象和他有身体接触……"自嘲地一笑,"这是我付出的代价,用婚姻换来我向往的生活!"

"所以你来找我,你把我当作什么呢?"之钧冷笑。

"当情人,你说还能当什么?"晓卉阴郁地伸出手,伸进他的手心,"之钧,我经常有业务旅行,我有机会用钱买情欲或者说男人,"大颗泪珠滚过脸颊,"可我只想有个情人,之钧,我们能不能在上海……在上海同居?"

之钧抱住头潸然泪下:"住在一起又怎么分得开,我会把你当作自己的女人,怎么肯放你回到吉隆坡你丈夫那里?晓卉,不要再来找我,如果你下定决心不离婚……"

电话铃又响起,惊心动魄的铃声呵!

两天后,载着苏晓卉的出租车朝虹桥机场驶去,同来时一样,她独自拿着行李踏上归程。

明天母亲出院,但她等不及了,如果不想让自己的丈夫太失望。

她没有和章霖、沈清华、甄真告别。那天晚上从之钧家出来便直接去了北京机场,搭乘途经上海的国际航班,半夜回到住宿的酒店,结结实实地睡了十几小时,下午醒来,真正是从长梦中挣扎出来的感觉,余下的时间,是在母亲的身边度过。

车在等红灯的时候,她拿出化妆盒,再一次对镜审视自己的脸,皮肤憔悴,眼圈浮上黑晕。回家七天,她像被重疾损耗,也许是阴沉沉的雨天,一切都是昏暗的?

她放回化妆盒抬起头,隔着防爆玻璃的缝隙,与反光镜里司机的目光相遇,是一双十分年轻的黑眸,她嫣然一笑。他于是回过头,他们的视线骤然缩短,他笑说:

"我为你抄了近路,你没注意?"他的牙齿坚实洁白。

"哦,谢谢,我不识路!"她看表说,"离起飞还有三小时,你可以兜圈子,我没事……"

车子已经启动,司机的目光仍然通过反光镜留在她的身上。

"你家人都不在上海?怎么没人送你?而且是这么漂亮的小姐?"他问。

她凝望窗外,好一会儿才答:"你不是在送我吗?三小时都给你了!"她笑起来。

"一直在路上兜吗?"

"那太累了,我们可以去机场的咖啡室坐坐,或者,对了,去机场附近的酒店,那儿的客房通常不会满。"她的目光依然逗留在车窗外。

车子猛地刹住，司机慌乱的声音。

"我……我没时间……要做生意……每天有指标……"

"多少？"

"六百左右"。

她数出一叠钱递给他："你今天的指标已经完成。"

"我……有老婆，刚……结婚……一年……"他嗫嚅，没有接钱。

"这跟婚姻有什么关系？我只要你陪我三小时！"她这一笑里，突然就有股风尘味。

车子开出新华路，驶上虹桥路，驶进通向宾馆的车道。

国际航班的候机大厅外，苏晓卉匆匆跨出出租车，不回首也不停留地走进绿色通道，她的刚刚化妆过的脸，新鲜明媚，浮着一层浅浅的微笑。

(初刊于《小说界》一九九五年第三期，
修改于二〇二〇年六月)

纯色的沙拉

直到老薛在那个细雨飘飘停停的黄昏把她们叫到一家酒吧,会子和小红才发现对方的存在。会子见到小红的时候,眼圈红了一红,她把头别过去,对着玻璃墙外的暮色怔了几秒钟,重新回过脸,她已经镇定若常。她向小红伸出苍白的手指:"你好!"小红一双眼梢上吊的凤眼狠狠盯视会子,毫不掩饰她的厌恶和惊讶:"好个屁!"她朝会子一声尖叫,顺手拍去老薛递上的咖啡。热饮烫了老薛一手,在他的惊呼声和瓷器的破碎声里,小红疾奔而去,长至腰间的发梢一路飘拂过邻桌顾客的脸,挡在门口的侍应生被她推了个跟跄。

一个小时以后,老薛才把小红带回来,他的一侧腮帮红红的,看起来刚代人受过。小红已经安静下来,落座后她要了一杯酒。老板娘端上酒时对小红笑说:"你瞧,总归是大让小,你打碎杯子她帮你赔。"她指指端坐一旁的会子,会子的嘴角一翘,不笑也带着笑意。这样的女孩通常以退为进,老板娘心下做着她的判断，那双风雨历练的眼睛便稳稳地落在小红身上，有劝慰的意思。小红根本不理她，只管端起酒，一饮而尽，放下酒杯，长发遮住半张脸，剩下的一只眸子烈焰灼灼，凤眼愈加黑白分明，光芒逼人。那可是非同寻常的女孩，老板娘甘拜下风地退去。

晚餐时间，店内客人越走越少，最后剩下老薛、会子、小红三个。激烈的酒吧音乐开始微弱，玻璃墙外灯光吮吸着暮色的街便进入视线，车辆多于行人，本来是一条有风格的安静的小马路，这样的气候和时候却显得黯淡和萧条，零零落落的行人展示着日常人生：疲惫、厌倦、东张西望中的期盼。那个耸着肩膀走过来的男人，简直就是老薛的映照：蹙着眉头，步履沉重，毫无幽默感。

此刻的老薛正在说话，把她们叫来就是有事情说，说着说着声音就越来越响，带着一些声嘶力竭的困顿。老薛孤孤单单地使着力气，因为没有反应，他的话语有着自言自语的痴迷和焦虑。坐在他面前的漂亮女生给他很大的压力，不是因为受到异性的诱惑，而是，他害怕她们，她们的沉默和越来越凝固的表情在酒吧黯淡的灯光下模糊成一团，他不知他的话语是否进入她们的耳朵然后进入脑子？嗨，你们这些没脑的女人，大保可是要吃你们的苦头了！老薛暗暗叹息着，脸上便冷冷地笑开来，但他立刻收敛起笑容。会子的瞠视令他不自在，两位女生，这一个尤其让他在意，她的不言不语让他更难把握，他索性横下一条心，暂且捉住她的目光，说道：

"我想，如果大保知道我把你们召在一起，是不会饶过我的。"老薛一想到大保那双每天在沙袋上猛击一百下的老拳，眉脸即刻愁苦起来。刚才为了把小红捉回来，他已经在马路上代大保挨了小红一巴掌，更不用说先前还被热咖啡烫了手，这一刻也只能咧咧嘴苦笑："但是作为他的老铁杆，现在我是宁愿被他揍一顿，也不想看着他吃官司，姐妹们，只有你们能帮他，现在我先代他向你们磕头……"说着老薛放下酒杯，似乎真有跪下的倾向。会子皱皱眉把他挡住，语气消极："老薛，到了这一步，我们还能做什么？"不由得朝小红看看。小红正擎着酒杯在看她，两人的目光刚对拢，小红便激烈地转开黑眸，把眼白留给她，并把手里的酒杯"啪"的一声放回桌子，令老薛和站在吧台旁察言观色的老板娘吓了一跳，都朝侍应生看去，于是桌上的空酒杯和咖啡杯被收之一空。

简言之，坐在老薛面前的两位女孩是大保不同时期的女朋友。假如真的是"不同时期"却又简单了，老薛很清楚，至少有一段时间，大保在她们之间来来去去，玩着拙劣的三角游戏。"拙劣"是老薛的看法，他的确打心眼里厌恶这样的关系。他是那类头脑灵敏却体弱力乏的男生，周旋在一群精力旺盛的女生中间，他觉得力不从心，还觉得浪费时间。人类值得为之奋斗的目标实在高于谈情说爱，他胸中有大志要去实现而且还有洁癖。无论如何，同时和两个女子有身体的亲近，不符合老薛的个人卫生习惯，从来老薛都要和大保的私生活保持距离。但是老薛重视友情，或者说，他对与朋友相处有自己的原则，他希望自己"不干预"朋友的喜好,是真正的君子淡入淡出;当然,紧要关头两肋插刀,也是他敬佩的友情境界。

如今,大保终于出事了,这是他早就预言过的:玩火者必自焚。这样一种基本的道理,大保根本就忽视。事实上,大保这种人会忽视所有的道理和基本规则,他的头脑经常处于真空状态,而让身体处在几倍于别人的新陈代谢中。在老薛眼里,他就像一头动物,而动物是在身体和环境的关系中建立属于他自己的道理和规则的。也因此,当大保在学校的跑道上无拘无束地狂奔时,老薛只能自惭形秽,他觉得自己僵硬和了无生气,他同情所有爱上大保的女生,对她们不免有知遇之感,他和她们有同样的偏爱。

大保是在暑期回家探亲时出的事。他和邻家女儿举止有失检点,被邻家当官的主人撞见,以"强奸未遂"被扭送当地派出所。大保在中学就声名狼藉,为此连考三年大学,均因为档案上的污点而被淘汰。最惨痛的一次是,他已入大学报到,却在学期第一天在大学的操场上做广播操时,被辅导员喊出队列。从家乡居委会出具的一份档案调查报告,一路追击,大保不得不卷起铺盖回老家。这一类耻辱,在他出生的小城,路人皆知。可想而知,邻家男主人当时的震怒,尽管大保的父母通过关系将他从派出所领出来,但那个邻居却一状告到大保的学校,和学校所在地派出所。不幸的是,大保恰好是学校治保组的眼中钉,他被送进了拘留所。

回想起来,大保一开始也是小心翼翼规矩做人。大学这个地方，高高的围墙，密集的绿化，远离成人的规则社会，年轻男女共同行进在不同的却是单纯的学业领域，过着一种近乎梦幻的生活，你很容易追寻自己的个性，并把它张扬。大保过着过着就忘乎所以，其实也没有做什么，只是衣着打扮举手投足遣词造句刻意地与众不同，便造就了他的放荡不羁的特色。而大保在球场上龙腾虎跃，被成群的男女生追逐，是校园最招耀的角色，他不知道已经把自己放在了一个危险的境地。

老薛没法征得大保同意便把他的两个女友召在一起，他知道这对她们有点不够公平，但事到如今，老薛也顾不上保持他的君子风度，因为大保有可能被作为流氓罪起诉。老薛已了解过有关法律条例，即便那项"强奸未遂"不成立，只要他被控告在同一时期和三个女子保持性关系，流氓罪便成立，毕业在即的大保可能服刑。老薛当时听到有这种可能性真是给吓了一大跳，按照这种说法，谈多角恋爱的人，都有被指控为流氓的可能。老薛虽然连一角爱都没有，但依然有一种险伶伶的感觉。

喔，在学校训练馆门口，大保一身肌肉，湿淋淋的耀眼，这样一头健康单纯的动物居然和"流氓"画等号，想到他将难以抵御监狱里的黑暗岁月而真的变得猥亵，老薛就郁闷得透不过气来。这位羸弱的男生觉得对大保有不可推卸的责任，在他晓得学校方面想通过惩治大保来整顿校风，他们正积极配合公安局，在女生中开展调查。事实上能够抓住的线索就是会子和小红，在她们的证词将决定大保的命运时，老薛反复权衡，不得不把她们召来，意在说服她们"口对口，对口供"，揩去大保在两个女子中交叉往来的痕迹,从而拿去对大保不利的证词。

"会子,大保最后一次到你家的日期还记得吗?"然而这问题一出口,老薛难堪得快要闭上眼睛,面对这个白皙文雅的医学院女生,老薛为大保的负心感到羞耻,他甚至怀疑他是否值得为大保做这一切?

小店内突然寂静无声,连街上的景观也因为心情的强烈而退得远远的。小红又一次将目光利剑一样刺向会子,空气中眼看又飞起了星星点点的火粒,老薛能从眼梢瞥见吧台后的老板娘停止了忙碌,似乎也在紧张地等待。他想到,这个地方以后可是再也不要来了。

会子右手撑着下巴,一双眼睛空洞地望着大街,有一瞬间,你觉得她好像是睡着了。"会子?"老薛小心地喊她一声,差不多就要用手去拍她了。"我们已经很久不来往了,所以,记不得了!"她转过脸,看看老薛,一直也看不出她的表情。

"你想,有没有半年呢?"停顿了一下,老薛不得不暗示道:"要是在半年前就好了!"他朝小红看看,"我想,大保认识你顶多也就半年,是不是?"小红不明所以地点点头,她性子虽烈却有几分懵懂,刚满十八岁,进校也就半年多一点,当然,意味着她与大保的相恋不会更长。

他们又一起看住会子,他抱歉地看着会子垂下头,用她的苍白的手遮住额角。不久的将来,她就是某家大医院年轻的医师,她白色的诊台旁坐满了病人,他们排着队耐下性子等着轮到自己,轮到自己倾诉痛苦。他们一般都很唠叨,而且滔滔不绝，她不会打断他们，她注视他们的目光是远距离的，她那么年轻就已经学会不动声色地面对痛苦。不是吗，要是想成为良医，就应该学会镇静和适度的冷漠。可眼下，在这个俗气的小酒吧，年轻的医学生用手遮住她的额角，似乎要用手去遮住她的裸露的痛苦。然后，她拿去手，看着小红，有些疲倦但依然和颜悦色："我想，在你和他认识之前，我们就已经……断了！"说完，她突然站起身，把她的双肩包稳稳当当地放到肩上，离去。

几秒钟以后，老薛才醒过来似的追到门外，对面车站。会子刚刚挤上公共汽车，老薛跟着车子跑了几步，看着它远去。他本来还想对会子说上几句，哪怕是道歉的话也好，可是四面八方的汽车喇叭声把他的声音变成了地上的碎沫。这就是噪音？城市的噪音，或者说，日常人生的噪音？它比你能够预料能够承受的，似乎强大得多。此刻，这个大学艺术系男生站在喧嚣的路口，觉得校园是一块完整的梦，它终究是要被震成碎片，然后，被高楼下卷起的狂风吹散，连一点痕迹都不会留下。

会子坐了一站路便下了车，她下车是因为她不知道该去哪里。医学院在市中心，过五六条横马路就到了，但她很怕回学校。临近毕业，人将去楼将空，但楼是不会空的，总有新的人来把它填满，正是这种不断更新的满让会子有难以忍受的空。然而，所有的阴郁和伤感，就像脓血，是从一个伤口流出来的，流也流不完。奇怪的是，她已经没有痛的感觉，为何伤口还在腐烂？

大保突然不再来了。不能说是突然，她是看着他的心一点点远去的，虽然，他们还在约会。然后，他终于就不来了。她等着他来诉说理由，渐渐地又知道，分手是用不着理由的。这一切都发生在她进入毕业班之后。

毕业就是风流云散，在和功课告别的时候也和恋人告别。校园恋人本来就是短暂的，因为校园就是一个梦，最好在梦醒之前赶快分手，这样才能无牵无挂地走进现实。可是放眼望去，校道上多是成双作对，你能看到更多的人在结合而不是分手，而这样的结合又是为了即刻实现的分手。一个宿舍，最顽固的女孩都有了散步的伴侣，任何角落都可能隐匿着以速成的节拍走到一起的情爱伙伴。好像所有的人都无暇顾及别人，除了眼面前的对方。他们在一起，有说不完的话。说什么呢？未来吗？很危险的想象。现在呢？现在还刚刚开始。当然，一切的开始都是很让人向往的，可随之而来的就是结束。自从大保离去，会子走在这个即将成为记忆的校园，便有一种痛彻心扉的清醒，校园最后的日子，于她，却度日如年。

眼下已过了下班的高峰时间，这条市中心的马路仍是被车辆和人流弄得喧哗不堪，会子被熙来攘往的人群推来挤去，她宁愿躲在喧哗和拥挤里。这种时候回家，正是晚饭时间。饭桌上，父母的目光像探照灯一样，更让她心烦意乱，她也很怕回家。

雨已经停了，街上湿淋淋的，风涌来时，手指冻得发疼。

虽已过了立春,但对于会子,冬天的寒冷依然留在骨髓里。华灯下,不知不觉出现另外一股节奏,是打算享受夜晚的人们,是怀着爱意的人们,他们通常在夜晚相会。所以,悠闲的是成双作对的人,他们和匆匆朝家赶的个体的人流形成了对比,只有会子是个例外。

会子经过一家经常路过的饮品店。店很小,灯光耀眼,门面鲜亮,正在开始流行的各色果汁饮料,悦目地展览成一排,也卖蛋糕和巧克力。柜台外极有限的空间,放着两张白色塑料小圆桌和围桌安放的椅子。有好太阳的白天,生意很好。因为卖的都是柔情蜜意的甜品,所以来的多是年轻人,有一种干净甜蜜的气氛。常常,会有一两对男女围着桌喝着吃着说着悄悄话,虽然柜台前挤着一堆人,喧闹到听不见彼此的话。

现在这一刻,小店安静多了,那些饮料、蛋糕和巧克力,在灯光下有一股香喷喷的暖意。会子不由地驻足,这时她才发现自己口渴得要命,她要了一杯柚汁,那么醇厚温柔的绿捧在手里,她却对着果汁饮泣,泪水悄无声息滴落在杯里。

她早有预料,自从大保敷衍、漫不经心那一天开始,她就明白他的心已另有所属。但刚才,在见到小红那一刻,她仍然觉得眼前一黑。没有愤怒,只有空虚,空得让她发慌,就像荡在半空中,没个地方落脚。直到此刻,她还觉得手指软绵绵的,纸杯在指间微微发颤,勉强承受一杯水的重量。

是的,只有无力感,只有虚弱和空洞,在小红摔门而去的时候,她觉得自己老了,连跳起来冲出去这样的力气都没有。

那时候，所有的人，酒吧下午暗哑的空间，双眸亮着欲望的男人和女人，所有的目光齐刷刷地朝向会子。她的眼前却是黑乎乎的一片，身体轻得像一片纸，只有头发的分量，沉甸甸地落在肩上。她想到，小红的头发可真长啊！

会子把杯子放回桌子，她到底还是放弃把果汁喝尽的愿望。说它是果汁，不如说是香精、颜料和糖的混合水，甜得发腻，整座城市喝不到一杯用水果现榨的原汁原汤。和大保到处游逛的日子，喝过无数饮料，从来没发现所谓的果汁，都是人造的。那些晚春和早秋的下午，他们一直口渴，一路走一路喝，那些可乐、橙汁或者酸梅汤。那时候，味觉很迟钝，觉得所有的饮料都是好喝的。就这么走着喝着，在十字路口，两人互相问着：去哪里呢？那时候，他们总是为没有地方做爱而烦恼。星期天，在大保寝室，刚刚锁上门，便有人把钥匙插进门，虽然已别上司别灵，门外的人还在不死心地一个一个试着钥匙。她躲在大保身后，手指抓着大保的手臂，那么结实的臂，欲望在恐惧中依然醒着，像一片光线照亮了黑屋子。

会子双手捂住脸，她的眼前浮现小红的脸。她不算特别漂亮，却令人炫目，像刀锋也像玻璃，闪烁着尖锐脆亮的光芒。让她想到某种动物，有着锋利的爪子的小母豹，矫健的身体，不受压抑的活力；一双眼睛清澈、透明，是高纯度的，无论喜悦还是愤懑，都是具有穿透力的；连那长长的美发也是有动感的，在她喜怒哀乐的极致飘拂起来。她的年轻和美令会子感到刺心的嫉恨，但同时还感到一丝自虐的快乐。她晓得大保遇上了真正的对手,爱或者恨,他们互相有足够的能量交融或对峙。她觉得自己够不上,这么想着,她才发现自己疲倦极了!

会子回到家,父母已经上床。她悄悄地直接进自己房,往床上一躺,衣服未脱就睡了。她睡得那么沉,以致电话铃声响起时,她恍然被巨声击醒,只觉得心狂跳不已,她怔忡了好几秒钟,然后拿起电话。

"对不起会子,你在睡觉?把你吵醒了?我……我实在是睡不着,如果……不打这个电话……"一刹那她竟以为是大保,手一抖,话筒滑到地上。"会子……会子……"老薛在电话里气急败坏地喊着。

不论是口音还是嗓音,他都和大保没有相似之处,会子在想自己是不是有点癫狂?她看了一眼闹钟,再看上一眼,"十点钟"。这就是说才睡了两小时,感觉上似乎已经睡了整整一夜。不管是几点钟,只要找到时间的点,对于她,这一"点"是最重要的。每一次醒来,在梦境和现实之间,在癫狂的边缘摇摇晃晃,只要看一眼闹钟,再看上一眼,她就会清醒,然后接受现实,不管这多么令人沮丧。

"对不起,会子,我是来跟你道歉,把你和小红一起叫到酒吧……"

"老薛,我在睡觉,有什么事以后再说,把你的电话告诉我,我会和你联系。"会子截断老薛,她的声音很冷静也很冷淡,记下老薛的电话后,立刻把电话挂了。才十点钟,她很难保证睡在前楼的父母听到电话铃声不会偷听。二十多年来，他们全部的努力就是把女儿置于他们的视线内，尽管他们至今不知会子的生命中有过大保这个人。

几分钟以后，会子重新拨通老薛的电话："对不起老薛，今天在酒吧说话不方便，有些事情你可能不知道。"为了截断老薛的啰唆，不等他回答便一路说下去，"前几天你们学校已经有人来找过我，有三个人，他们七嘴八舌问了我不少问题，当时我没有任何准备……直到今天下午，我才明白……其实，他们已经……要到了……他们要的证据！"

"会子……？"

"老薛，大保寒假前还来找过我……"她突然噤声。

一阵沉默。

"你已经告诉他们了？"

"是的，他们来过好几次，和我们学校的治保组一起，每次谈话时间很长，我很累，有时候，自己都不知道自己说什么，但是每一次说过的话，我都要签字。"会子突然不耐烦起来："我只是想告诉你，你为大保做的努力已经迟了。"她在克制自己微微的战栗，这，老薛是看不到的。那些谈话过程像噩梦，他们不厌其烦地询问她和大保之间的一切，包括细节。她感到震惊的是，那些在记忆中依然很美好的往事，在他们的询问中竟变得可耻和下流。然而，比起大保带给她的痛苦，甚至连这样的羞辱都变得无足轻重了。

老薛叹了一口气："真的很对不起你，本来只想着要帮大保，却没想到会伤害你,真的……没想到啊!而且……而且……"而且已经于事无补,他们到底还是走到了他的前面,老薛懊恼得要命,还有点愤懑,那是对大保,他欺骗了所有的人,现在他不得不去自食其果了。但是老薛心里还是很难受,他在电话里来来回回嘀咕:"是啊是啊,只能这样了,谁让他做出这种事情,不过,那件事是人家冤枉他,说他强奸是要拿出证据的,那家人家拿不出证据,那个女同学其实是他高中时候的恋人……呵,你也知道,这种情况在外地同学中不少,他们在家乡已经有恋人,但是到了大学以后很难保证……是啊,很难保证情感不发生变化……哎,空间就是一个最大的障碍。大保自己就这样感叹过,他说,你怎能隔着远远的距离去爱一个人呢?所以,他和那个女同学早就断了。可是,你也……晓得,大保这方面是……很没有自制力的。假期回家,要是她来找他,每天在他身边,他说过,那女孩还在追他,很难保证他不会一时冲动!"

"对我说这些还有什么意思?"会子轻轻问老薛。

"对不起会子,我是想说,家乡那一头的事太复杂,问题是,他在上海就不应该脚踩几条船,你会子对他这么好,他为什么还要去找小红?……"

"大概,还是个空间问题。"会子冷冷的,很少这么尖刻,"他们在同一个学校,每天都看得见。"

"但是,既然和小红好了,为什么还要来找你?现在好了,终于翻船了不是?……"

会子突然打断他:"老薛,他早就不来找我了,那天,他来……是来……还我钥匙的……"

"真的吗?"老薛喊起来,"那是属于正常的往来,而不是他们说的那种……性关系……"老薛的声音陡然轻下去,"对不起,会子,这是……这是他们的说法。"心里在想,一个人只要进入了所谓的案子,仿佛是进入了另外一个世界,那里有专门的语词,而语词是会改变事物的性质,比如,大保的那些恋爱关系,现在竟成了流氓活动的嫌疑。"总之,这是属于正常往来,我想,这,应该是可以鉴别的。"无论如何,老薛到底还是松了一口气。

会子没有应声。

"会子,假如这样的话,大保他不会有事。说到底,他又不是什么坏人,还不是因为精力太充沛!说到为人,他绝对正派,你是了解他的……"

会子的沉默突然令老薛不安,他说不下去了,又重新拾起话题:"是这样的,他只是来还钥匙,即使不还东西也能来看看你,为什么不能?去看看过去的恋人,这挺正常,法律没有规定过不可以……"说到这里,老薛却没有了底气,他发现自己对法律其实所知甚少。

会子仍然不作声,老薛便慌张起来,不知是不是应该挂电话,还是……继续聊下去?他知道她对大保的痴心,他一直就很怜惜她。

"会子,这件事情就算过去了,你也不要多想,对大保,我们也尽过力了,你没有对不起他,只有他对不起你……"

"老薛，事情没有这么简单，跟你说也说不清！"会子突然抢白道，然后把电话挂了。

会子坐在床上发了会儿呆，重又躺下，却再也睡不着。

她起身换上牛仔裤和运动鞋，上顶楼晒台做健身操。是从书上学来的简·芳达的健身操，在女生中一度很流行，对可能到来的肥胖的恐慌，是全球女性的心病。会子个子不高但身材标准，正是这种"标准"，才令她恐慌。这是真正的临界点，因为每天都有可能过界。会子和她的同学一起把练操图从书上撕下贴到墙上，她们学了好一阵，但渐渐地，就坚持不下了。会子也一样，学操、做仰卧起坐或者晨跑，没有一样可以坚持到一个月以上。对于她们，有目的的努力都非常艰辛。这半年，她经常回家睡觉，在夜深人静的时候悄悄起床上晒台做操，因为失眠。她就是在做操中懂得，精神需要通过肉体的疲劳获得宁静。

天在飘着毛毛雨，她甚至都没有觉到有雨，脸和裸露的肌肤沉浸在冰凉的湿润里，是内外一致的冰凉。她轻轻地喊着口令，跳跃抬腿举臂，但她很快就停下来，今晚觉得，要做完这套操真不容易。她走到晒台的山墙边，站在这儿可以俯瞰，周围的旧洋楼尽收眼底，但也只是低低的俯瞰，矮的旧楼外的高楼像墙一样挡住了视线。很多夜晚，她就是这样看着旧楼的窗一扇扇地暗了，看着时光流去，从她和恋人之间流去；他本来在她身边，然后跟着时光流远了。在她和他肩并肩，她的长发飘落在他的脸上，她帮他拿去头发，她的手指触在他的脸上的时候，她就已经感到了时光的威胁。它正从她的手指渗出，从手指和他的肌肤间流过，将她和他，和心爱的过往隔开。

那天下午，大保突然来了，他是来还钥匙的。

还是在感情的高潮期，周末做爱被干扰变得不可忍受，会子便想出这么一个冒险的主意，在父母上班的下午，她把他带到自己家，以后又偷偷为他配了钥匙。但是，在家里更加紧张，总是担心父母是否会突然回家，所以做爱从来是在紧张和匆忙中。

在那样的压力下，他们依然能全神贯注于彼此的身体。大保更擅长用身体去爱，会子喜欢这样的方式，因为，她也是那么迷恋大保的身体，他的骨骼、肌肉、匍匐在骨和肉之间的力量在兴奋时的爆发。恋爱从根本上是肉体的，而肉体是在青春的爱中达到美的极致。但那时，他们并不懂，他们只是盲目的沉浸在官能中，享受着官能的爱。

后来大保在他学校附近，在城乡接合的地区，向农民租了一间房，他们俩都以为终于可以从容地支配时间，可以彻底放纵自己。然而，这样的时刻好像从来就没有到来过，搬进那间房的第一天开始，就有什么地方觉得不对头。他们一起打扫房间，辛辛苦苦地安顿好一切，大保要去参加晚间的训练，她也要赶回自己的学校，第一次发现，在一起没有了冲动，因为没有了压力。临走时，她看看这间除了床便一无所有显得空空荡荡的房间，突然对这样一种空空荡荡产生无法把握的恐慌。

大保是元旦那天来她家的。那天父母去苏州，留下她一人在家听音乐，或者说正在边听音乐边复习功课。期终考试马上开始，但是她一点都进不了迎考状态，失恋给她的领悟是：这世界上唯有爱是无法追求的，然而，除了爱，还有什么值得追求？她在听歌，Jim Reeves 的歌，关于歌手的背景毫无了解，但她反反复复听他的歌，觉得他在安慰她，还觉得有一些小小的愿望从水泥一样冷硬的地方升起来：那天她想到很久没有做沙拉了，她想做沙拉给自己吃。有这样的愿望，心情便轻松起来，大保就是在这时按响了她家电铃。

"正好经过你家，就想上来看看……"他站在房门口说道，四处看看，"好安静喔，就你一个人在家？"他走进门坐下来，把沉甸甸的牛仔双肩包放在地上，他的包总是那么沉，脏兮兮的，里面塞满了在市中心购买的各种东西：那些歌带和电池，书和杂志，用来下酒的五香豆和长生果，还有是他最钟爱的不同牌子的球鞋。通常，他上市中心的第一目的，就是买鞋。总之，他的包比他本人更令她感慨万千，那里塞着他的生活方式，也曾经是属于他们两人的生活方式。他们一起相处的点点滴滴，竟然还历历在目，会子一时就有些怔忡。

"又去买鞋了？什么牌子呢？"会子笑得有些勉强，为了躲开他的目光，只能看着他的包。

大保便从双肩包里拿出巨大的鞋盒，仔细拆去扎在盒上的绳子，拿出鞋子热衷解答："是耐克，合资产品，挺结实，穿起来很舒服，价钱也不贵。我已经穿破一双……"

是吗,已经穿破一双鞋,在他们分手以后?时间还是留下痕迹的,她暗暗感叹着。她接过他手里的鞋子,蓝白相间的鞋面,瞬间带来球场明快的气氛。她朝他笑了,这一笑又笑回了她这个年龄的活泼和妩媚,轮到大保有些怔忡。

"对了,想喝什么?噢,喝咖啡吧,我有一罐非洲咖啡,还没有开过呢!"她站起身,从柜子里拿出罐头咖啡,别人送的礼物,一直没有打开,因为她不会开罐头,也不想麻烦笨拙的父亲,这件事只有大保擅长。

现在她看着大保拿出随身带的开罐刀,三下两下便旋开铁皮,缺口的弧线流畅漂亮,就像他在篮下的投球。然后,满屋飘香,浓郁得覆盖住一切的咖啡香。绝望时的黑暗感、过往幸福的残片,都被咖啡的香味盖住了,她的心情又轻松起来。她把冲好的咖啡端给大保的时候想道,即便人生只有这样一个下午,她也要快乐地度过。

有了这样的心情,才使她重新想起自己的愿望,便笑着问道:"想不想吃沙拉呢?"不等回答,继续道,"弄堂口新开了一家超市,那里有卖沙拉酱,就买了一罐,还没用过呢。"说着便去冰箱里找出沙拉酱。

牌子上的名称是"卡夫奇妙酱",并没有存心去买。一开始只是对新开张的超市好奇,在里面闲逛时便看到了它,还以为是瓶装奶油,拿来读了说明才懂,心里就有些惆怅。她那时想起和大保在一起时,做的最多的小吃便是沙拉。但是,调沙拉酱很费功夫,效果也很难控制,每一次用自制的沙拉酱拌沙拉,便有这样那样的遗憾。

会子怀着惆怅买下沙拉酱,并不知道哪一天还会重做沙拉,仅仅是,这样东西对于当时相爱的两人也不是无足轻重的。

说起来,自制沙拉酱的材料很简单,一个鸡蛋黄加若干沙拉油。大保租来的农房是不可能储备什么沙拉油,便用豆油替代。但是豆油的问题是,先要把油烧热去油腥味,再让油凉透,往往,连这样的耐心都不够。调油酱也要非常耐心,先把蛋黄从蛋清中分离出来,然后用两到三根木筷子,以顺时针的方向用油把蛋黄调成糊状。这油放进蛋黄中的过程很讲究,绝对不能一倾到底,使蛋黄再也没法和油融和;必须一滴一滴地滴上去,一边用筷子使劲地搅蛋黄,油渗进蛋黄,渐渐改变了蛋黄的结构,它不断地膨胀,变成另外一样物质。这件事需要两个人一起做,一个人加油,一个人搅拌。所以,虽然麻烦,在恋爱中的两个人却也乐此不疲。只是,两个人再怎么努力,这自制的沙拉和西餐店的沙拉比起来,光看色泽就觉得还差一步,不够悦目。

所谓沙拉,就是几样蔬菜拌在一起。上海风格的沙拉以土豆为主,再掺点绿色,如黄瓜或者豌豆,但还必须有方腿或者红肠这一类肉制品调和进去。这几样东西,冰箱里都有。原本,方腿红肠这类熟菜很不受父母欢迎,居然也能在冰箱里找到。会子觉得,这简直就是命运对她的眷顾,在她想要做沙拉的时候,物物具备。

她从厨房出来,手里捧着这些好东西,笑着告诉大保:"你瞧,什么都全,我马上就能把沙拉做出来……"

大保看着她却有点发愣,为难地笑笑:"我本来只是……只是……来还钥匙……"从裤袋里拿出她家的钥匙,一时踌躇着,好像要找个地方安放它。

会子仍然保持着笑脸:"喔,你把它放在茶几上吧!等会儿还有安排吗?"

"没有!今天不是元旦吗?这种日子……唉,很无聊的。"他眉间溢出的烦恼,看起来并不是为了节日。

"那,吃了沙拉再走。"会子邀请果断。

"要紧吗?他们……你爸妈呢?"

"他们去苏州参加亲眷的婚礼,要到明天回来。"

他点点头,似乎还松了一口气。会子便进厨房忙起来。在她和大保的关系中,她从来是被动的。他约会她,然后不再约会,她是等待的一方,快乐或者绝望,在不同的心情中等待。现在这一刻,她深深地明白,她和他都已经挣脱了那种关系,至少她不再是被动的了。

会子做沙拉的时候,大保在房间用她的录音机试听他买的那些歌带。这情形很像在大保租来的农民房,他在鼓捣他的录音机,会子在房间的一角做简单的饭食。但是这一刻,会子什么都不想,空虚的同时也是轻松。她专注地做着这些厨房的琐事,把土豆放在锅里煮,给黄瓜削皮然后切成丁放盐腌着让瓜脱水,红肠也同样切碎;然后发现冰箱里居然还留有夏秋时用剩的冰激凌,将冰激凌拌进沙拉酱里简直是锦上添花呢,会子差不多要笑出声来。今天下午她全力以赴要去做好的就是这一个沙拉，是看得见的，就在手中、只要努力就能达到的一个目标。除此之外，人生其他的目标不都是虚幻的？

会子把沙拉装在盘里，哗，多么诱人的食物，白中透黄，柔和细腻，纯净的奶色，是她和大保追求了很多次而从未达标过的色泽。她尝了一口，喔，好极了，味色一致，从来没有这么好过！此刻用欣喜若狂形容会子，一点都不过分。她对着沙拉扭动腰肢手舞足蹈，权当是跳舞。几个月来她的处于休克状的身体，竟有一种徐徐涌起并朝外涌的、很液体化的冲动，是不是沙拉给了她和恋人完美的结尾呢？

当她把一大盘沙拉放在大保面前时，大保表达的惊喜是在她的意料之中。令他惊喜不已的还因为她的突然变得生气勃勃的神情，他的情绪也紧紧跟上她。此时此刻他们是否共同想起今天是新年，即便已经分手，即便未来孤寂无援，但这新的一年的第一天，这第一天的剩余时间是可以把握，是可以让它在享用中缓缓流过？

她给桌子铺上收藏的新台布（这类小收藏她有许多），拿出父母待客用的细瓷碗碟和象牙筷，这已经有点铺张了，唯其这样才有享受的感觉。她了解大保，他和她一样，平凡而脆弱，对于世界的感知是从感官开始。现在，沙拉放在红白细格的台布上，就像一幅画，静物画，华美，带点悲调。他俩站在桌边，互相对视。大保有点手足无措，过分充沛的能量蛰伏在他结实的肢体和身躯里，即使在静止中也带着一种张力，盲目的张力，使他在这座有点贫血的城市显得光彩照人。她看着他,依然能感受到他对于她的连他自己都不知的魅力,也再一次感受到把大保这样的男人稳固在某种关系中是多么自不量力。她朝他笑笑,温和地,已把柔情收起来。真想告诉他,她正学会出局,学会退得远远的,只做一名观众。

为了沙拉她又去找来酒,虽然只有父亲吃剩的花雕酒,却把它斟在晶莹明亮的高脚杯里。不过是一次小吃,但生的快乐就是这样具体、细碎、微不足道,却难以忘怀。现在,某种熟悉的气氛在聚集,就像已经在空中消失的水蒸气,因为温度的改变而重新凝聚成水珠。那之后,在喝酒吃沙拉之后,他们像过去一样做爱。不同的是,她的身体很松弛,好像从来就没有这样的无拘无束,完完全全是在肉体中获得肉体,肉体的感知和忘乎所以,灵魂被孤零零地扔在一边,或者说不在了,不在的感觉也同样强烈。

夜幕像水渗透到每一个角落,他们睡着了。

等她醒来时,他已经走了,她继续睡去直到早晨。阳光从四面八方、从窗帘四周的孔和缝流泄,明亮的早晨,也是个明亮的结尾。桌上留着他的纸条,这个大学体育系的男生,这个一上球场就要穷凶极恶骂人但投篮姿势优美的篮球中锋,在一张旧信封上用粗黑的碳素笔给会子留了几行笔画端正的字:

"我知道,我的行为很卑劣,本来,我并不打算这样……好像,一切都没法控制。我很怀念你和我在一起的日子,但是,我所有的行为却没法对你负责,所以,只能再一次不告而别。

不要原谅我！"

一个故事可以有不同的结尾，这样的结尾更合她的意：她和大保终于可以画上句号，而不是被莫名地阻断在省略号的一边。那天早晨，她起身后的第一件事就是做操，她抬起胳膊的时候才发现，她体内的能量已被消耗殆尽，被已经结束爱的做爱消耗。

她的头发和衣服在晒台的细雨中湿透，她洗头洗澡换上干净内衣，对着镜子梳顺长发，又用吹风机吹干，做这一切的时候，可以不急不慢，心情也渐渐以同样的节奏，过滤已经沉淀又泛起来的往事。

元旦这一天发生的事情，她并不后悔，甚至可以说，她是把它当作某种收藏，放在心里，这大概是所有可以收东西的最保险的地方。大概，也是从那天开始，她在试着忘记大保。当找到了句号，你才有理由告诉自己不再需要期待。即便绝望像夜幕将你的视线都挡住了，至少你的心再也不会被抛物般地折腾，慌张到心身分离。

可是，一个故事的结束却成为另外一个情节的开始，这也是她始料未及的。尤其令她恐惧的是情节的性质已经转化，转成粗暴和肮脏的黑色。从沙拉到做爱到把这一个属于他们俩的隐秘的过程，变成由她签名的笔录，存放在大保的案件袋里。每一个转折都与她的初衷相悖，都是她没法预料的，却自动串成一场阴谋。它带来的后果，完全是在她的人生经验之外。现在，她反而冷静下来，她在思索种种可能性。

这天夜晚，会子没有继续睡觉，而是坐到桌前写了半夜。她像创作一样，给元旦的故事重新做了虚构。她要推翻留在纸上的那个笔录，那是她在无知和无意中犯的一个错误，唯一的办法也只能是去修正它。这不仅仅是为了救大保，也是为了她和他之间有过的一切；到目前为止，爱情依然是她的人生的全部意义，尽管，情爱本身已经像失足一样落了一个空。

会子的修正文字并没有被接受，却因为这一行为有"包庇"之嫌，而受到学校方面的警告。她不会想到，这件事直接影响了她的毕业分配。

事实上，大保在受审时已承认了会子推翻的证词，他也没有否认和家乡女生在假期间偶然的性关系，当然，小红更是他目前固定的情人，也就是说，大保是在同一时期和三个女子交叉保持性关系，他被判两年劳教。

判决书下来的时候，已经立夏，小红正参加大学生军训，住宿在外省某军营地。

对于小红，那个夏天是个严酷的季节。

那年初夏潮湿而闷热，梅雨还未完全过去，天既不放晴也不完全阴暗，一层薄云遮住了太阳。隔着云，太阳像微火在云层上面燃烧，这层薄薄的云便像一块巨大无边的在炭火上烘烤的铁板，云下的世界温度越来越高。然后几小片云化成雨滴落到地上，立刻又从地面蒸发，热气氤氲像置身在浴室。小红的军装几乎没有干过，雨和汗水交替，热汗和冷汗交替；她的头阵阵发晕，眼冒金星，连耳朵都发出嗡嗡的响声。她的脸应该是苍白的，但现在倒是一点都看不出来，她和她的同学一样，经过多日的日晒风吹，如今两腮和鼻梁都是红通通的。

穿军装的大学生，在这样的气候一连几小时站在露天的营地上，接受队列操练，这样的日子已经持续两个礼拜。小红削得短短的头发塞在军帽里，高高的个子站在排头，看上去英姿飒爽，像个俊俏的美少年。谁也不知道，她的胃在烧灼，恶心呕吐，这么多日子没有好好吃过一顿饭。她吞吃许多药片，但症状丝毫没有缓解。每天，她都以为自己会昏死过去。也许，她希望自己尽快倒在军营地，只有晕倒在地，才能结束如此难熬的日子。但是，连这样的愿望都难实现。她在少体校的游泳馆度过青春期，现在虽然在计算机专业，业余时间仍有大量运动。她的体质太好，身体的极限超出了她的心理承受力，从来不会想到，好身体反令自己遭更多的罪。

身体不适的感觉从军训前就开始，她没有请假，因为没有可能性。和大保的关系，使她成了学校治保组经常召见的对象，先是做谈话笔录，然后写检查，由于刚满十八周岁，在大保的案子中她被视为受害者，而免去了诸如记过之类的处分。在这样的情况下，以身体不适作为理由而提出不参加军训，简直就是再搬一块石头砸自己的脚。所以，当小红的妈妈要拉着她去医院检查身体，说要让医生开个病假单时，她大发脾气，把手里的饭碗都摔破了，妈妈只得作罢。

妈妈是同谋,但要在知情的同时掩饰自己的心情,向丈夫掩饰。她总是有这样的感觉,觉得男人比女人脆弱,还因为她的丈夫挑着一家生计的大梁。他是个推销员,终日念叨着回款提成,是个为五斗米弯腰伤了筋骨的男人。她可怜他,可怜到即便他把她的人生弄得这样寡淡无趣,她也没法去责备他,所有的心事只能自己担着。而她又是这样一个没有城府的女人,心里搁不下一点事。也真是难为她了,为了小红的事情,她的嘴角都发出了一堆燎泡,因为着急上火。

和会子见面以后,小红直接去理发店,让理发师剪去了她的长发,她的长至腰间的美丽的头发。它是她的心爱之物,不,不能说是物,物是身外的,而头发是从自己的身体长出来的,是身体的一部分。连理发师握住她的发都感到不忍,他拿着大剪子,再三再四地问道:

"喔,你想想清楚噢,剪掉以后,可不是马上就能长出来的,这么长的头发,是需要很多年,怎么舍得一刀剪掉?"

她咬咬嘴唇:"剪!剪!马上剪!你要不剪,我自己剪!"说着要去夺理发师手中的剪子,把那个中年男人弄得十分忐忑。

理发师的第一刀是剪在肩部,小红比画着要求剪到最短,要剪个男式头。理发师却要她先洗头,说:"你要的任何样式我都能剪,但总是要等洗完头。"似乎他在寻找理由拖延时间,给她翻悔的时间。

但小红不领这个情,或者说,是她不给自己翻悔的余地,斩钉截铁说道:"不行,你先剪到这儿我再洗头。"她的手指放在耳朵上面。于是,理发师的剪子终于毫不踟蹰一刀一刀地剪下去。

离开少体校,她就开始留长发,为了还她年幼时的心愿,小姑娘的她曾艳羡有一头长发的女人。可以说,这几乎成了她离开游泳队的主要原因,每天在水中训练,教练不允许她留长发。

大保告诉她,是她的一头长发先引起他的注意。他是先触摸她身体的这一部分,然后全部;几乎,他对她的长发珍爱超过了她。所以,现在她要剪去它,那是她对他不忠的报复,对于她这个年龄的女孩,没有比这种背叛更令她感到可耻和心碎。

在小红,知道大保故乡有个女朋友时的吃惊,和突然与会子面对面时受到的冲击,这之间的差异太大了。如果把她感受到的耻辱看作疾病的话,这病先前是通过诊断用别人的嘴告诉她,然后是通过自己的腑脏、皮肤、身体中万千根神经对于病痛的感受来真切地体会疾病对她的摧残。这是她的毫无戒备的人生所遭遇的第一个打击,这击打的强力和切心切肺的痛感瞬时令她天昏地暗。

她属于多血质,情感温度高,爱恨鲜明。所以,对于会子的恨也是毫不含糊的。她恨她像细瓷一样精致,她的光滑的脸庞,她的温文尔雅,她越是优秀越是令她心如刀割。这段日子,像雷雨冰雹接二连三向小红扑去的灾难,正化作某种意象,那就是会子的形象!她居然还朝她微笑,居然还朝她伸出手,小红的愤懑、绝望、厌恶、伤心,所有激烈的情绪被阻塞似的,因为没有出路，而快要爆炸了，充满了要毁灭什么的冲动。

她所能做的第一个毁灭就是，自己的长发。

剪成短发的小红回到家让她妈妈大吃一惊，妈妈半张着嘴说不出话来，马上用手去捂住嘴，惊恐的眼睛睁得圆圆的，因为表达的过度而显得有些夸张：

"小红，小红，你怎么啦？为什么突然剪掉头发？"她的声音已带上哭腔。

小红推开妈妈，朝卫生间奔去，把自己锁在里面。她和父母妹妹共住一屋，需要独处时，只能把自己锁进卫生间。但是妈妈似乎看出了事情的严重性，她不依不饶地敲着门，在门口又哭又喊。妈妈要是发起疯来，比小红还升一级。她不得不开门，虽然她不想说出实情，但到底拗不过妈妈。那晚爸爸出差不在家，为了让她说出实情，妈妈连饭都不烧，给她的读小学的小妹一个面包打发了事，在两个女儿中，妈妈更心疼长女。

她后来还是把一切都向妈妈倾吐，当你对一切都不再信任的时候，只有妈妈是可以信任的。妈妈和她只相差二十年，有过不平凡的往事，当年她是先有了小红，才和现在的丈夫结婚，等到他的有病的妻子亡故之后。未婚先孕的她因为不肯说出谁是孩子的父亲而被开除公职，妈妈是为爱情付出过代价的，对于这样的妈妈还有什么是需要向她隐瞒的？

可是妈妈知道实情后比女儿还伤心，她抱住小红大哭，直哭到小红的泪水干了，觉得她的悲伤已转移给妈妈。妈妈最初的反应是去找大保，但大保已关起来，大保的家在千里之外。于是，妈妈便把小红留在家，自己找到学校。连着三天，她在校治保组和系办公室之间奔波哭诉，直到校方同意小红也是受害者，而不对她做任何处分。

但是妈妈忘了，对于一个被爱情伤透了心的女孩子，外来的惩罚已经构不成压力。每天，小红是被同一个痛苦折磨：我爱的人欺骗了我。

直到有一天清晨，小红被从胃里涌出来的第一波酸水刺激醒。从这一天开始，每天醒来的第一个感觉就是恶心，一波又一波的酸水从胃里涌出来。她吃不下东西，头晕胃堵，就像坐在有防震装置的日式汽车里，是在晕车状态，看出去的世界已经进入超现实，摇摇晃晃，歪歪斜斜，就像看室外电影，银幕被风吹起来，那上面的世界就是这样。

当肉体在受折磨的时候，所谓心灵痛苦便退居成次要的痛苦。小红只能全神贯注于身体的不适，每一次潮水一般涌上来的酸水令她困倦昏乱。她不断去校卫生所配来药，各种各样治胃病的药，但吃下去并不见效，一天中，只能在傍晚的时候吃点东西。她周末之外都在学校生活，所以，其实妈妈也并不清楚小红的身体问题。

正是在她最难受的时候，出发去营地，这样的状态参加军训似乎是不可想象的。然而，绝望感使她弃自己的身体于不顾，她自暴自弃地看着自己，想要看看，她将一败涂地到何种地步？想要看看，在一败涂地的时候，命运还能继续施暴吗？这种时候,她才发现,自残也能给自己带来安慰。

梅雨天结束了,真正的夏天终于到来,像一盆火熊熊地烧着到来。天上没有一片云,日光亮得让人睁不开眼睛。在这样强烈的光线中,所有的东西,人或物都变得稀薄,从立体变成了平面,变成了自身的影子。

营地站满列队的大学生,教导员在做操练前的演讲。在他嘶哑的声音的间隙,在声音的间隙的寂静中,是知了尖厉高亢的鸣叫。仿佛万物之声都被一股没有边缘的熔岩般的热流融化了吞噬了,只剩教导员和知了的声音,竭尽全力的声音,在彼此的声音里沉沦。

汗水在小红的脸上流淌,她湿透的短发紧紧贴着头皮。她的汗如此之猛,就像头上有一根淋浴龙头,以至她身边的同学都注意到了,她在小红身旁轻轻问道:"你怎么会热成这样?"

小红听不见她的絮语,她像失去知觉一样,任何声音都退远了,飘忽不已,身体轻得像一片纸,只剩下脑袋的分量。如果说,脑袋是一只风筝,身体就是风筝后面拖着的线,一根被放手的线,现在,这根线只能跟着风筝飘。她迷迷糊糊地想起,寒假从余姚亲戚家回来,便打电话到大保的宿舍楼,大保该回校了。接电话的是严厉的男声,他追问她是谁,然后告诉她,大保被公安局拘留。那天她是穿着咖啡色的羽绒服,她听到这个消息的时候,脚趾冷得发麻,怎么一会儿就变成夏天呢?这中间是如何过渡的?怎么变成了一块空白?这大片白刺得她眼睛发痛,她合上眼帘……就在这个瞬间,她朝前一扑,昏倒在地。

小红的脸蹭在沙地上,皮开肉绽,血肉模糊的样子让她周围的女生发出一阵阵惊叫。

小红被送进当地医院,脸上虽然破了好几处,但都是浅层的破损,伤口消毒干净贴了几块护创膏,不日就能痊愈。问题是她的突发性昏厥,医生开始将此视为中暑,然后发现她完全处在虚脱状,连最轻微的活动,比如上一趟厕所,都会两腿一软晕倒在地。多日的呕吐、不进食,她的身体里的电解质已经失衡,于是医生每天给她定量输入葡萄糖盐水,一边进行常规检查,最后还是得出胃炎的结论。虽然又用了许多药,症状并没有缓解,医生建议校方将她送回家,到自己城市的大医院做进一步的检查。

可以结束营地生活回家,她的同学为她高兴,她们也恨不得在这种时候生一场病。但她并不想回自己的城市,回去就是回到现实中,她最想逃避的是回去后的现实。真的,只要一想到回去,在军营地已经麻木的痛苦,又咄咄逼人地朝她扑来。

回到上海后,繁复的体检又有了新的结果:血液化验发现,小红的肝功能报告不正常,黄疸指数、谷丙转氨酶均偏高,按照医生的说法,她已经过了肝炎的急性期,因为没有及时休息和治疗,已转化为慢性。总之,小红被收进了传染病隔离病房。

进病房的当日,妈妈在为她办住院手续的时候,在这个四面都是白,到处都是来沙尔消毒水味,这个看上去是洁净却潜伏着死亡的冷酷的地方,小红突然有将要被"关起来"的恐惧。就在那一刻,她是这样的寂寞,这样的孤独和无助,她强烈地思念起大保,思念起相爱的日子里心中那种满满的感觉,这时候的小红,不管大保做过什么,她都准备原谅他。但是她必须见到他,必须听到大保自己的解释,是的,她这才知道她多想见到他,哪怕恨哪怕伤心,都应该让他知道。三个多月过去了,整整隔了一个季度,冬天已变成夏天,杳无音信的大保,想起他竟有一种生死两茫茫的遥遥无边感。

接着,在医院旁边弄堂口的公用电话间,小红拨通了老薛宿舍的传呼电话,经过一长段声音嘈杂的等待,老薛的声音搅拌着噪音传过来:

"小红小红,我正要找你……啊啊,我都不知道怎么找到你……喂喂,怎么这么吵?"听到是小红,老薛激动得语无伦次,"你现在哪里?……啊啊在上海吗?……在马路上吗?……你不是在军训吗?……"

"老薛,我没有时间跟你说这些!"小红不耐烦地打断老薛。为了压过公用电话间喧嚣的人声,小红尽力提高嗓子,在如此紧张的心绪下,那声音听起来差不多就是在尖叫。"老薛老薛,你听得见吗?……你快告诉我,告诉我大保,大保他在哪里?"老薛没有立刻回答,她又立刻喊道:"你快告诉我!我要知道!我必须知道!老薛……老薛你听见了没有啊?"

"小红,我正想告诉你。"老薛偏在这种时候压低了嗓音,小红把脸紧紧地贴着电话筒,头跟着低下,好像要让眼睛跟着一起去寻觅声音，她的脸颊几乎碰到电话间肮脏的木质搁板。

"小红……"老薛有过一两秒钟的犹豫，立刻急切地说下去，"大保的判决半个月前就下来了，他……他被判了两年劳教……"

小红的嗓子一阵哽咽。"老薛，怎么会……怎么会到这一步？他……做过什么了？"她的两腿发软，不由自主蹲下身去坐到那只低矮的小木凳上。

"其实……也就是这点事……"

"这点事？什么事？"小红尖锐地打断老薛。

"就是你知道的这么一些，他和会子谈过好几年朋友……"

"我不知道，是最近才知道，你把她带来我才知道！"小红又气愤起来。老薛一时语塞。

"她不是说他们已经断了，早就断了？"

"是断了，因为大保和你好才和她断。"说这话时，老薛的语气带一些责备，但他马上克制住了，"小红，人和人，也不是说断就完全没了关系，会有这样那样的原因又见面了……"老薛戛然而止，小红一刹那就明白了，她的声音变得阴郁："是大保去找她的吗？"

老薛不响，然后说："小红，事情已经到了这一步，谁找谁并不重要……"

"对我重要，知道吗？对我重要！"小红歇斯底里地喊起来，老薛那边就没了声音。"老薛，就因为这……？"小红勉强压低声音，嗓子反而失声似得发不出声。

"当然不会单单因为这一次,他在家乡的那个女同学,在假期中他们也有过……总之,牵涉到几个人,虽然是偶然的,但是假如要认真追究,就可以算是犯了……罪,大保也实在是倒霉,碰上那个女同学的父亲正是难缠的人,又恰好学校在整治校风,否则也不至于……不至于会有这么严重的后果……"

小红不响。

"小红,你也不要生气,即使……大保他做过对不起你的事,他……也已经受到了惩罚……"老薛停顿片刻,小红仍旧不响,旁人的说话声倒是很响。

"不管怎么样,大保他……他的确不是个坏人,"想起这话好像也对会子说过,和大保不同时期的女友说同样的话,老薛觉得这情景有几分荒谬,还有几分内疚,声音也跟着有几分虚弱,"我晓得他不坏,真的不是坏,对于他,不是个道德问题,而是,完全是,自制力的问题,大保这个人,就是没有自制力,问题出在前额,前额这部分是管自制力的,大保的前额让他撞上了厄运……"老薛还在絮絮叨叨,却突然发现电话被挂上了。

妈妈一路找来,见小红正坐在电话间发呆,那一脸萧瑟,令满头大汗的妈妈的心一冷。

没有特效西药治肝炎,住进病房后,通常要喝些中药的汤药,但是小红呕吐不断,没法喝药。更让医生疑惑的是,即便是肝炎很严重也不会如此频繁地呕吐,何况她的病情并不重,在西医检查没有什么结果的情况下,只能请中医为她搭脉。

那是个老中医,脉搭了很长时间,脸色也凝重起来,审视的目光把小红看得心里发毛，然后郑重其事地问了一个问题："最后一次例假是什么时候？"

小红想了想，隐隐约约想起，好像上一次结束已经很长时间，突然就醒悟过来似的，血从脸上涌来。

"我也……记不得了，我的例假……一直是乱的……"声音便慌张，"你说……你说，会有什么事情？"

医生的脸上没有表情："这，你应该比我清楚呢！"

尿液检查证实了老中医的诊断，小红怀孕了，孕期有八十天了。

医生给小红出示检查报告的当晚十二点，小红在病房割脉自杀。

小红被输了1000 cc血才脱险，输血后又染上丙型肝炎，谷丙转氨酶跳到八百，一个月后再做人流手术，因为身体过分虚弱，无法抵御手术的剧痛而昏倒在手术床上。

一九八七年的整个夏季，小红是在病房度过。

这个夏天对于会子，同样是黑色的。

毕业分配，唯一的一个郊县名额不容置疑地落在会子头上，她被分在崇明县堡镇港的县卫生所。会子不接受分配而失去工作，她的人事档案从学校转到街道，直到这时，她的父母都不知道实情。

在进入分配知道将有郊县名额，会子便知道一定是非她莫属。全系的上海籍毕业生中，只有她的档案是有污点：由于她在大保的案子中做虚假证词,又是当事人,学校给了她警告处分。所以毕业分配一开始,会子便向她的父母宣布她的打算,她说想去美国留学,所以准备放弃分配,怕在以后的新单位受到阻拦。

会子知道她的放弃分配意味着什么,因为只要离开国家医院,她将很难获得医生的职业,而国家医院是直接从学校获得从业人员,几乎不对社会招聘。即便出了国,她也将很难继续在医学领域深造,那是需要几倍于其他专业的时间和金钱。放弃分配意味着,她这一生可能再也做不成医生了,而曾经,这个职业是她的人生理想。然而,她也无法想象去县卫生所上班,把自己封闭在简陋的白墙内的人生,这阴郁的图景,连想一想的勇气都没有。对于会子,放弃,是不能选择的选择。

父母对她的突然转变又惊又喜,他们早就有这样的意愿,无奈会子一直不响应,现在见她有这样大的决心,当然全力支持。父亲连着几晚酝酿给海外亲戚的信,寻求经济担保;母亲立刻陪着会子去业余英语学校报名暑期托福预备班,不让她浪费点点滴滴的时间。父母都是教师,以他们的日常习惯为会子制订了跨度两年的时间表,一个漫长严谨的应考托福的日程表。

看着忙忙乱乱热情高涨的父母,会子有一种在梦里清醒着的滑稽感觉。她真正的人生是在这个虚幻的空间之外,是的,虚幻得就像一个肥皂泡,挥手之间就破了。

那几天的一个夜晚,会子接到一个电话,陌生的女人声音,她在电话里连声问道:"你是会子?你就是会子吗?喔,我想见见你,我是小红的妈妈,我必须见你,明天你在家吗,我去你家吧!"声音里有着利器般尖亮的色泽,是她们母女间最逼真的相似,会子马上便有一种虚弱感。虽然她很想知道,她和小红妈妈有什么必要见面,但是在当时的情势下,她是唯唯诺诺的,面对一股仿佛是无理性的力量,她本能地想逃避,而逃避就是接受。

次日下午,小红妈妈来到会子家。

在会子眼里,这是一个年轻时漂亮明朗的女子,如今却憔悴过度,一双眼袋十分醒目,是流了过多的眼泪的痕迹。会子的心倏地吸紧,就像看电影时情节急转直下,因为预感过于强烈,她害怕地闭上眼睛,不敢看紧跟而来的画面。

"小红,她……她怎么了?"她下意识地问道。

小红妈妈咧咧嘴,什么都没来得及说,泪水便流了下来,如此汹涌的泪水,她的脸颊立即被水泡得肿胀发亮。会子坐在她的对面发呆,思维的底片曝光过度,是一片白亮的盲面。

她终于停止哭泣,没有接受会子递给她的纸巾,而是用手指和手背轮流擦脸上的泪水,即便是残余的泪,也是满手满臂,洒得不可收拾。她的目光焦点终于对着会子,好像到这时才意识到对方的存在,这种存在的不合理,她奇怪地笑笑。"我晓得……你知道她到了这一步……一定心里高兴……"话语是在喘息中停顿,就像在激烈的运动中,有点上气不接下气,"我刚才坐在这里,心里真是后悔,让你知道小红差点死去,现在还在医院,她也不会再有面子回到学校,让你知道这一切,不是让你开心吗?"

她的话起先让会子发懵,但渐渐地就明白了,像有腐蚀力的毒药,滴在皮肤上,是一点一点渗开来,渗透皮肤表层,直到神经,然后剧烈地疼痛。会子似乎痛得说不出话来,只是张大眼睛看着她。

"不要做出这副无辜的样子,不就是因为你,事情才会到这一步?"她的眼睛比她的脸年轻许多,亮着和她年轻女儿一样的光芒,漂亮得不和谐,让你想象在她的漫漫人生路上,也有过一段惊心动魄的旅程,它突兀地存在于她的平淡无奇的生活之外。

会子没有回避她的注视,不知为何,会子的表情让小红妈妈想到她自己的女儿。那表情给了她某种想象力,她想象她的女儿在用刀片割手腕的刹那,也一定有过这样的表情,那样一种在黑暗中一切都已经视而不见的表情。

她突然就不说话了,似乎在思索为什么来找会子,找她的合理性。刚刚还十分饱满的激情,那种颜色浓郁的激情,突然之间退远了,上这儿来的动力也跟着消失了。她觉得这天热得让人发昏,虽然风扇呼呼地响着,但既不能阻止汗水流出来,也不能把它吹干,身体又湿又黏,就像被糖液裹了一层。她烦躁地看着会子,问道:"你为什么不说话?"

会子一惊,她并不知道这种时候能说什么,她有什么理由说话呢?就像她有什么理由接待小红的妈妈呢?然而,发生的一切已经在日常逻辑之外,她正在渐渐地学会去接受荒谬。这时,她询问地朝窗外看看,城市的天空被楼房割成块面,却耀眼无比,那上面的世界璀璨夺目,衬托着底下世界的凄惶荒芜,她转过被刺痛的眼睛,不得不对着面前的人。

"我不知道小红发生了什么?不管她发生什么,我都不会开心,我和她的命运是一样的。"

"怎么会一样呢?"小红妈妈又是怒气冲冲的,"小红恨你,我也是,没有你的插足,事情也不会到这一步!"

"我和大保认识的时候,小红大概还在中学……"会子说到一半自动停下,这样的话题一提起便空虚得难受。

"哼,不要再跟我提起大保,这个流氓,他终于有了报应,可是小红,我们小红最倒霉了,她……"说到这里,她捂住嘴又哭了。

"阿姨,小红她到底怎么样了?"会子的声调急切诚恳,一刹那打动了小红妈妈。

她哭着答会子:"小红生肝炎住进病房,又知道自己怀孕,便想自杀,用刀片割手上的血管,流了许多血,现在还住在医院。我想不通啊,她还这么年轻,为什么要吃这样的苦……呵,说这些有什么意思?"她又愤怒了:"这口气我咽不下,噢,大保这个流氓我们是不会再看到他了,你去跟他讲,你要让他知道我们小红吃了多少苦,要让他晓得,他就是坐两年牢,也是还不了欠小红的这么多良心账!我就是为这事来找你……"

说完这些话她就走了,就像她说要来一样任性。

会子一个人逛到几站路之外的酒吧,她几乎是下意识地来到这个地方,她和小红见面的酒吧。她要了一杯酒,兑苏打水的姜汁酒,是小红要过的酒。会子第一次喝酒,被酒呛得咳起来,老板娘认出了她,端来一杯白水给她,这杯水给了她很深的安慰。

七月的夜晚,会子坐在英语班的教室,满满一教室的成人学生,有些已经不年轻了,让她想到总有一个人群是生不逢时。风扇呼呼地响,只是将热气流一遍遍地搅动。戴金丝边眼镜的老太太教师微笑着,英语说得流利婉转,那笑容和语言,却像一股清冽的风,在这个炎热的季节,这个空气仿佛凝固让人快要窒息的季节。

什么东西在风里复活了?

她说:"很高兴认识你们,很高兴我们将相处两个月,希望我们相处的每一分钟都是快乐的……"

会子的泪水不可自制地涌出来,越涌越多,一声抽泣从会子的喉咙响亮地冲口而出,打断了老师的话语,所有的人都看住她,所有的人都惊呆了,会子捂住嘴呜呜地哭了。

已经立秋了,要是不翻日历,觉得夏天还在延续,觉得,夏天永远不会结束了。夜晚热得没有一丝风,把窗帘绑在窗框上,还是有这样的错觉,仿佛有一层纺织品一样的物质挡在窗前。会子甚至把妈妈的盆栽植物都从窗台上拿走了,熄了灯躺在床上,别人家的灯光和天上的月光一起照亮了家里每一寸空间,好像,这个世界的每一寸空间都是裸露的,好像,属于一个人的隐秘的幸福和痛苦都很难守住。

每天清晨,阳光亮晃晃地刺痛眼睛,会子总是在这个时候起床拉上窗帘。又是一个绝望的晴天,明亮的耀眼的咄咄逼人的,她赶快躲到窗帘后,赶快又回到床上,紧紧闭上眼睛,唯一可以做的是,让时间在睡眠中流过。

夏天流逝得那么缓慢。

而故事仍然在发展,就像一棵树,主树干的生长十分缓慢,但不断生长的细枝末节却在改变着树的形象。

有一天,会子接到老薛的电话,他告诉她,大保的娘到上海,她想见会子。会子没答应。于是,大保把电话筒交给站在他身旁的大保的娘。

"会子,我早就知道你,大保把你的照片给我看过,那是去年的事,我本来以为他会和你结婚……"乡音很浓的声音突然远遁,然后传来擤鼻涕的声音,又是一个大动感情的女人,不管会子最初是什么想法,都已经被这一大片流泪的声音淹没,没有气力再坚持什么。

电话又被老薛接过去:"会子,大保娘是来上海探监,她……哎,那么老远过来,也只能见一次面,在上海也没有亲戚,大保希望你能陪陪她……"

"你不要老是把大保放在嘴里……"会子没好气地制止他,"我和他已经……没有关系,不要再用他的事来麻烦我!"

"对……对对……我是觉得……不好……"会子的冲撞让老薛十分慌张,老薛一慌张说话就结巴,"可是,大保他娘……一定……要见……见你,大保有……一封信……要她娘……亲自给……给你……哎!大保他很……崩溃的……他吞……刀片,是啊,吞了刀片,想……保外就医……"

雷声隆隆,电话断了,会子仍然拿着电话筒,只觉得头皮阵阵发麻。雷好像在屋顶上炸开来,天骤然黑了,就像一间巨大的突然熄灯的黑屋子。然后,闪电刷亮了漆黑的天宇,雨像天堤决了似的翻江倒海地奔涌直下,好像,积聚了一百年的水都在这一刻倾倒。整个夏季滞留在地面的厚重的暑气被冲刷得一干二净,风吹来时裸露的皮肤掠过轻微的寒战,秋天到了。

秋天是在电闪雷鸣狂风暴雨中粗暴地到来。

这个夜晚,睡在竹席上已有深深的凉意,会子像昏迷一样晕厥在睡眠中,漫长而深沉的失去灵魂的睡眠,整个夏季渴望的睡眠。

随着雷声断了的电话没有再接上,老薛和大保娘没有再来电话。没法克制的寒战延续了好几天,意念中是一片薄薄的亮着寒光的刀片在滴血,想象着它划开皮肤、穿过肚肠时的感觉。在这样一种切肤穿肠的经历之后,所有的恩怨不都是微不足道的?会子想着他们,想着小红和大保,头皮还在发麻,并为自己的苟安感到羞愧。会子到底还是给老薛拨了电话,知道大保娘傍晚将坐火车回家,会子冲动地提出去火车站送她。

那个傍晚,他们三人在火车站见面都已经穿上了长裤和外套。咫尺之遥的夏季已经像天涯一般遥远,已经是一个遥远的记忆。

火车站是这个城市肮脏和混乱之地，在布满痰迹秽物的地上坐着躺着衣衫褴褛的人，满地都是贫困的人，他们惊慌或者木讷，他们的存在就是某种谴责。衣冠楚楚的人急急忙忙从他们身边经过，还带着几分恼怒，心里却是没法安宁的。会子在这样的气氛中走向老薛身边的大保娘，无论心里曾经起伏着怎样的情绪，现在都已经沉落。这个世界本来就是百孔千疮，污迹斑斑，当你看到了它的真相的时候，心里反而平衡了。

大保娘本是个皮肤黝黑、嗓音洪亮，举手投足带着官气的女行政干部，现在却凌乱着一头干枯的头发虚泡着一双肿眼皮，有了几分市井女人的软弱。不管是她的坚强或软弱，都在会子的想象之外，她没法让会子不失望。曾经，会子是通过大保的身体，怀着对他身体的爱意去想象他的母亲，那样的形象已经经过了她的提炼和美化。也许比较起来，神经质的小红妈妈更容易让会子接受。

检票口在放人，他们的见面便显得心急慌忙。大保娘看见会子本来又要心潮澎湃一番，但发现连伤感的时间都不够。老薛匆匆买来站台票，三人匆匆找到大保娘的车厢，把行李安排好，重新回到站台。大保娘开始寻找大保，托她亲手交给会子的信，因为藏得太好，她反而想不起来所藏之处。然后她又上车去翻行李，再回到站台，汽笛已经拉响，大保娘即刻泪流满面，她把一张快要揉烂的纸交给会子，说道：

"会子，这是大保给你的，能够亲手交给你，我这一趟上海也没有白来。见到你比见到大保还让我高兴！这半辈子为我这个孽子是操碎了心啊！会子，看到你我就知道，我们大保是配不上你的……"她抽搭起来，"他……大保没有福气啊……他就是这个命啊……不闹到这一步……他不知道收心啊……"

大保娘心有不甘地被老薛推上火车，车门关紧后，她又扑到窗口，朝站台上的会子和老薛挥着手，火车缓缓离开站台，大保娘在窗口喊道："会子，对不起啊！"

就这一声呼喊，让会子湿了眼睛。

那纸在温热的手里捏得太久而发生了变质，变得破破烂烂、奄奄一息，本来打算遗弃却变成怜惜的心情，这是物质本身对精神产生的微妙的作用。

大保在这张已经破烂的纸上写道：

"我将在里面度过两年，真不能相信，两年就是七百三十天，我能顺利地熬过去吗？只有到了这儿我才知道，我需要你。真希望你能来看我，但我知道，你不会来了！我伤害过你，我有什么资格对你提出请求？可是，我还是想说，真希望你能来看我！"

会子把纸揉成一团，却没有扔，想扔的一刹那却改了主意，她是被纸上的字还是被这张纸本身的破烂打动？此时此刻，她的心爱恨交加。

是啊，所有的爱恨不是已经平静？所有的恩怨不是已经在残酷和血腥中退远？如何又被这样一张纸弄得重新泛滥？

会子一时又处在情感的两极，遭受着分裂的折磨。

冬天几乎紧追着秋天。刚穿上外套就要加毛衣,翻箱倒柜的时候把羽绒滑雪服也一起拿出来,好像还在闻它上面的樟脑味,就立刻听到了寒流的报告。风在摇撼紧闭的窗玻璃,比起炎热,寒冷更有威慑力似的,便觉得身上的衣服太轻,再把又重又老式的毛料长大衣找出来。

要是连这样的厚呢大衣穿在身上还觉得轻寒,室外的气温至少在零下六度,也许更冷。但,你永远没法获知真正的温度,你只能依靠气象台的报告,即便是十分准确的预告,你也总是疑疑惑惑。北方来的人说,上海的冬天最不好受,那种冷是冷到了骨头里,好像连肚肠都是冷的!说这些话的人都是从零下二三十度的地方来,却觉得上海的寒冷更有穿透力。

就是在这样的三九严寒,在这个亚热带的沿海城市被来自西伯利亚的寒流包围,或者说,处在寒流中心的某个清晨,会子和老薛站在市中心的马路上,在等头班公交车。他们将换三部车,在上午八点半之前赶到坐落在城市东南边缘的监狱。这天是大保的探监日,因为没法估计路上的时间,又怕错过探望的时间,他们只能起早赶头班车。

所谓早晨在此刻只是概念上的,五点钟在上海的冬天仍是包裹在黑夜中。马路上一片静寂,没有车也不见人,除了这两个等车的青年男女。能听见牛奶小推车,发出"叮叮叮"的响声,隔着弄堂的围墙,温暖而脆弱,就像躲在盔甲后的闪闪烁烁的人性。他们并肩站着,有时互相看一眼,这两个本来毫不相关的男女,为对方能够在这一刻站在自己身边而感动,是相濡以沫的感动。

狂风在高楼前回旋时发出奇怪的轰鸣,再卷起地上枯黄的落叶,砸向人的脸颊。那时候,脸颊已经没有感觉,像冰箱里拿出来的一片肉,只是在风扑过来的几秒钟感到窒息,因为风堵住了呼吸器官。看着会子在这样的狂风里气喘吁吁,老薛感到难过。他一直在悄悄打量她,纤弱的身体裹进厚重的大衣里,看起来分量不轻的双肩包驼在背上,里面装满了她认为大保可能需要的食物,其中有一罐是沙拉。她耐心地等着车子,站得笔直,不发怨言,就像那沿着人行道,隔着柏油路,站成两排的梧桐树。她的姿态本身就是一种信念。老薛的鼻子发酸,这一个他原以为是轻浮的情爱故事,正在变得越来越沉重,沉重到只有在狂风席卷过来的时候,才能发现,它不是可以随风而去的。

有几扇窗亮起了灯,几乎同时,晨曦覆盖了黑夜。刹那,各种各样的声音响起来,鼓舞人心的是,公共汽车开过来了,虽然不是会子和老薛等的那一部。

从火车站揣回大保的字条,会子便给大保回了信。也许保持沉默更妥当,但她从老薛那儿获知小红已和大保断绝关系时,她内心的滋味复杂极了,那个泪流满面、神经质的小红妈妈的形象赶也赶不走。她提笔给大保写信。她的信尽量显得客观,只字不提他们三人的关系,也不说自己的心情,仅仅讲述小红的变故。在用笔讲述的时候,会子才发现,属于个人的惊心动魄的过程,那些情感的激流,别人已经永远看不到了,别人看到的只是结果，灰色而冰凉，就像阴天的天空。她才知道，讲述小红就是在讲述自己。是的，所有的人都是败者，被不同的对手击败！大保，你会明白吗？

大保立刻回信。他直言，他给小红写过许多信，但她不理会。他知道，他将永远是她憎恨的人！他说，在这样无助的时候，会子肯给他写信是多么安慰，他需要交流，否则就要疯了。他认为，只有会子和他之间，才会有这样进入内心的讨论。喔，大保，一个如此身体化的男人，在这一场灾难中也有了"内心"的感觉，这样的男人竟是在灾难中获得灵魂。

大保在信中对自己这些年的历程充满反省，他说："我一直生活在虚假之中，我自己一手描绘的虚假中，我假装自己是可以按照自己的意愿生活，假装是在过一种随心所欲自由自在的生活。当一切都顺利的时候，欺骗自己是很容易的！"

会子马上又回答他："正是在突如其来的残酷的真实面前长大、变老，我们都在灰暗起来，渐渐地被尘埃罩面。"

他们几乎是急不可待地写着、倾诉着，那段时期，写信成了他们生活中的唯一真实的有意义的存在。在这样的过程中，他们获得了一种新的关系，从过往的肉体吸引转换为精神的相知相恋，这差不多是灾难带给他们的意想不到的收获。

就是在这样的变化中，会子不再拒绝大保要她探监的请求。

老薛和会子到劳教所的时候，八点刚过，事实上直到八点三刻才让来探监的人排队登记。他们又在风中站了很长时间，比起清晨城市的马路，这儿郊野的风更疯狂更有破坏力，当它席卷过来的时候,觉得要把自己卷走了,会子不由地去抓住老薛的袖子。虽然太阳已经照耀在头顶,但在风中,阳光仿佛只存在于视觉中,它留给皮肤的温度,不,还来不及留下,便给风卷走了。

高高的围墙和铁门挡住了视线,会子转过身把背对着它,心仍然跳得很响。即便已有足够的心理准备,一旦站在这里,站在被称作"监狱"的这个地方的时候,她仍然感到震惊。"监狱"对于她,从来只是个概念,指向另类的、阴暗的、永远与己无关的世界的一个词。她背后的人越聚越多,是被称为犯人家属的一群人。奇怪的是,他们彼此说话,带着日常的表情。然后,铁门开了。

探望的地方是在一间大而空的屋子,一长排课桌式的桌子将屋子横向地一拦为二,犯人和他的亲友将隔着桌子会面,这比想象中隔着铁笼子会面要显得放松。但是,当会面开始,当二十几名犯人列队出来,坐在规定的位置,和他们的亲属一对一或一对几的隔着桌子面对面的时候,整个屋子立刻"一、二、三"好像同时打开了几十台不同频道的收音机。

所有的人同时说着不同的话,所有的人都在飞快地说话,因为只有十分钟的时间,所有想说的话要在这十分钟里说完,他们彼此盼望了这么久,里面的人和外面的人,分分秒秒都不能浪费啊!于是喧哗的分贝越来越高,才发现人们不是在说,而是在喊,因为你的边上紧挨着旁人,他的声音干扰着你,你不得不提高嗓子,直到放出所有的音量,变成叫喊。

是的，所有的人都在叫喊，叫喊的内容不一样，心情却是共同的，共同的焦虑的心情，为了和时间赛跑，为了赶在时间之前把话说出来。那语速也是越来越快，伴随着飞快的叫喊着的话语，说话人的神态和姿势也是激烈的，不顾一切的，他们伸长头颈、挥舞手臂、唾沫飞溅。那画面和声音是超现实的，就像正在倒带的录像。

在这样的情景中，会子一句话也说不出来。她站在大保面前，一时间目瞪口呆，脑中一片空白，只有时间的刻度张贴在她面前，长针毫不犹疑地一秒一秒地转着圈。她目睹声音的巨浪包围着她和大保，或者说是隔开了她和大保。在他们俩之间，在只能属于两人的空间涌出来的溪水一样绵绵不断的话语突然枯竭了，谁也没有准备会有这样突然到来的枯竭。

大保胖了一些，白了一些，就像住在病房养伤过久的外科病人，只有外伤病人才会在养伤的时候把自己养胖。她原以为他会骨瘦如柴，现在突然明白，大保原先的运动量是很大的，他几乎一直是在动态中，他的皮肤也受着足够的日晒风吹。在此刻猛然到来的直观中，她才对囚禁中的他有了感受，她几乎能看到他的四肢怎样渐渐变得无力，他的肉体如何从骨架上虚浮起来，同样的虚脱感也突如其来控制了她。

"快说话，会子，没有时间了！"老薛在旁边催促。会子却像患上了失语症，并非是喉咙像堵上似的，发不出声来，而是被称为有意义的可以表达意思的词汇消失了，被称为"话语"的东西没有了，徒劳地只剩一个说话的动机，而没法让它实现。

她和大保彼此相望,为自己说不出话来而绝望。

幸亏有个老薛,不肯让时间白白流逝,他填补了空白,絮絮叨叨,和大保说起校园的事情。大保和老薛同届,这一届都已在夏天后分配离校。老薛被分在本市一家轻工业单位当设计,但看起来和大保一样,心思还留在校园里:分配啦,论文答辩啦,谁放弃留校,谁考上研究生,谁和谁分手,谁给谁发情书……全部是学生的话题。这两个人虽不同系,但因为关系密切,各自的同窗已融合在一起。这时候的大保热切地倾听着,像个聋子一样把手掌张在耳边,为了排除不相干的声音,那神态称得上是饥渴的贪婪的。会子不由地笑起来,于是,大保也笑了,一刹那,他们俩的目光又相触,大保脸上的线条跟着柔和起来,这一次他用手比画着对会子说:

"你现在的发型我喜欢,呵,挺精神的!"

会子便笑着问:"真的吗?你觉得合适我吗?"用手抚着自己的发,孩子气地转过身去,让他看后颈部的效果。会子剪了一个不长不短的发,是重新流行起来的"日本式",两侧的发削得碎碎的,最长的一缕不超过颌骨,后面稍长,形成锥形。

去剪这个发型,是在最消沉的时候,她当时不知道还有什么办法能让自己重新振作。

见他们终于开始互相说话,老薛便让到一边。但是,已经没有时间了,探监结束的哨子吹响,犯人们都站起身,向左转,排队走右边侧门进牢房;这一边,家属们在牢房工作人员指挥下排队从左边的侧门出去。

几乎来不及道别，他们俩便被不同类的人群遮住了。会子垂下头，不敢再朝大保看一眼，她被人流挟带着朝门口走，她走走停停很快变成了排尾。走到门口，她停步突然转身，屋子已空空荡荡，只剩大保站在屋子中央，他正看着她，在黯淡的灯光下，她看见他眼睛里的泪花闪闪发亮。

带给大保的很多吃食至少一半是带不进去的，都是些铁皮熟菜罐头和玻璃瓶装的水果罐头。因为铁皮和玻璃是具有伤害性的物质，却也包括了放在密胺盒里沙拉。这一个理由，她没有被告知，她也不敢问，能够作为亲友进监狱和大保见面，她已经觉得侥幸。自从修改证词后，她一度被当作大保案子的同犯受到训斥，她原本就对今天探监可能会有的遭遇做了种种猜测。

她和老薛站在车站，他们已经放走了好几部车子，那些探监的人不断把车子挤满。车站旁边是个饮食店，店门口放着一口泔脚桶，会子从包里拿出饭盒，把盒里的沙拉都倒进泔脚桶。老薛刚想发问，却突然发现，会子的眼眶盈满泪水。

几天后，会子收到大保的信，是在探监当日写的信，大保说："我站在那里，看着你离去，这情景很像我经常做的一个噩梦……"

会子回信说："大保，我会等你出来！"

第二年的冬天还未结束，大保出狱，离刑满还有三个月，他被提前释放。

这一年也是会子迎考托福的阶段。英语业余学校增设了名目繁多的英语短训班，会子每晚去学校，从一个班读到另一个班，练习听力、复习语法、背单词、接受模拟考试。做这一切能给她现实的触觉，虽然有些含糊、形状不明，但觉得脚是踩在坚硬的地上，有了一个重心，或者说，当疑虑重重的时候，看得见一条退路。而在和大保的通信中，会子的人生又进入了某种与日常相离的节奏，是恍恍惚惚、在思念和没法言喻的兴奋中跌来撞去的感觉，他们已经在信中讨论到未来长久的结合。

即使在恋爱最稳定的时候，也没有想过与大保的婚姻。那时候，仿佛恋爱是人生的终极，从来不去想它之后还有什么。

现在，大保在信中试探地问道："用什么可以保证，未来你不离开我呢？"

在接下来的信中又问："要是我具备了和别人一样的条件，你会和我结婚吗？"

大保的发问让会子怦然心动，她才发现她的内心从来没有把他真正地放弃。好像，一直在等他，等他沦落到这一步，等他虚弱到再也没有力量自持，于是她向他伸出手臂？是的，连她自己都吃惊，在情感上可以这样的执着和不可理喻？不是吗，她已经是站在背叛的废墟上，却还在拾起碎片，拼起新的图案。

她把他的信按顺序编号，用丝带扎好放进抽屉并上锁，做这一切的时候，心里多么充实，就像放满信的抽屉。好像，从来没有像现在这样，大保不在身边，却能给她"同在"的感觉，给她从未有过的安全感。

会子几乎是在享受这样一种分离却又是心心相印的日子。

这样的日子并不漫长。很快,到了大保出狱的这一天。

在监狱的围墙外相见的一刻,会子看着大保摇摇摆摆地走出来。他看上去更高大了,但行动显得迟缓犹疑,令人怀恋起他过往的敏捷和莽撞,曾经令他单纯明朗的笑容变得有点阴沉,会子的心里突然涌来不可名状的惆怅。

大保站在她的面前离她很近,只要一伸手就能把她搂在怀里,这一刹那,会子退开了,她把身旁的老薛推到他的面前,开玩笑地的语气:"知道吗,老薛带来了什么,你喜欢的香烟啊,一整条万宝路,他一个月的工资呢!"说着从老薛的书包里抽出烟来举在手里,"今天的两顿饭老薛都安排好了,中午我们去'振鼎'吃三黄鸡,晚上到'燕京楼'吃烤鸭,老薛请客,谁让他有地方拿工资呢!"

在她笑靥的感染下,两个男生也笑了,只是大保的眼里掠过一丝疑惑,会子的身上增添了某种让他陌生的气质,她已经不是他能够把握的了。

看着大保和老薛握手捶胸勾肩搭背地走在前面,会子不由地松了一口气。她感激老薛插在他们中间,她怎么,怎么恍惚起来,不知道该如何重新与他单独相处?这时她瞥见大保回过头来凝望住她,她却垂下头,躲开了他的目光。

正是在大保走出监狱的瞬间,会子突然看到,岁月已在他们之间留下痕迹,一切都变了!他和她,他们的关系,是受到了岁月的腐蚀还是通过岁月重建呢?

大保在老薛家过渡几天后，便回到他租用过的那间农民屋子。大保不打算回家乡，他说过，出来读大学就是为了摆脱他的小城。但现在，他仍然什么都没有，没有一张能够证明他读过大学、可以帮助他找到工作的文凭。好在社会体制已经松动，越来越多的三资企业，至少个人的政治档案已不那么重要，留在上海也不再需要户口。体育系运动班的同学通常是去学校或体育机构当体育教师或教练，大保这一届却有一些人另寻出路。他们去应聘刚建立的合资性质的健身房或康复中心，那里的工资远远高于学校，更重要的是，那里也是大保这类人的方向。但目前，他需要调养变得虚弱的身体，那是他的职业本钱。

立春了，空气的湿度很大，感觉上比冬天更冷，是像发锈的铁一样阴沉沉的冷。这间只有一层砖的农民屋子，温度和室外一样低，脚踩在湿漉漉的水泥地上，脚趾冻得发麻，然后肿胀、疼痛，升温后又开始发痒，会子去了几次，脚上便生出了冻疮。老薛拿来已让家里淘汰的石英管取暖器，但房东的小电表负荷不了一千瓦的电力，经常会爆掉保险丝。屋子又这么简陋，一床一桌一橱破旧不堪，十平方的空间要容纳大保那些放在寝室的个人用品，显得拥挤而杂乱。会子希望他换一间条件稍好的房子，但房租太高，他们两人暂时都处在失业状态，在经济上寸步难行。

但是，危机并不在于此。

对于会子，更深层的原因是，这间屋子充满了过往的回忆，是一部黑白残片的序幕。后面的内容和尾声自动地从序幕后面跳出来，在脑中上映，历历在目，所有的图像都覆着小红的影子，会子的心在一层一层往下掉。想起小红不再是嫉妒，而是比之更为痛心的感觉。

令会子更加茫然的是，她和大保之间的断层又在熟悉的背景上出现，她怎样才能越过那些断层和他重新融合呢？

从大保出狱那天起，他们形成的三人关系依然持续着。大保已从老薛家搬回农民房子，但每一次去探望大保，会子仍要老薛相陪。老薛觉得不合适想要拒绝，却又拗不过会子。有一晚大保把老薛叫到门外咬牙切齿地说："我真想把你揍一顿！"不容老薛分辩，把他推走了。

大保回到房间，关起门并且拉起了窗帘，这间房只有窗帘是块结实的新布。大保坐到会子身边，手放在她的肩上，并渐渐用力把她环住。但是，会子轻轻地却又是不容置疑地推开了他，她站起来，坐到桌子对面。大保的呼吸急促起来，他追过去，蛮横地抓住会子，将她搂在怀里，试图吻她。会子挣扎，却是徒劳，她身体的扭动只能激起大保更强烈的欲念，他的手伸进她的衣服。会子哭了，泪水流进大保的嘴里，大保松开手，捧住会子的脸看住她："会子，我在里面想你想得都快疯了，你折磨了我一个礼拜，还不够吗？"

"你只想着做这件事？"会子的语气带着谴责，一边擦去眼泪。

大保吃惊看着她："你不想吗，会子？我们像过去一样躺在床上做爱？"会子摇头。大保的脸立刻阴沉，他推开她，"既然不要我，为什么还来找我？"

"我只是想来陪陪你，怕你寂寞……"

"我不要你的怜悯！"大保打断会子指着房门吼道，"你走吧，不要再来了！"

会子又哭了，这一次是号啕大哭，她哭着喊道："不许你……这样对我……"

大保又一次惊呆了，他还从未见识过会子的激烈，他走过去用手擦去会子的眼泪。"对不起会子，我很受打击，我一直以为……这个世界上，只有你是全心全意对我好……"大保说不下了，泪水从他的腮帮滚落，越滚越猛，他捂住自己的眼睛，然后，他发出一声可怕的嚎叫，接着，一声又一声，就像一头困兽。

会子的心像刀割一样，她的身体在发抖，她扑过去抱住大保，他们抱在一起哭。

大保终于平静下来，他重又吻住会子。

会子顺从地躺在床上，但是，她的身体是干涩的，不管大保怎么努力，都没法让她的身体湿润。直到这时，只有当身体和身体交流的时候，大保才相信，他们真的是再也回不到过去。

回家当晚，会子给大保写信。

"今晚不想让你失望，可最终还是让你失望了。大保，我想让你知道，我很努力，但这样的事情不是能够努力的，你要给我时间。

我很怀念你在监狱的日子，这样说，也许对你不公平，不过这是我真实的想法。那时候，我们都面临毁灭性的打击，虽然处境不同，但崩溃的感觉是相同的。后来，我们互相写信，先前只是为了说说别人没法理解的我们之间的事，接着话题越来越深入，我们开始挖掘着我们自己都不曾清楚的内心，我们从来没有这样接近。那时候，我觉得一种崭新的关系，是崭新的爱，在我们之间建立，远远超越了过去的肉体爱。

但是，当重新和你面对面的时候，我才知道，这种爱是脆弱的，甚至，是虚幻的。我需要时间，需要在真实的相处中一点一点确认我获得的那些新感觉。

大保，不要以为没有性爱就是没有爱了，我还在爱，否则，怎么解释我在你身上花的心血和时间呢？这肯定不是怜悯可以替代的。我不知道我是不是表达清楚了？

我希望，我们重新开始，从约会开始。

还有十天我要参加托福考试，等考完试我再来找你，请理解我的心情！"

会子的信让大保失落极了，很难说她是否确切地表达了内心十分复杂的感觉，或者说，大保是否深切地理解她的想法？但有两点意思是明白无误的：她不愿意和他做爱。她不会每天来他这儿了。

大保把自己关在房间里喝了两天酒，因为沮丧，因为愿望得不到满足，还因为对于和会子的关系他感到茫然。他不知道自己是不是在变，但会子是变了，她不再是那个温顺痴情的女孩,走向她的道路不再是畅通无阻了!大保这才明白,他曾经给她怎样的伤害。

她说要给她时间,但,这是个多长的概念呢?一个月、两个月,还是一年、两年?只要想到时间,大保便焦躁起来,积聚在体内的荷尔蒙就像要爆炸似的。对于他,首先是生理问题,是身体和感官的饥渴。这样的时候,他想着小红,事实上,他从来就没有停止过对她的思念,本质上,她比会子更适合他。然而,这样的女孩离去也是很决绝的。大保明白,只有会子有足够的耐心和柔情给予困境中的他长久的抚慰,他在精神上是离不开她的。然而,人从来不是能够灵肉统一的,不是吗?

大保急切地想和会子见面,许多话不是在信上能够说的,可他又不想去影响她的考试,他真心希望她能够通过考试,她出国成功也将是他的成功啊!

这时候,发生了一个意想不到的情况。

他在家乡少体校时的教练妻子陈女士,从日本回国探亲,途经上海专程来看他。她其实是教练的前妻,虽然离婚多年并已嫁给了日本人,但一直和大保保持联络。她在上海逗留一星期,来到大保简陋的住处,这个比大保年长十五岁的女人立刻眼泪汪汪,她回到下榻的星级酒店,也为大保开了一间房。

这些情况发生在会子迎考的十天内,大保通过电话都告诉了会子。

所以当会子考完试和大保再见面时,是在酒店的餐厅,在座还有陈女士和老薛。老薛是大保叫来的,他说要好好请老薛一顿，以示谢意。这是一顿丰盛的晚宴，有生鱼片和油炸蛇肉，由陈女士买单。老薛说大保是"借花献佛"。陈女士说，她是看着大保长大，又是从大保的家乡来，差不多可以代表大保的父母。说这话时，她看着会子莞尔一笑，玫瑰红的嘴唇露出洁白的牙齿。

她是个姿容犹存的中年女子，穿着讲究的日式套装，脸上的粉底厚厚的，不说话的时候很像日本女人；不笑的时候，眼稍眉宇间都是倦意。

整顿饭，会子几乎没说话。她看到，大保已经旧貌换新颜，一身名牌休闲服，脚上是真正的舶来品的耐克，他的手腕和颈上挂着金链子。他在会子的耳边说："我没法拒绝她，她一向就喜欢资助人，现在的丈夫又这么有钱，知道我进监狱，她比我父母还受刺激，她又是个佛教徒，认为帮助我是她的责任……"

会子不知道说什么好，眼前的情形是在她的日常经验之外。只是，有一点她是清楚的，陈女士的资助对于大保无疑是雪中送炭，他那重新唤发生气的笑容已说明一切。想到那间潮湿的农民屋子，会子觉得，应该对大保目前的状态感到宽慰。

晚饭后他们一起去了酒店带有舞池的咖啡厅。这家酒店靠近大保住处，是在城市边缘，所以客流量有限，咖啡厅更是冷冷清清。到后来，只剩下他们四人，乐队已经离去，只留下唱片音乐。当慢舞曲响起的时候，陈女士便邀大保跳舞。自始至终，会子和老薛坐在咖啡桌边，他们不会跳舞。十一点钟的时候，会子告辞，老薛也跟着站起身，陈女士和他们道别后，对大保说:"你送送他们,我还想在这里坐一会儿。"

走到咖啡厅门口,会子不由地回首望去:偌大一片咖啡桌,陈女士一个人坐着,舞池在播放斯特劳斯的华尔兹舞曲,缤纷热烈欢乐的舞曲,陈女士孤独的身影,那一排排的空桌空椅,就像寂寞的波浪,一波一波地朝她涌来,都快把她淹没了。会子对大保说:"让老薛送我,你去陪陪她吧。"

大保有点无奈地朝会子笑笑,转脸对老薛说:"她现在的老公比她大二十岁,瘫痪在床上,她现在回国就像我从牢里出来……"

老薛讥讽地一笑:"但愿她对你无所求!"这句话他没敢说出口,他看见大保把会子拉到一边说:"她顶多还有四五天就要回去,我会给你打电话。"会子说:"没关系,这两天你先忙她,等她走后,我们再联系。"老薛张嘴却欲言又止。

会子想在陈女士离去之际送点礼物,已经是最后一天,朝酒店打电话总是联络不到,心一急便找到大保的租房。门锁上了,拿了大保新配给她的钥匙开门,却发现司别灵别上了,所有不堪回首的往事一一展现,她疯狂地拍打门,喊着大保的名字。

大保不发一言地扭开锁,会子用力推开门,看见坐在床边的陈女士。她头发散乱,脸上的脂粉已剩残迹,憔悴苍老,的确是上一辈的女人了。会子站在门口,朝他们盯视了几十秒钟,不声不响地转过身离去。她的脚步很平稳,那一刻,她发现自己心如止水。

大保没有追她。

那些日子她每天去那家酒吧，也是她唯一去过的酒吧，喝兑上了苏打水的姜汁酒。老板娘总是再给她送上一大杯白水，白水装在华丽的仿水晶杯里，比酒还诱人。

不是特别需要酒，只是想得到老板娘的照拂，她的不置一词的呵护。

有一天，会子在马路上遇见老薛，那已经是一年以后，她刚拿到美国大学的录取通知，正在申请护照。会子见到老薛表示的惊喜，使老薛有勇气邀她进附近的餐厅一起午餐。

老薛说："我一直想来找你，可我不好意思。"

会子皱皱眉："为什么？"

老薛说："大保跟那个姓陈的女人的事，连我都不好意思。"

会子忧伤地一笑："用不着这样老薛，你不理解大保，因为，你没有被逼到困境，想象一下，当你什么都没有了，却还有这么多的欲望，老薛，你没有过这么绝望的感觉……"会子摇着头，话语被噎住似的，说起往事，她仍然有些激动。

老薛吃惊地看住她："我以为你……大保以为你……再也不会原谅他了！"

"我……早就原谅他了，当时就原谅他了，对他，所有的感觉都没有了，只剩下……原谅。"会子平静地笑了。

老薛一时默然，然后他说："那个姓陈的女人本来想把他弄到日本去，条件是做她长久的情人。大保很动心，因为他太想改变当时的处境，可后来，他还是拒绝了……"老薛停顿片刻，问道,"知道吗,他又去找小红……"

"喔……"会子停下筷子,等着老薛说下去。

"是在他找到工作以后,他又去找小红,小红已经有了男朋友,但是,他天天等在小红回家的路上,把她的男朋友赶走了。小红的父母知道这件事,叫来亲戚朋友一大帮,把大保痛打一顿,小红开始不想理他,但是他被打伤后,她却搬去和他一道住,现在……他们算是同居着……"

会子不响,只是一口一口地喝着酒,杯子空了,便给自己斟。老薛握住酒瓶,想阻止她,却又不敢,他突然很后悔把这一切都告诉她。

是个仲春的艳阳天,正午的阳光照在会子的脸上,她抬起脸,就像一束烟花亮在她的脸上。那个瞬间,她脸上的神情令老薛痛惜,是怎样一种万念俱灰的神情呵。

暑气还未消尽的早秋,大商厦和专卖店都挂上了"SALE"的红纸。满街的红"SALE",喜气洋洋,有一种节日的气氛,对于都市人,大减价的日子就是节假日。

黄昏前,会子从人流密度越来越高的淮海路挤进快成什锦罐头的商厦。她并不是真的想买折价衣服或化妆品,比起美国,这儿打过折的东西仍是贵,她挤来挤去,纯粹是挤热闹。住在美国南部,站在家门口的公共花园,站上一两个小时都不见人影。她是多么渴望上海——她的城市——旺盛的人气,她挤来挤去,挤得直想笑。

比起十年前,她细瓷般的脸上有了细碎的皱纹,身材也比过去丰满,但是青灰色的连身长裙套一件橄榄绿的丝质短袄,令她依然显得苗条。

当暮色降临的时候,她便离开商厦走到马路。那时候,微风拂面,已有稍稍的凉意,只有在早秋的黄昏,你才会对一缕微风有沁人心脾的感受。会子朝淮海路的西面走去,人流的密度也开始降低,但仍然有着熙来攘往的气氛。人行道上保留着高大的梧桐树,是散步遐思的好时光,会子享受着上海秋天的黄昏。

她顺路走进美美百货,这里的豪华和精致使人群像被吸尘似的吸走了,热闹之后的清静,她感到意外到来的轻松。她徜徉在昂贵的衣物间,心里发出阵阵感叹,在试衣镜前她看到一双凝视的目光。

她回过头,看到她,看到一双令她难忘的丹凤眼。她先想到的是小红妈妈,然后断定眼前的女子就是小红。小红有五六个月的身孕,穿着镶蕾丝花边、手绣花考究的孕妇装,头发剪得像个男孩。怀孕时的小红玉润珠圆,身材高大,体型更像西方女子。

她们面对面站着,差不多同时喊出对方的名字。

她们坐在美美百货二楼的咖啡座,现磨咖啡浓郁的香味令这一小片空间像云彩一样浪漫地浮现出来,从一个过于商业的世界里。

她们都不喝咖啡,面前只放一杯透明的矿泉水,杯口是一片柠檬,好像人生,也是走着走着就淡化成一杯水,所有的回味都浓缩在那一片柠檬上。一时间,她们都有些沉默。

"祝贺你小红,宝宝几个月了?"会子打破沉默。

小红笑了,有点羞涩:"六个半月,预产期在一月,可是现在已经调皮……"示意会子看自己的肚子。"你看你看,动个不停,又是踢又是打……"小红的语气已充满了母性:"喔,会子,你有孩子吗?"

会子笑着摇头:"还没有呢,结婚才三年,到美国八年,大部分时间在读书,本来是想回到医学专业,但是太难了,"又笑,"不能做医生了,这件事竟让我遗憾了很多年……出去时是学生物,怕找不到合适的工作,又改学会计,这一改又是几年……"

一个清清爽爽、高高瘦瘦的男子远远地在对小红做手势,表示他在附近的柜台等她。小红告诉会子:"他是我先生。"

会子朝男子看去,微微吃惊:"我以为……以为……"

小红爽朗地接她的话:"以为我会和大保结婚?"笑了,有些无奈。"我和他同居了五年,最后还是分手,只能分手。"小红摇摇头叹了一口气,"我和他吵吵好好,一直过得很激烈,也许,现在这样的结局更好,现在的生活虽然平淡,但可能会长久一些。"

会子点点头:"看起来你先生的职业不错。"

"是个电脑工程师,我们在同一家公司,你知道我本来也是读电脑,那件事情后我只能退学,后来,是在业余学校拿到文凭……"

会子欲言又止，然后笑了："还记得老薛吗？我在美国遇见过他……"

"喔，老薛，他可是个老好人，他好吗？"

"不错，是个职业画家，还是个gay……"

"真的吗？那个老薛，他是有点娘娘腔……"小红大笑。

会子看住她："告诉我，大保他……现在好吗？"

"他也结婚了，找了一个学工科的女孩，他们双双去新西兰定居，是跟着女方技术移民过去……"语气重起来，"大保其实很难忘记你……"深深地吸了一口气，"会子……我曾经非常恨你，后来又有些想你……"

会子的眼圈有些发红："我也是……有时真想给你打个电话，问问你现在好吗……"小红放在桌上的手伸过去让会子握住，"在美国想起那些事，恍若隔世……"

一时间，两人又沉默。

"小红，你妈妈，她好吗？"

"好，她现在反而有了固定的工作，说，等我生下孩子，她把工作辞了，帮我带孩子……"

会子点点头，突然说不出话来。

"会子，你先生，他是……中国人吗？"

"只能说一半是，血统是中国的，但在美国出生，我们之间只能用英语交流，那种感觉好像……好像人生没有延续感，好像……被语言隔在另一边……"会子轻轻地叹气，不敢相信自己的生活里有过这么多的故事，好像……现在的生活是碎片，是泡沫……没有办法成形的一堆材料。

她们继续轻声交谈,然后她们起身道别。会子看着小红迈着孕妇的步子蹒跚地离去,就像留在上海的过去,重又慢慢地远去。

(初刊于《上海文学》一九九八年第六期,
修改于二〇二〇年六月)

流　行

那个夜晚，原本是个平常夜晚。六月的天开始闷热，兮兮打开门，四五个男孩涌进来，他们和她同年，刚过或者将要过二十岁生日。兮兮在心里称他们男孩，一种不由自主的母性的态度。

男孩们将去隔壁房间排练他们的小合唱，排练开始前，他们习惯性地到兮兮这儿逗留。男孩们一进来，屋子拥挤了，他们延续着之前的说笑，没有必要地拔高声量。自从有过小合唱，男孩们开始拔高声量说话，他们有了希望，希望被人注意自己的声音。喧闹中，兮兮矜持地保持看书姿态，她必须装模作样，以唤起男孩们对她的敬意。

兮兮是卫生员，也称赤脚医生，她的卫生室雪白雪白，白墙白门白桌白凳，窗子挂着用白纱布做成的窗帘。虽然医院普遍都刷成白色，但在这一片潦草建起的农场厂区，兮兮的卫生室白得耀眼，因此而虚幻，让人经过时禁不住进去驻足片刻。

男孩们穿着油亮发黑的工装裤,脸和手东一块西一块沾着机油,他们摊手摊脚坐在凳子上桌子上和地上,顷刻间就能污染这一片雪白。奇怪的是,乌漆麻黑的他们,却被白色隔离了。确实如此,他们并没有污染到这一片白。兮兮的眼睛里有了笑意,她看出他们打心眼里害怕白色,他们下意识地和白色保持着距离,因此他们突然变得安静了。于是,兮兮再一次相信是自己的端庄让他们不敢造次。

这时,虞稼出现在门口,嘴里在唱"我们都是神枪手",这是今晚他们要排练的歌曲。自从今年五月,六个男孩以小合唱形式参加农场的歌咏比赛后,这合唱排练就再也停不下来。

虞稼站在门口没有立刻进来,他脸朝着屋子继续他的歌唱,飙高音时因为用力而抬起下巴,胸部起伏,歌声从激昂走向嚎叫。他们都笑了,尤其是李察,拉开他洪亮的嗓子,笑得惊天动地——在小屋子里的效果。

李察是小合唱的领唱,声音嘹亮,高音可以飙到"high C"。这是他自己说的,这样的术语只有李察说得出来,因为他有个在小学当唱歌课老师的哥哥。人们都说李察应该去上海乐团领唱,对于这类赞语他从来不置一词。李察是个内向的人,神情里有着显而易见的傲慢还有些阴郁。此时他的笑声太响亮,响亮得像在嘲笑虞稼。

兮兮从她的书本上抬起脸,做出生气的表情,但是没有人注意她。

男孩们在李察的领笑下嘻嘻哈哈,没心没肺地笑,虞稼突然不唱了，男孩们的笑声变轻了，像要侧耳倾听消失的歌声。

虞稼径直走到药橱前，玻璃橱门半开着，他拿出一盒葡萄糖针剂，打开盒子抽出一支，拿起橱柜台面上的砂轮片，娴熟地划了一下针剂瓶凹入的瓶颈处，食指和拇指抓住瓶颈，轻轻一扳，瓶颈折断，仰起头将瓶里的葡萄糖液体倒入口中，然后把空瓶扔进了字纸篓。这个过程十分流畅，让男孩们惊诧不已。突然的安静让兮兮抬起头回转身，正好看见虞稼把葡萄糖针剂朝嘴里倒，然后他朝她点点头，像是打招呼，男孩们又笑了，是狂笑。

原来葡萄糖都到你的嘴里了！兮兮说，她起身打开葡萄糖盒子，十支一装的葡萄糖针剂还剩两支。兮兮并不着急，还有五盒没有拆封，藏在药橱下面几格，有木门挡住。如果需要，她可以在月底去场部卫生所领药时多领几盒。

事实是，这些葡萄糖针剂她很少有机会用，她甚至不太清楚什么样的状况下用得到。但是问题不在这里，问题是……又是一阵哄笑声，虞稼睡到了检查床上。

检查床在药橱后面，是一张光秃秃的木板床，兮兮不记得有谁在上面躺过，假如需要做腹部检查，兮兮宁愿将病人转送场部的卫生所。她能做的便是涂红药水紫药水，发感冒药止泻药，当然也会有更严重的情形。

不知不觉间，床上堆起了杂物。

平常日子，药橱是分界线，一根粗铁丝从药橱顶横向拉到对面墙，挂了用几层纱布做的白门帘，白门帘一拉，便形成里半间。

兮兮整日拉着白门帘,更凸显卫生室的白。

六月天闷热,终于,兮兮将白门帘拢到一边,打开里半间后面一排窗。兮兮现在有点后悔,假如白门帘拉着,里半间宛如关上门,没有人会自说自话去到门帘后。

虞稼把床上阻碍他的杂物朝地上踢。

兮兮听到了瓶子碎裂的声音。插在纸盒里一大捆用来化验"一号病"的抽样管被踢在地上。笑声戛然而止,兮兮快要哭了。

一种称为"一号病"的传染病正在岛上十个农场流行。是的,当年的医药书把传染病命名为"流行病"。赤脚医生们被严厉要求给每个腹泻病人抽样——用棉签获取腹泻病人粪便,放进抽样管,每天下午五点去车站送走抽样管并换取新管子。

李察拿了簸箕和扫帚交给男孩们收拾碎瓶,地上至少有十支棉签。兮兮说闯祸了,有十个人在腹泻,要是其中有人是"一号病"怎么办?

男孩们问,得了"一号病"怎么办?兮兮说,"一号病"是传染病,要住医院被隔离。李察说,那倒不错,我爸爸生肝炎住在传染病房不用上班,吃得比我们好。兮兮说,一号病比肝炎危险,死亡率高。男孩们便说,不如生一场肝炎,回上海住隔离病房。

议论间,虞稼从床上跳下来,把床下的木桶里的东西扔出来。那是一只椭圆形的木浴桶,里面放满扎成一小捆一小捆的药袋、处方笺等。虞稼将成捆的药袋和处方笺朝同伴们扔去，男孩们一边躲闪着，一边狂笑。兮兮则避到写字台和药橱之间。

兮兮一直觉得虞稼有点不正常。比如，他一年到头穿的这条工装裤从来不洗，脸上总是挂着机油污渍，指甲也是黑的，即使休假回上海，也不愿把自己洗干净。但是今天，他的行为离谱得过分。

有人被喧闹声吸引，走进来看一看又离开，奇怪的是，他们并不见怪，好像这间白屋子里经常发生这类骚乱。

这时虞稼躺进浴桶。他蜷曲双腿膝盖顶着肚子，双臂弯成两段，肘部顶在膝盖上方，双手握拳支着下巴。像婴儿睡在子宫里。他安静了，不仅闭了嘴还闭上眼睛。

男孩们惊奇地瞧着虞稼。李察跑到卫生室门口，对着外面大喊，快来看猢狲出把戏！门票两分……李察的声音响彻云霄。兮兮第一次看到李察在不唱歌的时候大喊大叫，她想，今天连李察都有点不正常。兮兮现在不是生气，而是好奇，她倒要看看虞稼如何收场。

李察的喊声引来男孩们又一波狂笑，走进来几个男孩，他们是前面车间的机修工。

机修工男孩看到虞稼躺在浴桶里，便和正在狂笑的男孩一起笑。他们笑得比较节制，对于狂笑的这一群他们也有好奇：虞稼的样子是好笑，但也没有好笑成这样，他们简直笑得恶形恶状。机修工男孩对小合唱男孩不太看得惯，小合唱男孩不也是车间里的工人吗？自从在农场歌咏会上有过表演，他们怎么就放肆起来？

兮兮学着成年女人，双臂抱在胸前，做出一种"看你们闹到什么时候"的姿态，这是她必须做出的态度。又有一些人走进卫生室，她不能让自己显得太无能。

一颗泪珠从虞稼合起来的眼皮里滚出来，再一颗，一颗又一颗。男孩们终于看清了虞稼在流泪，他们狂笑到一半停下来，半张着嘴，就像录像带被卡住了。多年后，兮兮成了影迷，常常看盗版电影影碟，不仅录像带会卡，以后VCD，再后来是DVD，都会发生卡带现象。影像上的人物在说笑，然后带子卡住了，他们张着嘴，笑容静止。这时候兮兮便会想到男孩们，他们咧开嘴大笑，突然停下来，仿佛被按了开关，笑容僵在脸上，就像面具。

眼泪一直不停，虞稼开始抽泣，终于发展成号啕大哭。李察去关门，此时的李察回到平日状态，脸容沉郁，闷声不响。

机修工男孩们看见关上的门，反而急着离开，这里的笑和哭远离他们的常识判断，他们怀疑被戏弄了。

在虞稼的号啕声里，李察指挥男孩们将他从浴桶里拖出来放到床上。李察作为领唱，在这群人中也像个领路人，他来定调、指方向。

李察走到兮兮身边用气声问，有什么药可以给他吃？兮兮问李察他有什么病？李察叹了一气，仿佛哀叹兮兮的无知。他失控了！李察指出。兮兮想到安眠药有镇静作用。关于安眠药的用法，不是在赤脚医生培训班里学到的，是她父亲经常要服安眠药。

兮兮打开药橱的抽屉，这只抽屉可以上锁，抽屉里放着安眠药避孕药和病假单。兮兮总是忘记锁抽屉，钥匙挂在锁眼上。

兮兮看了看表，已经夜晚八点。兮兮想起小合唱排练是从六点开始，他们刚才进来时六点还不到。怎么就到了八点？像被谁偷走了一段时间，兮兮有点失神。

躺在床上的虞稼又唱起了歌，陪伴在边上的男孩们脸上出现疲惫之色。兮兮拿出安眠药，对李察说，可以给他吃一颗安眠药，让他睡觉。

安眠药可以随便吃吗？李察的声音太洪亮，立刻改换气声，有什么副作用吗？把脑子吃坏了怎么办？兮兮说，一颗药怎么会吃坏？即使是砒霜，吃一点点不够量也不会死！李察吃惊地看着兮兮，这不像你说的话！

兮兮也有点吃惊，奇怪自己怎么说起砒霜。

里半间又安静下来了，男孩们走出来说，虞稼睡着了。

李察告诉兮兮说，已经九点了，要回车间了，今天上夜班。

兮兮看看表，还有五分钟就到九点，这一次时光走得更快，她心里涌起的恐慌比看到虞稼哭更甚。

兮兮不敢一个人陪着虞稼，她问李察，他要是醒过来又做出奇怪的举动怎么办？李察说，你可以送他去场部卫生所。兮兮说，卫生所晚上关门。然后又说，可以找林竞。

林竞是隔壁机械厂的赤脚医生，从卫生学校毕业分配来农场，她是有中专学历的正经医师。李察说他可以帮兮兮去把林竞找来，但必须先去车间露个面。

李察带着男孩们离开了，卫生室陡然安静。

兮兮让大门开着。天早就暗下来，屋子里的日光灯亮得刺眼，黑天下蚊子涌向灯光，就像柳絮被风吹起，格外蓬勃。为了抵挡蚊虫咬，整个夏天兮兮都只穿长袖衬衫和卡其长裤，脚上是橡胶套鞋。

兮兮担心灯光会刺醒虞稼，蹑手蹑脚拉起白纱门帘，希望林竞出现之前虞稼不要醒。她不敢朝检查床看一眼，害怕她看过去时，虞稼眼睛正好睁开。

虞稼算得上怪人。人们认为虞稼有资格古怪。比如，车间外墙所有的红标语宣传画和大批判专栏虞稼包下了。虞稼可以直接用毛笔在白报纸上写大批判文章，写斗大的美术字做标语，画颜色鲜艳的宣传画。再比如，虞稼自称从来没有学过任何乐器，用李察的小提琴先拉出了《东方红》曲子，然后拉出《梁祝》。还有，小合唱是虞稼发起，本来是他领唱，然后他发现了李察的嗓音，当然，李察的嗓子一直在那里，但他沉默寡言没人知道他有声乐才华却被虞稼发现了。李察的嗓音让这间场办工厂的小合唱队有机会在农场歌咏会上表演，并得了一张奖状。有了这张奖状，厂长允许他们继续练小合唱。

李察说虞稼太聪明。李察的口吻是遗憾。

兮兮不愿意和虞稼这类人打交道，她看出虞稼在用古怪掩饰自己的骄傲,她不喜欢骄傲的人,因为她怯弱。兮兮暗暗希望自己有一天可以成为真正的医生,救死扶伤也救自己,她好像置身在一艘正在慢慢下沉的巨轮上,没有这个想望她会一起沉沦,她的写字台上总是放着医学书。

车间主任冲进卫生室要拖虞稼去上班。兮兮把他拉到门外,将刚才的情景述说一遍。

车间主任哈哈一笑,说虞稼装腔,虞稼知道怎么装不正常。以为这样就可以离开农场。想得倒美!车间主任瞬间发怒道,不正常的人必须送到精神病院,用电击,从此就关在那个地方。

车间主任气势汹汹进门拉开白门帘,手脚太重,挂门帘的粗铁丝从墙体脱落,白门帘掉在地上,把车间主任拌了一下。于是车间主任的工作靴踩到白门帘,沾了机油的工作靴底的磨压条纹像木刻,印在白纱布纤维稀松的质地上。

车间主任和兮兮一起看到,虞稼在床上发抖。他仍然闭着眼睛,身体像高烧的儿童在痉挛,脊背拱起来,兮兮想到一个医学名词:强直性脊柱。虞稼手臂举在胸前,两只手握成拳支在下巴,就像睡在子宫。

兮兮听到车间主任在嘀咕,怎么啦怎么啦?她没有理他,把听诊器挂到胸前,拿着血压器,走到检查床边,一时间就有了医生的风范。

兮兮试图扳开虞稼挡在胸前的手给他量血压。虞稼的手抵在胸前,像一根焊死的铁棍。车间主任要来帮忙,兮兮推开他,把听筒塞到手和胸的空隙间,兮兮的耳朵被猛烈的心跳声冲击了一下。

兮兮心速每分钟145次,兮兮头也不回地告诉车间主任。

兮兮回到自己的座位时,差点被掉在地上的白门帘绊倒,不得不在白门帘上踩了一脚。兮兮的布鞋底烫了一层橡胶鞋掌,于是白门帘多了一只黑乎乎的看不出花纹的脚印,她一时间也无暇安置被粗铁丝牵住的白门帘,这增加了兮兮对车间主任的不满。

兮兮在病历本上做记录,自己的心跳也加速了,因为车间主任在问,你打算怎么办?

兮兮从药橱里找出一瓶药。车间主任问这是什么药。兮兮告诉他是"心得宁"。车间主任说,心脏的药不能乱吃。在上海医院,只有正规医学院毕业的医生才有开心脏病药的处方权。车间主任没有说错,这让兮兮更讨厌他。兮兮在场部卫生所接受赤脚医生培训时,负责培训的医生是从上海医院下放的。他说过赤脚医生没有资格给心脏病人开药,吃错药会出人命。

兮兮告诉车间主任,心动过速不等于心脏病,心得宁可以减缓心动过速,没有什么副作用。兮兮必须啰唆一番挣回面子。她说需要一杯水给虞稼服药。车间主任不再有异议,出门去找水。

兮兮看了一眼检查床上的虞稼,他此刻睡得平稳。虞稼怎么突然就不发抖了?兮兮疑惑。她给他搭脉,心跳减缓到一百左右,也许他真是装的?

她抽空把粗铁丝绕着的粗钉子重新插进墙体,她不想动用榔头吵醒虞稼,重新挂起来的白门帘颤颤巍巍,印着两只深浅不一的黑脚印,屋子好像变脏了,失去洁白的质地。她想,只能等明天以后再说。

床上有动静,她看到虞稼的身体又开始发抖,她去给他搭脉,手却被虞稼抓住,他的手冰冷潮湿。兮兮试图挣脱他的手,虞稼却抱住了兮兮,他的身体抖出的寒气,让兮兮觉得屋里气温陡然下降。兮兮不由伸出双臂回应他的拥抱,她能感知自己周身充盈着暖流,包裹着另一具身体。

敲门声让兮兮如梦初醒,她去开门时想到,这扇门应该是开着的。门外站着林竞、李察和车间主任。车间主任说他和他们在半道上遇到,车间主任批准李察今晚陪虞稼而不是回车间。

白门帘上的脚印,让李察脸色发白,他站在门口审视着门帘仿佛面对一场巨变。李察不肯进门,他要求兮兮立刻把踩脏的门帘拆下来。兮兮迁怒于车间主任,她说车间主任的脚印浸润了机油,无法洗干净,她必须重做一块门帘,要储够门帘的纱布需要三个月的时间。车间主任咆哮了,有必要装门帘吗?这时他们听到林竞在说,虞稼的病症很像歇斯底里,必须肌肉注射安定针剂。

李察把门帘撂到药橱顶上,虞稼的身体抖动一览无余,躬着背胳膊支在胸前,像绷紧的弦在被弹奏。兮兮渴望抱住他,她知道抱住他,他的身体才会柔软下来。

林竞带来安定针剂,她举着注射针,扒下虞稼的裤头,他们全都别过脸，包括兮兮。

林竞说，现在送他回寝室，他很快就会入睡。

车间主任要回车间。李察一个人难架起虞稼，兮兮上去帮忙，被李察拒绝。他出去了一趟，很快就带了一个人进来。那人是电工，和李察是中学同学。他们两人把虞稼从床上拖起来，虞稼睁开眼睛吼了两声，把电工吓了一跳。李察哈哈大笑，声震屋宇，林竞有不快之色，兮兮已经安之若素。

等他们走后，兮兮问林竞，你有没有觉得李察也很不正常？林竞却笑了，说他们是故意的。她的"他们"里包含了李察和虞稼。她接着说，没有给虞稼用药，给他注射的是蒸馏水。

兮兮一个激灵，好像一桶冰水从头顶浇下。她的脸煞白。

林竞问她有什么不舒服，兮兮说虞稼装病让人恶心。林竞漂亮的大眼睛凝视着兮兮，她看出兮兮有所隐瞒，一时冷场。然后林竞说兮兮还是新手，没有适应这种"装"，到卫生室来看病的人一半是装病，他们想要病假单。兮兮问，你会戳穿他们吗？林竞摇头说，不用戳穿，给点药开张假条，举手之劳，只要领导不来找麻烦，有什么关系？都是可怜的孩子！

兮兮突然意识到，她把他们看成孩子，原来是受了林竞的影响。林竞比她和他们年长几岁，在卫生学校读了两年医生班，她有资本居高临下。此外，林竞外貌出众，听说她被分配到机械厂时，惊动了农场这片厂区的所有男孩。

兮兮突兀地问起林竞收到过多少情书。林竞说没有收到过情书。兮兮不相信，林竞说他们害怕我，不会给我写情书，或者，写了也不敢寄。兮兮更不相信。林竞说是虞稼告诉她的。看到兮兮奇怪的脸色，林竞解释道，有一次他们坐同一艘船回上海，从崇明岛到上海的双体客轮要开三个小时，他们聊了很多，就是那一次，虞稼告诉她。

虞稼形容林竞是女皇级别，大臣怎么敢追求女皇。林竞笑说虞稼太聪明了，她说这句话不是遗憾而是赞赏。兮兮心里有些不舒服，想林竞这样的美女从小到大不知获得多少赞美，为何这么轻易被虞稼的奉承打动？

兮兮发现自己在嫉妒林竞。是刚才几秒钟的拥抱，让她对林竞产生了嫉妒？林竞是兮兮家的邻居也是她的贵人。兮兮和中学里一百多名同学刚分到农场五金厂才两个月，厂里的赤脚医生生肝炎进了隔离病房。林竞来代班。

那时正遇上夏天，一种被称为"癞疥疮"的皮肤病在岛上流行。染上"癞疥疮"的患者因为瘙痒，把自己的身体抓得血淋淋的。厂里仓库隔成男女两间，感染这种皮肤病的人便被隔离到仓库。林竞同时要管自己厂的病人，忙不过来，她让兮兮穿上从卫生所借来的白大褂，帮忙去仓库给患者身上涂硫黄膏，给他们送饭送水。

兮兮进出仓库，身上一股浓烈的硫黄味，被仓库外面的人嫌弃。兮兮却乐此不疲。"癞疥疮"才告一段落，岛上出现麻风病病例。赤脚医生们被召去场部参加麻风病知识培训，为进行麻风病普查做准备。厂里赤脚医生缺位，没人肯代替她参加培训，除了兮兮。麻风病普查不了了之，却出来个"一号病"。

流 行

兮兮帮助林竞监督腹泻病人获取粪样，送抽样管到车站和与防疫所的工作人员做交接。同时，卫生所新一年的赤脚医生培训班开始了，兮兮顺理成章成为学员。每日上午坐拖拉机去卫生所上课，下午和晚上回厂做林竞助手。兮兮并且承担了打扫厕所的任务，每天把男女厕所冲洗干净，撒上呛鼻的六六粉消弭厕所臭味。兮兮因此得到卫生室钥匙，林竞也不用来代班了。

兮兮这一刻需要回顾这些往事来唤起自己对林竞的感激。今天此时，林竞又一次帮了她。

林竞现在很少来兮兮的卫生室，她打量说，你把这间邋遢、没人愿意进门的卫生室搞得很像回事。兮兮有点心虚，她是学的林竞，用白纱布做窗帘门帘，墙上贴了人体解剖图。林竞曾经说，你把卫生室搞得太干净会招人眼红，你和我不同，你不是科班出身，分分钟会有人取代你。

好在"一号病"的警报一直未解除，一年多来，兮兮每天在和层出不穷的腹泻病人纠缠，恳求他们答应用棉签蘸一点粪便给她，然后风雨无阻每天来回四公里去车站交接抽样管。

兮兮总觉得这一波又一波的流行病在拯救她，让她坐实了赤脚医生的位子。

林竞带来两支安定针剂，她看看表说，过半小时我陪你去虞稼宿舍看看，如果他还闹就要注射安定了。兮兮问，如果还在闹就不是装的？林竞说，不管是不是装，都可以打针，太闹对他自己也没有好处，到后来就收不住了。这句话让兮兮打了一个寒战。

她俩走出卫生室，看见虞稼在门口的空地上转悠，他是又转回来了还是根本没有离开过？刚才在床上痉挛然后被架走的虞稼像是另一个人。兮兮和林竞互换眼色，兮兮佩服林竞的判断，虞稼终于不耐烦"装"了？她在回想刚才自己抱住的那具颤抖僵冷的身体，心里很乱。

电工像被托付重任，一步不离地跟着虞稼转。卫生室旁边的几间办公室灯暗着，她们才发现李察独自坐在办公室外的台阶上，抬着头像在看天空。

虞稼站在五六米外的路灯下，他扯着身上窄小的绿色仿军装大声叹息，这是我刚进中学穿的衣服，那时穿太大，现在穿太小，衣服也在和我作对。电工"哈哈哈"地大声笑。电工在兮兮印象中很安静，她从未看见他大声笑。她去看李察，他坐在暗处仍然一声不吭，抬着头像在对天空沉思。

兮兮心里想虞稼的"不正常"也会流行吗？刚才是李察，现在是电工，他们好像都被传染到。兮兮瞥了林竞一眼，林竞神情平和，兮兮希望学林竞，处变不惊。

林竞说她得回宿舍了，已经半夜十二点。兮兮看了一眼表，又看一眼，她不能相信手表上的时间，时间越过越快！好像平白无故地又丢了一大段时间！

她问林竞，你才给虞稼打了一针蒸馏水，怎么就十二点了？林竞说，我在这里待了近两小时，明天清晨要早起听电台英语课。在林竞影响下，兮兮跟着电台听过英语第一册，第一册的第一课是"Long Live Chairmen Mao"。兮兮没有心情读英语，卫生室工作耗尽了她的精力。

兮兮对李察说,林竞要回去了你送送她。李察没有回应,却听到虞稼问,你们不知道"一号病"就是霍乱?兮兮一惊,制止他,你别乱讲!虞稼说,别以为我不知道,"一号病"就是霍乱!

林竞瞥了兮兮一眼眼神里有责备,她声音很低地说,你知道霍乱这个病名是保密的!如果传出去你会有麻烦!兮兮惊慌了,她说从没有把霍乱病名告诉过任何人。

虞稼接着说,五十年代就宣布霍乱病绝迹了,所以现在不能说霍乱病,必须用"一号病"代替。电工问虞稼,你怎么什么都知道?虞稼说,我可以把《纪念白求恩》一字不漏背出来,不信你去拿老三篇过来。坐在暗处的李察哈哈大笑。

林竞在兮兮耳边轻声说,必须给虞稼打安定针剂让他睡觉。虞稼在那边说,卫生室的安定针剂已经过期了。现在连林竞脸上都有异色,站在路灯下的虞稼和她们相隔好几米,他不可能听清她们的话。

兮兮担心没法说服虞稼被打针,除了胡说八道之外,此时的他已恢复平日的聪明机灵。兮兮烦恼他对于"一号病"的议论,可也不能为了这硬给他用药。

兮兮想,"一号病"的知识没有人会关心,但存心收集并不难。一个农场五六十名赤脚医生,他可以从任何地方听到这方面的消息。兮兮觉得林竞的反应过于紧张,兮兮想劝林竞回去休息,打针的事放一放。

李察突然起身，快步过去，一把扯住虞稼，不由分说将他拖进卫生室，对着瞠目结舌的兮兮和林竞催促道，给他打针给他打针。

李察每天做俯卧撑，身体很壮，瘦个子的虞稼不是他的对手，虞稼被按在打针病人坐的高脚凳上无法动弹。林竞用她带来的安定针剂在虞稼臀部做了肌肉注射。然后虞稼乖乖地跟着李察和电工回宿舍。

林竞说，今天晚上李察立功了，不用担心虞稼再闹。可兮兮的神情紧张，心里涌动着莫名的不安。林竞便说，你要是害怕，今天晚上和我一起睡！

林竞睡在卫生室后面的小间，虽然小得只够放一张床，却是她独享的空间。林竞这张床也是农场统一的双层床，兮兮可以睡在林竞的上铺。林竞时不时邀请兮兮和她一起睡，她们常常通宵聊天。兮兮知道了林竞的男朋友是场部的团委书记，林竞说，因为他，她才有信心在农场待着。

这晚回到林竞住处已经下半夜三点。天气闷热，无法立刻睡进蚊帐。林竞拿出饼干，冲调麦乳精招待兮兮。林竞告诉兮兮，其实她还是收到了情书，只有李察敢给她写情书，有一阵他每天写一张纸像情诗。兮兮有些意外，再一想并不意外，李察平时不声不响，突然发出声音总是让人吓一跳。

兮兮被喧闹声吵醒，以为睡在上海的家里。她家里的楼房拥挤着好几户人家，每天早晨都被喧闹声吵醒。

厂里人来林竞处找兮兮，车间发生工伤事故，又有人轧断手指。已是凌晨五点,兮兮没有让林竟起床,这类工伤要送县医院。卫生室门口涌了一堆人,她看到人们簇拥着的伤者是李察,她一阵晕眩,怎么会是李察呢?他今晚不是应该陪着虞稼吗?

李察无名指的第一节指被冲床压断,在卫生室消毒包扎后,第一时间是送南门港县城医院。车间主任已经找来卡车司机,他派小合唱的男孩陪李察回上海,按照厂里惯例,断指工伤的人从南门港医院出来直接被送回上海。

慌张和震惊中,兮兮竟没有忘记用生理盐水浸泡的纱布包好断指,放进装冷水的保温杯。如果二十四小时内能赶到上海医院,也许手指还有救。她进入卫生室一年多,这是第五起轧断手指事故。没有谁的手指被救回来。

李察手指的血很快浸透厚厚的纱布,兮兮紧紧捏住他的手指两侧的血管,一同坐进卡车的驾驶室。这一路上无法止住血,虽然她之前已经打过止血针,一大捆纱布都湿了,她用止血带扎住手指,又担心手指坏死,但是,一旦松开血又狂流,李察的脸苍白,他休克了。

李察不能立刻回上海,他必须住在医院观察室输血输液消炎,手指是保不住了。县医院的外科医生看到的断指是一小团血糊糊的东西,他把这团东西扔进了他脚边的垃圾篓里。

兮兮问陪同的男孩,李察这个晚上应该陪虞稼回宿舍,怎么会去车间呢?男孩说,虞稼在房间很吵。兮兮说,已经给他打了安定针剂,怎么还会吵?男孩说,他太吵,李察就来车间,他一来车间就把手放在冲床下？兮兮问，你说他把手放在冲床下？男孩说，他对我说，看我敢不敢把手指冲掉。我看他笑嘻嘻的，就说，谁敢这么做呢？他说，我就敢！我觉得他有点不对，就没有作声。接着就听到他狂叫，手指冲掉了。男孩说着就哭了。

兮兮也很想哭，她憋了一会儿，把哭憋回去了。她问男孩，车间主任知道吗？男孩说，我没有告诉他，我不想惹麻烦。兮兮点点头说，对，不能告诉他。

兮兮想起李察有一把小提琴，不过比起他失去的指头，小提琴扔了也没有关系。

当天下午兮兮赶回厂，她惦记着虞稼的状况，便直接去宿舍找他。有个男孩告诉她虞稼回上海了。见她吃惊，他便说，虞稼要去车间上班，车间主任到厂长那里弄来假条，把他打发回上海了。她问虞稼看起来还好吗？男孩说，他看起来很开心，让他回上海他能不开心吗？

兮兮离开时男孩叫住她，男孩说，车间主任好像对你有意见，到处对人说，你晚上没有住回寝室，出工伤事故找不到你。

兮兮回卫生室的路上遇到会计，她说，好像厂长在找她。她想，她终于到了被逐出卫生室的这一天。

她走进卫生室，暮色已经降临。昨天这个时候，她打开门，小合唱队的男孩们涌进来，房间突然很挤，然后虞稼进来了。从那一刻开始，时间都发生了变异。

兮兮打开总是忘记锁住的抽屉，钥匙还荡在锁眼上。她拿出抽屉里的安眠药,把药片全部倒在一张纸上,然后揉成一团扔进废纸篓。后勤主任走进来说,厂长要我告诉你,明天上午九点钟,卫生所有重要开会,好像又有什么流行病来了,场部领导很重视,所以明天厂长也去。

兮兮怔怔地看着后勤主任,嘴里喃喃,喔,流行病又来了!兮兮脸上有笑容。

(初刊于《天涯》二〇一九年第二期)

八月的圣诞节

有一度，哲子以为乔伊爱上了自己，在这个女同志比例相当高的小城，不是没有可能。虽然这里是农业州，当地人多是保守的教徒，但大学城开放激进，被称"中西部小巴黎"。

哲子是在萨琳娜的家遇见乔伊的。萨琳娜是经济系教授，和电影系教授康妮往来密切，哲子是康妮邀请来做学期访问的电影短片导演。萨琳娜的前夫是北京人，她对中国的访问学者很热情，她请客的餐台上常有中国人。这个夜晚她请康妮晚餐，自然也会把哲子一起叫上。

那差不多是一个女性聚会，长餐台坐了七八个女子，除了萨琳娜的儿子——一个混血青年，中国名字李太白——那几天正好回家，他刚刚结束志愿者工作，从非洲回来。

萨琳娜家的饭食实在不敢恭维，学校有中国同事这么评价：她家主菜永远是烤鸡，前菜沙拉用超市现成的袋装生菜，佐料是瓶装沙拉酱。这里的教授们注重生活品质，多去有机食品店买价格昂贵的绿叶菜做沙拉，撒上碾碎的新鲜奶酪，用上好的橄榄油和意大利醋调味。但萨琳娜会准备好酒和法国奶酪，所以她并不怠慢客人，不过是心不在焉于厨房琐事。

菜品的好坏，哲子并不在意，她跟萨琳娜一样，疏忽于日常诸多细节。这当然不是什么优点，对于一个普通人。哲子这点自省还是有的。

大学城一有假期便格外冷清寂寞，美国的假期多，又是在多雪的冬天，无论什么聚会，哪怕不提供食物，于她都是救赎。再说，聚会上有个漂亮的混血青年，比美食更能激发肾上腺素分泌。

女人们的话题从园艺到国际关系，哲子被限制在语言困境里。她上了一趟卫生间，没有回客厅，进厨房和太白一起准备餐具。她见太白皱着眉头用指甲抠着刀叉上没有清洗干净的残留物，暗暗好笑，想到自己将来可能是萨琳娜的化身。假如有了孩子，等他成年后，是否也会像太白一样，检点将要使用的餐具，抠着筷尖上的残留物？她在家务清洁方面跟萨琳娜一样马虎，所以在家时，她洗过的碗丈夫会再洗一次。

晚餐主菜果然是烤鸡，生菜沙拉是袋装生菜，几瓶不同口味的沙拉酱瓶放在桌上。她发现崇尚素食的康妮只喝酒，象征性地嚼了几片生菜叶子，没用沙拉酱，更不会碰鸡肉。

用完餐，她们坐在餐台边闲聊，这一次太白也加入了，当然他只是个听众，和哲子一样。

现在是康妮和萨琳娜在对聊，她俩热衷国际政治，关于中国和美国的现状,之间的拉来扯去……这种话题一来,其他女子便沉默了,有人在忍呵欠。

这时,乔伊插进两位女教授的对话间隙,去和哲子聊。直到此时,哲子才真正发现乔伊的存在,虽然之前,刚刚进入萨琳娜家时,她们都互相做了介绍。但哲子在这种场合,常常头脑混乱,完全记不住谁是谁。

乔伊有一张端庄的古典脸,高颧骨脸颊瘦削,眸子蓝得发绿,鼻尖微翘。她让哲子联想到西方传统电影里的女主角,她相信乔伊年轻时可以和英格丽·褒曼比美。现在的乔伊至少超过五十岁,有着那种年纪才焕发出的自信和笃定。她好像并不care(在乎)康妮和萨琳娜的"重大"话题。目光直视哲子时,有几分锋芒,或者说,严肃!非政治话题也是严肃的,个人经历对于个体生命比任何外部事件都有价值得多,这是哲子当时的感受。

乔伊告诉哲子,她曾经在多年前,至少有二十五年了,去过东方,走了曼谷、香港和东京几个亚洲大都市。

这一说,她们都惊呼了,尤其是萨琳娜,难以置信地追问道,为什么从来没有听你说过?萨琳娜没有掩饰住自己瞬间的失落,在这群女教授中,她有一种优越感,以自己最早踏入远东而自傲。她和中国前夫在北京长城相遇,虽然离婚了,但早年的东方邂逅,仍然在她头顶隐约漂浮浪漫光环。

现在乔伊突然聊起她的亚洲行,时间上几乎和萨琳娜一样早。萨琳娜的追问并没有得到回答,乔伊的脸对着哲子,神情专注，旁人的插话听而不闻。

那天晚上的后半段，是乔伊主讲。那年她的第一次婚姻破裂，是母亲陪她去亚洲，将这趟旅行当作疗愈，因为是团队游，旅程没有包含中国。乔伊抱歉说，那时候她本人对中国也是一无所知，因为还没有认识萨琳娜。此时她才去回答萨琳娜的疑问，东方旅行太久远，几乎忘了，今天看见这位中国女生才想起来。

忘了？萨琳娜像受到冒犯一样，她可是隔三差五要聊中国。前夫来美国探望儿子，借住她的房子（他们倒是像朋友一样相处），即使他在座，都没有她那么热衷于聊中国。哲子遇见过她前夫，也是在这样的小型聚会，哲子和同胞难免聊些国内的事，态度上更多是指责，萨琳娜便会表示不满，这时候，她前夫便揶揄说，咱们萨琳娜是中国人民的好朋友。

这么有特色的旅行怎么会忘记呢？这天，萨琳娜难以置信地再一次问乔伊，没有掩饰她的不满，但乔伊只是笑笑，没有直接回答。而康妮沉默了，她是东欧后裔，年幼时移民美国，从未去过中国和亚洲其他国家。

那天聚会散时，喝过酒的康妮把车留在萨琳娜的家，让太白送她回家，哲子则由顺路的乔伊把她载回 down town（市中心）学校为她付费的公寓。

到了寓所，哲子邀请乔伊进屋坐一下，乔伊这一坐便进入聊天节奏。乔伊告诉哲子，萨琳娜家的女客人中，只有她不是教授。乔伊是平面设计师，在大学兼课。她结过两次婚，也离了两次,这年已经五十五岁。有个女儿,与第二任丈夫所生。这两任丈夫都是意大利裔,都比她小几岁,都不那么靠谱。她笑说,可见人会重复犯同样的错。哲子深有同感,拼命点头。

乔伊的独生女在纽约艺术学院读本科,这是一间私人学校,学费昂贵,所以,乔伊要兼职。她告诉哲子,她只去价格低廉、多是低收入者光临的AUDI超市购买食品,从来不进有机食品店。乔伊的直率坦承打动了哲子。

接下来的周末,乔伊约哲子去观看农场家畜拍卖,那里算是本城人文景点,拍卖员报价是用一种特殊的调子唱出来的,曲调高亢,语词飞快滑翔,就像一出古老的地方戏;下一个礼拜天她带哲子去教堂,用摇滚风格唱圣歌的另类教堂。接着的周末,她们一起去看新上映的电影,这是乔伊通过纽约时报影评选择的影片。

相约密切,每次见面都要拥抱并且贴脸颊,仿佛多年友人分别太久。哲子有了担心,难道乔伊是双性恋,也对女人钟情?

然而,哲子又十分愿意跟着乔伊去那些陌生空间。她不是学者,需要生活;比起图书馆的资料电影,她当然更愿意见识当地居民的生活方式。而那些地方,康妮教授可能不会有时间关注,她在写书,经常跨州开会。

那些日子哲子也在和太白往来,她被混血青年吸引,但情欲幻想在破灭。太白的棕色眸子看女人时就像看物件,没有热情和憧憬。他在学中文,和哲子操练汉语,也许更喜爱中国食物。是的,只有对着食物,他的眸子才会发亮。为了这闪亮的眸子,或者说,为了太白悦目的笑容,哲子空闲时会打电话请太白来吃饭;对自己的借口是,让太白陪进餐。

哲子只会做几样中国食物:白菜肉丝炒年糕,或者豌豆鸡蛋炒饭,不变的萝卜炖排骨汤。如果太白来,她会为他加一道烤鸡腿。鸡腿在中国酱油里腌几小时,然后进烤箱烤。这带点中国滋味的烤鸡腿很得太白欢心。有个漂亮又无欲念的异性陪伴,哲子从最初的失落转为心平气和。她发现人生有不同境界,过去的自己,生活在极有限的疆界里。

有一天,乔伊把哲子带去一间看起来简陋实则城里时尚人士光顾的乡村酒吧,车程四十五钟,一半是当地土路。

酒吧在一条大河边,门楣上有酒吧初建日期"1878",光凭她的古老就足以吸引今人。同样古老的铁索大桥离酒吧几步之遥,粗壮的铁索链从两岸拉住宽阔的桥面,桥上的黑色铁杆一直升到半空形成拱形,桥头有铸铁雕塑,桥面则用枫木铺就,设有长椅和餐台。你可以从酒吧买好食物和饮品,坐在桥上享用。或者,坐在酒吧门外的长廊,欣赏河水和对岸田园风景,而铁索桥就像一件艺术作品,富于美感地展示在奔流不息的河面上。

但是好像,人们更愿意拥挤在酒吧间。吧内陈设并没有特殊之处,除了天花板上贴着各国纸币。在这个农业州,会有旅游者吗?哲子很怀疑。也许来此一游是大学里的国际学生(但他们好像没有闲情和闲钱),更像是国际访问学者。因此,哲子觉得有义务站到酒吧台子上,往天花板贴一张人民币。

酒吧里的老式点唱机更吸引哲子，宛若身处美国黑帮电影里的酒吧。乔伊鼓励她点一首曲子，塞了一枚夸特（二十五美分硬币）进点唱机。哲子点了卡伦·卡朋特的《昨天再来》。乔伊诧异了，才三十多岁的哲子点这么老的歌？哲子暴露了自己在流行乐上的孤陋寡闻，有些不自在。但乔伊马上又说，这也是她喜欢的百听不厌的歌曲。

这间酒吧只卖一款套餐，汉堡包和土豆条。但这家汉堡用的是新鲜牛肉而不是快餐店的冷冻牛肉饼。点这份汉堡就像点牛排，店员会询问你要求几分熟。炸土豆条是真正的土豆切成条状，而不是机器搅拌的土豆粉。

滚烫的油炸土豆条蘸店里的自制黄油入口，哲子担心起自己的心血管，但美味有足够力道让哲子将忧虑扔置脑后。就像和乔伊相处，她对她们之间的过分密切有莫名担忧，却又对乔伊的每一次相约心怀感激。

那天是冬日未竟的一个突兀的暖日，她们拿了食物和饮料坐到桥上，乔伊喝啤酒，哲子喝可乐。哲子告诉乔伊，汉堡土豆条配可乐是她最爱，这让乔伊放了心，她还以为中国女子只愿意喝茶。哲子纠正道，她不喝茶，因为茶影响睡眠。乔伊吃惊了，这与她的想象差异太大。

哲子坐在桥上有些头晕，也许天空太亮，桥在微微摇晃，然而她喜欢这种晕眩感，就像喝了酒。于是哲子又告诉乔伊，她要么不喝酒，要喝就喝烈酒。这是另一个让乔伊诧异的信息，她回答说，现在和哲子在一起感觉更轻松了。她的意思是，她不再把哲子当作另一种人。

哲子以后回想大学城的生活,最有色彩感的画面便是在这座桥上:天空碧蓝,飘着几朵白云,鸟儿们飞翔着穿过铸铁拱形栏杆,羽毛缤纷,像风筝从头上飘过,一片片阴影在水面流逝。

桥上有一种超现实氛围。乔伊突然告诉哲子,她有过一个笔友,互相写了五年邮件,他们在邮件里做爱。

哲子失笑。见她笑,乔伊也笑了,这便是乔伊吸引人的地方。乔伊描述任何事件都是严肃的,或者说,以专注的方式,仿佛她的表述是一种出声的思考。但倾听者,比如哲子,她要是突然笑出声,乔伊马上也跟着笑了,仿佛,其中的可笑部分刚刚通过别人的笑声发现。

哲子问,邮件上怎么做爱呢?乔伊审慎地看看哲子,好像再次确认她是否成年。乔伊奇怪了,难道除了床上做爱,就没有其他方式做爱?电话上,邮件里,互相挑逗,用色情语词(乔伊用"dirty"这个词,对应的中文都不够准确),一边自慰达到高潮。哲子有些吃惊乔伊毫无禁忌的表述,此时她的目光又专注了,这表明她没有玩笑的意思。

乔伊的目光和话题之间的反差,比话题本身更让哲子印象深刻。

你们现在还在玩这个游戏吗?听到游戏这个词,乔伊便笑了,说,这的确是个成人游戏,他们不再玩了,自从有过一次真实的肉体爱,这个游戏就结束了。

所以，你们不应该见面？哲子问道。乔伊摇摇头表示认同，然后又说，我们终究没有敌过自己的好奇心。

哲子说，她倒是很想试试和什么人在邮件里做爱，不过，和性有关的语词，她很匮乏，她让乔伊教她几个单词。

乔伊立刻吐出一连串单词，让哲子跟着念，一边做解释。她是个认真的老师，目光严肃，可嘴里明明在念禁忌的语词，以及听起来让人脸红的解释。

哲子又笑了，她一笑，乔伊也笑，两人笑了又笑。一阵大风，铁索链勾连的桥面晃起来，哲子没坐稳，从椅子滑到地上，如果不是有栏杆挡住，应该已经滑进河里，这使她们笑得更厉害。

哲子觉得桥上的时光失去真实的质感，虚幻如梦。

这之后，她们聊开了。乔伊会告诉哲子最近的艳遇：她去修车，对修车工有了感觉，约会了一次，没有继续；她和一位装修工的关系复杂一些。家里厨房装修，装修工四十来岁，没有婚姻有女友。装修结束后，他们在厨房一起喝酒，他用食指绕着乔伊鬓边卷发，这动作让乔伊心动。某个晴朗的周末，装修工邀请乔伊上他的划艇，一起划水很 high（嗨）；接着，他在家里派对，也邀请乔伊。派对上，装修工把他的年轻女友介绍给乔伊，让乔伊不自在。可是，女友来参加派对很正常。乔伊的意思是，他应该预先告知女友会来，这样她可以选择不参加派对。乔伊并没有结束和装修工的往来，只是回到客户角色，家里需要装修，还是会找他。

乔伊的故事，是哲子大学访问期间的意外收获。她从来没有向康妮提起过乔伊和她的往来，包括好友陈千珠；千珠是助教、康妮的博士生，为写论文，去亚洲收集材料。

哲子请乔伊来寓所吃她的中国简餐：炒年糕和排骨萝卜汤。她也为乔伊加菜，烤鸡腿被凉拌黄瓜替代，这黄瓜是用日本米醋和麻油相拌，乔伊称它"中国沙拉"。

乔伊突然没了音讯。哲子写邮件问候，没有回复，她感到失落和委屈，就像恋爱时，突然没了恋人消息。

当哲子意识到这点时，就慌张起来。原先，她担心乔伊爱上她，现在她担心自己爱上乔伊，又对自己有这样的感受觉得不可思议，却也没人可讨论。千珠不在身边，再说，她曾经也很防范千珠。千珠是女同志，她和千珠之间，聊书本和电影，也聊八卦，但不聊私生活。

哲子在突然清冷的周末，电话太白请他吃饭。太白却去了几十英里之外的母校，他申请读研被录取。他说，这些日子没有哲子的消息，还以为她回国了。哲子心里责怪太白的冷漠，他甚至都没有试着打电话和她道别一下。是的，和他们之间谈不上友情，都是即时往来，过眼云烟，她心里的牢骚却是来自乔伊的失联。

好在千珠回来了。千珠一回来就有接连不断的小聚会。千珠的厨房料理台排满各种味料瓶，她是新加坡人烹调好手，菜肴口味国际化，包括福建广东马来印度。千珠在系里是忙人，也没有让哲子太闲,她带本科生拍短片,邀请哲子参与。哲子在一个小电影节得过短片奖,千珠总是很自豪地向学生介绍哲子,虽然哲子本人觉得自己仍然是电影门外汉

因为千珠,哲子与康妮的沟通也更频繁。康妮不像乔伊,从来不聊日常生活,她的话题多与她研究的电影理论有关,用词深奥,语速又快,没有千珠帮助翻译,哲子简直不知所云。如此,在专业氛围里,哲子必须全神贯注。

突然,乔伊又来邮件了。她邀请哲子周六晚餐,选的是一家生意兴隆的意大利餐馆,哲子从寓所步行就能到。乔伊说有重要事相告。

那天晚上系里放映韩国电影《八月的圣诞节》,这部电影哲子在国内看的是碟片,被译成《八月照相馆》。影片男主角郑原开了一家照相馆,他患绝症,来日无多却陷入恋情,只能在背后看着不知情的恋人为他的突然失踪伤心。

哲子认为《八月的圣诞节》饱含悲剧的诗意,国内译名做了减法。她很想再看一遍银幕版,但乔伊的相约似乎更吸引她。

这天晚上的乔伊衣饰讲究,灰色羊毛大衣里面一件黑色晚装。是为这间昂贵的餐厅打扮?哲子为自己穿着太随意感到不安了。她没有穿裙子,她的衣橱里也没有裙子,她甚至都不记得自己穿了什么,却记得那晚的不安。

显然,为这件晚装乔伊仔细化了妆,光彩照人,令哲子惊艳。在餐馆灯光下,乔伊涂过睫毛膏的蓝绿眸子变得深邃,如刀刃般闪烁的锋芒被这深邃吸入。哲子开口便问,你是来告诉

我结婚的消息？乔伊直笑。

侍者送来菜单，乔伊先要点餐前酒。哲子觉得餐馆酒太贵，不肯点酒，乔伊为她点了一瓶气泡水。

侍者送来小竹篮里新鲜烤出的面包，配送橄榄油意大利醋和黄油。乔伊用面包蘸撒了大蒜盐的橄榄油，哲子则给面包涂上厚厚的黄油。一时间两人都沉浸在面包的美味里。

乔伊吃面包，喝酒，然后，用餐巾仔细擦干净嘴，身体靠向椅背说道，我找到了初恋恋人！停了半拍，又说，喔，是他找到了我。与哲子对话，乔伊总是尽量用短句，语速缓慢，这语速与她此时心境并不相衬。

哲子停下咀嚼。

我们是高中恋人，毕业时他满十八岁去参军了，那年我才十七岁，进了州立大学。我们不再联系，直到这次，他通过 Facebook 找到我。

十七岁到现在，三十八年，哲子在心里暗暗计算。

之前完全没有消息！乔伊叹息，他为何现在才来找我，都已经老了？

这也是哲子的疑问，她等着乔伊回答。

我们见面了，在芝加哥！乔伊笑了。

这么戏剧性的场景果真发生在生活里？哲子想到，放弃看《八月的圣诞节》值得。

他住在圣路易斯，所以约在中间地带芝加哥。我们说好在 Congress Plaza Hotel 酒店大堂见，就在密歇根大道，中午一点左右,因为要从自己的城市开车过去。乔伊向哲子解释。

没有打算在芝加哥过夜,无论如何,这样的见面是冒险,我有心理准备。

有时率真得像少女,但在重要关头,年龄和阅历会给出正确决定。哲子在心里说。

上帝保佑,我一进酒店就见到他了。他站在大堂中间,穿一件米色风衣,手里捧着红玫瑰。真不敢相信,我一眼就认出他来,这么多年过去,体形大了一倍,但仍然一眼就认出,好像这些年我们经常见到。他说他也是即刻就认出我!乔伊虽然在笑,眼圈红了。

哲子也红了眼圈。这场景太像电影太不真实,可又无比真实,由乔伊来述说。

我们一起午餐,然后午茶,然后晚餐,原本打算当天回去,但是天黑了,回程至少四小时,因此必须住一晚。我们只订了一间房,为了继续说话!我们并排躺在床上,这个晚上把三十多年的事都说了,就像爬了一座山,累得想趴下来,可明明已经躺在那里。我想闭一下眼睛,立刻就像昏迷一样失去知觉,等我醒来,已经到退房时间,是我把他叫醒。

你们……在一起就说话?哲子问。

我知道你在想我们是否做爱了?没有,不是见了面就可以做爱,三十多年的距离,离得太远,先让我们成为朋友,假如我们还聊得来。但是……乔伊笑了,是嫣然一笑,这样的年龄还能笑得这般妖娆!哲子对着乔伊怔忡。

我们道别后还在聊,每天泡在邮箱里,开始思念,写情话了,又重新谈起恋爱。

所以你瘦了。哲子回答。

在餐馆久坐,乔伊脸上的妆褪去一些,让哲子窥见她的憔悴,仿佛幸福更像悲伤让她受煎熬。

自从我们联系上,很难让自己平静下来,没有好好睡过觉,安眠药都无效。

值得庆幸,轻了四磅。乔伊很快又回到平时的语调,让哲子感到轻快的语调。

乔伊招手侍者给自己上一杯白葡萄酒,问哲子想喝什么,哲子摇头,本想开一句玩笑,却也失去了时机。

乔伊的讲述在继续。

我们俩有个孩子,是个男孩,今年应该有三十七岁了!

哲子惊诧。乔伊的眸子湿了。

迈克,我是说我的初恋男友,他不知道自己早已是父亲!他告诉我他的婚姻里没有孩子。第一次婚姻才半年就结束了;隔了好几年才有第二次婚姻,对方有四个孩子,这个婚姻倒是维持了几年,但没有再增添孩子。第二次离婚后,他不想再结婚,但也没有缺过女朋友。

哲子的问题还没有出口,乔伊已经回答,孩子的事还没有告诉他,第一次见面不合适说,也不应该在邮件里说!口吻突然变得生硬。

我们年轻时婚前性行为不被提倡,我们俩都是教徒。我和迈克之间唯一的一次做爱,在他参军前。乔伊皱眉一笑,我们没有经验,却有罪恶感,慌慌张张的,他好像还没有进到我身体就……结束了……你很难相信,怀孕这么容易!

哲子一惊,仿佛在悬崖边跟跄了一下,冷汗出来。她稳住自己,打起精神,让自己的目光专注。

好吧,说说这个孩子,很谢谢,你给我机会,把这件事讲出来。乔伊用纸巾小心按着眼眶周围的湿痕。她拿起刚送来的酒,很快饮干。她招手侍者,哲子阻止,问,等会儿谁送你回家?乔伊拍拍哲子手背,表示同意她的提醒。

于是,乔伊拿起桌上两本菜单,一本递给哲子,哲子翻阅菜单又放回桌子,问道,能不能不点餐呢?面包撑饱了,这些主菜我都不想吃。乔伊便给哲子点了一份用番红花炖鱼的海鲜汤,她自己是红辣椒炖牛肉。

主菜上来时,乔伊已经讲完她的故事。

迈克参军后,乔伊才知道自己怀孕,她家世代信教(不可能堕胎),她住到姐姐在外州的家,停学一年把孩子生下来。姐姐通过社会工作者,把孩子给了一个可以让他健康成长的家庭。

乔伊说,她从来不参加高中同学会,过去的事都消失了,就像失忆!如果迈克不出现,那段经历就像沉船,沉到海底。

浓郁的海鲜汤被哲子全部吞入,明明饱了,却越吃越饿,胃里好像有个空洞。乔伊那份主菜,只吃了一口,打包带回家了。

哲子回到自己寓所大哭一场,梦魇像无法真正消失的鬼魂又出现了。那些画面仍然如此清晰：在妇产科床上，两腿岔开双脚搁在撑脚架上的屈辱，当窥阴镜伸进阴道时她被恐惧和疼痛骇得尖叫，即使手术医生的训斥有辱人格，她也已经听而不闻。那些扩宫棒、探针、卵圆钳、刮匙……坚硬的金属仪器插进柔软的阴道进入子宫在里面扫荡，她疯狂地大喊大叫……

她是否应该告诉乔伊，比起那个不知所踪的孩子，乔伊仍是幸运的，她没有经历堕胎的恐怖。

大学毕业前夕，即刻风流云散带来的不计后果的狂欢，原本暧昧模糊的关系发生了质变，再不爱就没有机会了！校园到处是成双作对的毕业生。就是在这样的气氛下，哲子和男友上床了。她怀孕时刚拿到毕业证书，他在考托福考 GRE，申请美国大学研究生。她没有告诉他怀孕的事，害怕看到令她失望的反应。

他们也是，仅有一次的做爱并无快感，就像乔伊和迈克。他们像做实验一样寻找做爱的正确方式，她怕痛，他半途而废，她完全没有料到自己也会无知地"被怀孕"。

堕胎过程像在炼狱走了一遭，成为蛰伏在角落的梦魇，改变了哲子的人生观。她做人流手术前，曾希望拿高学位，留在大学任教，后来都放弃了。

这一次是哲子提出想去乡村酒吧。

在去乡村的路上，乔伊告诉哲子，接下来的春假，她和迈克将一起去纽约度假五天，她希望把他介绍给自己女儿。

这算不算蜜月呢?哲子问道。乔伊回答说,希望作为朋友相伴旅行。乔伊的语气有自嘲:年纪上去了,先要关注旅途的休息,迈克担心我们聊不完的话,影响睡眠,他订了两间房。停顿一秒,乔伊道,其实我也不习惯和任何人共用一间卧室。用了感激的语气:他不让我分担房费!你知道,曼哈顿的酒店多贵啊,但他很坚持。

哲子心里不以为然,乔伊难道看不出迈克对纽约之行有所保留?

那天的乡村酒吧拥挤着一大群男子,桥上的餐桌也被人占了。乔伊去和一些客人聊,才知,酒吧有个"同志"派对。

她们买了两罐可乐便离开酒吧。在回程路上,乔伊带哲子去逛开设在郊区的古董店。乔伊在古董店的首饰柜台徘徊,她想给自己买一条有年代的项链戴去纽约。

无论如何,纽约行的期待让乔伊容光焕发,哲子羡慕她对生活的积极态度。

古董店更像二手店,有不少孩子们玩过的老积木、带轨道的小火车、驾驶座有小人的小汽车等玩具,还有儿童搪瓷小杯小碗、煮牛奶的小铝锅。这小铝锅让哲子想起一件往事。八九岁光景,迷上连环画,她在煤气灶前一边看管正在煮的牛奶,一边看小人书。牛奶煮沸的瞬间立刻溢出来,雪白的奶液铺满灶头,流淌滴落在木地板上,她急忙扑在灶上吸奶液。那时牛奶限量供应,每家限订一瓶,家里这瓶牛奶是给体弱的弟弟补营养的。这时父亲出现了,她刚抬起脸便被父亲的巴掌拍得眼睛发花。

她如果把这一幕告诉乔伊，她一定会问为何不报警？这是家暴！家暴是这些年才在国内出现的语词。她年幼时，周围邻居打骂孩子是平常事。她并不怨恨父亲，父爱的分量远远超过一时的暴怒，他生重病时她哭得很伤心，她从来不认为自己有成长创伤。当然，她也不会把堕胎经历告诉乔伊。那些经历不会让自己的形象生辉，它很有可能成为沟壑横亘在她和乔伊之间。

乔伊没有找到她中意的项链。哲子告诉乔伊，她颈上的银白珍珠项链配这件黑色羊绒衫很美，春假时纽约寒冷，再说纽约人永远都穿黑色，这身行头用得上。

乔伊立刻笑了。她的粲然一笑，让你看到乔伊少女时代的明媚。然而，如果乔伊不讲她十七岁的故事，谁会看出她那么年轻就遭遇了悲剧般的结局？

哲子的沉默让乔伊发问，是否遗憾没有在店里看到任何喜欢的东西？哲子回答，喜欢的东西太多了，但没有想过要买回去，放在店里欣赏一下就满足了。

乔伊面露惊喜，这也是我常来古董店的缘由，来这里欣赏一下就满足了！说着乔伊拥抱哲子，表达她此时的心情。在高大的乔伊怀里哲子有了依恋。

回国前的哲子日程表突然排满，忙着帮助学生一起完成他们的习作，各种提前告别的聚会。

乔伊从纽约回来后,她们还没有见过面。

哲子惦念着乔伊的纽约行,在回国前的周末,她请乔伊来寓所吃饭。乔伊带来她喜欢的加州白葡萄酒,哲子烤了三文鱼,前菜仍是乔伊最爱的"中国沙拉"。

说起纽约行,乔伊笑了,一句"旅行很成功!"让哲子有如释重负的感觉,她才意识到对于乔伊的纽约行,她有莫名担忧。

看了不少展览,简直是去赴艺术大餐,乔伊这么形容。大都会(有新展览)、MoMa(现代艺术展馆)、PS1(Moma分馆)、布鲁克林美术馆,以及威廉斯伯格的画廊。

这么密集看展,迈克受得了吗?哲子笑问。

他没有去,我看展时,他在旅馆休息,或者在附近的街道散步。

以为你们分分秒秒在一起。哲子有些意外。

那怎么受得了?乔伊正色,再合得来也不能没有自己空间。仿佛为了安慰哲子,乔伊又道,事实上,我们在一起的时间很多,一起吃早餐和晚餐,傍晚在哈德逊河边散步,还去看了一场百老汇的《狮子王》,在林肯中心听了一场歌剧《阿伊达》。

真不错,有分有合,这是最好的情人关系。哲子不由地慨叹。

乔伊沉思地看着哲子。哲子以为她没有听懂自己有口音的英语,待要重复,乔伊止住她说,我明白你的意思。我想说我们还没有走到情人阶段!纽约几天,我们仍然是朋友。我们拥抱接吻,重复我们年轻时的亲热,但没有做爱!到我们这样的年龄，更需要朋友。

哲子从乔伊的蓝绿眸子里看不到任何掩饰，她说出的话便是她心里的想法。可她记得乔伊说过，她仍然需要性生活。

那么，你有告诉他孩子的事吗？这是哲子最关心的问题。

乔伊耸耸肩，敛起笑容，眸子里的锋芒又开始闪烁，没有机会，每天都是快乐的，我不想扫兴。以后吧，我们彼此更了解以后。

然后乔伊说起女儿，说女儿临时起意和朋友去了欧洲。女儿给她留言说，这是你们两人的好时光，我不想掺和进来。

哲子回国后，忙乱了一阵，等她安定下来给乔伊写邮件已经是一两个月以后。她询问乔伊和迈克的关系进展。乔伊告诉她，从纽约回去后，他写过一封问候的邮件，之后，再无音讯，尽管她写了好几封邮件。

戛然而止！她这么描述他们的关系。

正是我担心的，旅行让你们分手而不是更亲密！哲子在心里对乔伊说，你太一厢情愿了，竟认为你们的纽约行是成功的。

哲子再回大学城，已经是五年以后。她是来参加千珠主持的短片工作坊，只待一星期。这一年哲子四十一岁，有个四岁的儿子。

哲子在康妮为她组织的聚会上见到了萨琳娜，她告诉哲子，太白去了北京，很久没有见到乔伊。她似乎心知肚明当年哲子和乔伊的往来。

乔伊不在城里，她正在墨西哥休假。哲子来美国前和乔伊通过邮件。她俩已经很久不联系,这些年照顾孩子手忙脚乱,哲子渐渐疏远了朋友,包括乔伊。

两年前的圣诞期间乔伊曾去迈克的小镇,为他扫墓!迈克是在纽约行后不久去世……直到这次重新联系上,乔伊才告诉哲子。乔伊说,她是那年去芝加哥父母家过感恩节,遇到高中同窗,才知道迈克早已去世。从时间上推算,迈克是在患上不治之症以后,才开始寻找乔伊。

孩子一事没有机会告诉他了。我想,这不是遗憾,他可以没有牵挂地离开人世。乔伊在邮件后面 P.S.(补充)写道。

哲子找出碟片《八月的圣诞节》,夜深人静时她坐在客厅把这部片子又看了一遍,影片刚打开她就流泪了。

在大学城邮局,哲子将《八月的圣诞节》用挂号信的方式寄去乔伊家。她留言说,人生中的有些场景已深深印刻在记忆:五年前的一个夜晚,大学电影系在放这部电影,当时我们俩正坐在意大利餐馆……

(初刊于《作家》二〇一九年第十一期)

喧 闹 已 远

5号这栋房子住着两个聋子,二楼美美的爸爸宋先生和一楼嘉嘉的阿婆蒋老太。

其实,嘉嘉不叫"嘉嘉",美美也不叫"美美",至少她们正式的学名里没有这两个字。这两个上下为邻的小姑娘相差一岁互称"姐姐""妹妹",由于这栋房子有两个聋子,住在里面的大人小孩,个个讲话喉咙响,尤其是楼上"妹妹"看见楼下"姐姐"隔着楼梯叫唤那个劲头,就像现在的粉丝们隔着舞台对他们的偶像呼唤。

楼上"妹妹"承认,并非有多么想念楼下"姐姐",你想,天天见面有什么可想念的?不过是,有了放声叫唤的理由。起先"姐姐"对"妹妹"的叫喊表示不以为然:"我耳朵又不聋!"她曾试图制止她。但是"妹妹"沉醉在自己的喊声里,令"姐姐"不得不去呼应她。

于是"姐姐……""妹妹……",一声又一声。

这一上一下，被楼梯相隔的互相呼唤，令黑漆漆的楼梯转角封闭的空气呼呼生风，令楼梯天花板上悬挂着的一蓬一缕的尘绒，以及沿着顶角织就的蜘蛛网，发生震颤而后垂落，如果阳光正好射进楼梯窗口，光线里的尘埃雀跃得宛如在跳"恰恰"。

这么一来，不仅是这栋楼，这整条弄堂都回响着"姐姐""妹妹"的呼唤声。本来，在上海方言里"姐"和"嘉"、"妹"和"美"同音，这一传十，十传百的，"妹妹"在弄堂里就有了永恒的别名"美美"，即使小她四岁的小妹妞妞也唤她"妹妹"，或者说"美美"，而"姐姐"便成了众人的"嘉嘉"，她却是家里的小女儿，上面紧挨着两个哥哥。

不管这一上一下美美和嘉嘉的唱和多么富于舞台性，5号这栋楼丰富的声量通常是围绕着两家的聋子，或者说，聋子终究是高分贝声音的核心。

事实上，一楼阿婆和二楼爸爸是楼里最安静的人，阿婆几乎不说话，除了唱几句走调的绍兴戏，爸爸则说话声轻如耳语，因此爸爸说话时，家人就安静了，为了听清楚他在说什么，接着则像真正的聋子那般响亮地问道："啊？啊？"

这样一来不管宋先生本人多么安静，他周围的人必得放大声量说话，当他们放大说话音量时，笑和哭的分贝也必得提升。这时候，一楼嘉嘉和她的哥哥们正在使劲地捶门，他们的阿婆似乎越来越聋，而他们又老是忘带钥匙。

因此，5号楼的声量以外人的耳朵听来便格外高亢丰富，是弄堂里最喧哗的空间,而对于弄堂其他楼群的居民,这喧哗似乎充满着别样的生趣,他们不由自主地朝5号聚拢。

黄昏时弄堂人气旺盛,楼房供人进出的后门打开,上班族正陆续归来,主妇们在厨房和后门口进进出出煮饭的同时,不断与人照面找机会聊天。

5号除了聋子和孩子,几乎没有聊天的闲人,但5号门口是邻居们扎堆聊天或者说传播流言的轴心。某种戏剧情景在此产生,弄堂里的邻居只要在5号门口站成一圈便开始交头接耳,他们有不尽的秘密需要分享并从中得到极大的乐趣,作为对比,他们身旁的5号却是一栋高声量无秘密可藏的楼房。

很多年以后,美美去异国他乡,不久又回来了,她说她是被大洋对岸的寂静驱赶回来的,在那个轻声细语的世界,她被思念折磨,她想念去世的聋父亲,以及充斥在她童年楼房里的喧哗声。

美美是在喧闹中长大的,即便以后才知道"安静"是一种文明,却无法让自己的身体去认同。

有一度,美美为有个聋父亲而无比骄傲,她到处告诉别人,用一种不容置疑的语调:"噢,我爸爸是'聋bang'。"可以骄傲的正是这一点,别人的爸爸平平常常,因为太正常而无法述说。

美美小小年纪便在寻找正常人生的突破口,当然,只是出于本能,她刚刚进学校,甚至还不会写"正常"这个词。

即使后来有了书写能力,她仍然不晓得"聋bang"的

bang怎么写，很多上海方言都无法用汉字书写，但这两个字用上海方言喊出来铿锵有力，尤其是后面这个"bang"，美美偏爱所有发音响亮的字词。

是的，美美说话是用"喊"的，不喊爸爸听不见，这令她快乐，因为她有了"喊"的理由，她如此着迷于"喊话"，她简直不能想象如何与耳朵不聋的父亲对话。

但是，不可以让母亲听到"聋bang"两个字，要被打嘴，母亲犹如家里的警察，维护着房门内的次序和规则。

宋先生有个助听器，在当年这是一件相当昂贵的辅助接收声音的小设备，但宋先生很少戴这样东西。他说，这助听器虽然可以帮他倾听对方的说话，但同时也把满世界的嘈杂声都收进来，这使他陡然心烦！

"心烦"是宋家生活手册里的一个警号。宋先生的"心烦"，将导致某种结果，结果是老毛病发作。

爸爸的老毛病在美美听来像诱人的外国食品，"尼美尔"还是"美尔尼"？她念起来颠三倒四，联想到的是"尼美尔牌巧克力"或者"美尔尼牌夹心饼干"，总之，谁会想到这是一种疾病的名称？美美自以为聪明地向邻居们解释这个词，当看到听者脸上露出困惑的神情，尤为得意。

这"老毛病"给宋先生带来"失聪"的灾难，医生认为，"失聪"是同类疾病里最坏的结果，但宋先生总是觉得更坏的结果还没有真正到来，所以家人明白，宋先生的心是不可以烦的。

平常日子，宋先生把助听器锁在抽屉里。

只有客人到来时，宋先生才去开这只抽屉，他从一只小号铝制饭盒里拿出助听器。事实是，这助听器外还有一件精致外套——两片绸缎缝制而成的小袋子，这绸缎颜色相当鲜艳，是用宝蓝金黄青绿玫红组成的蝴蝶图案。

那是个粗茶淡饭勉强温饱的年代，人人一件深色粗布外套。这件比香烟盒子还小巧的物什却被绸缎包装，虽说是用绸缎的边角料，可见其受珍视的程度。尽管它常被主人放置一边，但不可或缺，如同身上某件不那么好使的器官，它提醒着主人的不健全，却也无法将它丢弃。

当宋先生把助听器从饭盒里拿出来，他的宽大厚实的手掌托住有着绸缎外套因而显得滑溜溜的小东西，呈现着某种失衡，紧跟在父亲身边盯视着他的每一个动作的美美，澄澈的眸子有了焦虑。

父亲的手指过于粗大，与手中之物的小巧精致相比，他将它从小袋子里掏出来，小心翼翼就像母亲从鱼肚里掏苦胆。拖着细长电线的耳塞滑落出来被父亲一把抓住并塞进耳朵，他的手指摸索着机身上的开关，即刻闹出"叽……叽……叽"的噪声，尖针一样刺耳。父亲的手指又是一阵摸索，那些掌控着机器的按钮如一颗颗精细的微粒，每每令他茫然，美美不由得伸出手去触摸，却立刻被父亲的胳膊挡住。

终于，那尖叫声或者说电流噪音消失，父亲把机身重新塞回绸缎小袋并将之塞进他的上衣内胸袋,那根细长的电线从他的耳朵荡下来与袋子里的助听器连接,美美艳羡极了,她觉得从耳朵里荡下一根电线简直帅呆了。

这时的美美不失时机仰起头尖起嗓音对着父亲喊:"喂,喂,听得见吗?"父亲赶紧拿开耳塞:"喔,太响了。"美美伸出手,问父亲要耳塞听,正在给客人倒茶的母亲转过脸用眼睛瞪她!母亲的脸色让美美即刻索然。

不过,等客人一走,父亲将助听器收回抽屉之前,会给美美试听一会儿。美美戴上助听器先对着镜子欣赏一番,那根细长的电线现在从她的耳朵上荡下来,这让她自我感觉超好,或者说更自恋了,她把嘴对着助听器又是讲又是唱的,听起来东一句西一句,都是零碎片段,似乎模仿着不同的什么人,其状态兴奋异常。

原来美美发现,用助听器听自己的声音跟平时不一样,那声音带着些金属质感,很像从麦克风播出的"他人"的声音,这时候的美美便会想象自己成了某甲某乙,总之,是些头顶光环的什么人,只有他们有资格站在舞台上对着麦克风演讲或演唱,她现在也捞到了这种机会,虽然是在假想中。

她试着憋住嗓子用自以为完美的音域来发声,却总是不令人满意。旁边的小妹妞妞捂住耳朵说难听死了。她自己未尝不觉得刺耳,却不甘心就此收声,终于引来母亲的干预:够了!够了!她呵斥着,将助听器一把夺回,重新锁进抽屉!

美美当然扫兴,不止扫兴,还有挫折感,是愿望得不到实现的受挫。然而，一当助听器被锁进抽屉，美美便忘记了。她好像被置换到另一个场景里，在那个场景里，她只管放开嗓子大声嚷嚷，醉心于她自己制造的喧哗之中，早把助听器一物丢弃脑后。

其实即便是喊，和父亲的对话也并不顺畅，得有几个来回。

"爸爸，我要到弄堂里去。"美美回家放下书包便向父亲提外出玩的申请。

"刚从学堂回来，怎么又要去了？"父亲问。

"弄堂，不是学堂！"美美仰头喊，美美的个子才到父亲的腰间，离父亲的耳朵有些远。

宋先生正站在打开的窗前抽烟，每每抽烟，他都会站到窗口，好将嘴里的烟雾喷到窗外。

"弄堂！弄堂！"妞妞有样学样，仰头放声，像美美的伴唱。

"学堂关门了，没人了，又有什么忘在学堂？"

"弄堂呀……！"五岁的妞妞简直无法容忍如此显而易见的错误，发出绝望般的尖叫。

美美被逗乐，"格格格"地笑；美美一笑，妞妞也笑，咧开掉了门牙的嘴，胖脸颊更圆了，就像年画上抱着大南瓜脸上涂着两块胭脂的小丫头，或者说小布偶。这小布偶一笑便失控，口水从门牙的缺口滚出来，亮闪闪地掉在衣襟前，美美更笑得肚子抽筋朝地上蹲，妞妞索性就躺到地上。

父亲掐灭烟关上窗，轻烟仍不绝如缕从他的鼻孔冒出来，

他也在"嘿嘿嘿"地笑,拉起笑倒在地上的妞妞,仍然轻声细语:

"噢,轻一点,我的耳朵都被你们喊聋了!"

聋耳朵的父亲竟担心他的耳朵要被喊聋?她们觉得他是世界上最滑稽的爸爸,笑喊得更 high,那喧哗声快将屋顶掀了似的。

很多年以后,在异乡的感恩节看到超市和商场到处摆放的南瓜,美美便会想起中国年画上抱着巨型南瓜两颊涂得鲜红的布偶般的小姑娘,当年的妞妞就像她;连带想起的场景是,自己在扯着嗓子说话,父亲把此物听成彼物,她便笑成一团,妞妞不管三七二十一的紧紧跟上,口水亮晶晶像一根玻璃线从有缺口的小嘴里荡下来,父亲笑眯眯地抱怨说她们的声音太响他的耳朵要震聋了。

美美忍俊不禁,周遭的陌生人还以为她在对他们微笑,他们向她说"嗨",她如梦初醒,站在商店的货物架之间怔忡半晌。

贪玩的美美为了让父亲听清楚她的要求,搬来椅子放到窗边——父亲正站着吸烟的地方,美美爬上椅子站直身体与父亲并肩才发现,窗外有许多窗,离得最近的是对面人家的一排窗,紧闭的窗户,窗帘遮得密密实实。

当站在椅子上的美美欲跟父亲说话时,父亲却已关上窗端着香烟缸离开窗口。

"我要去白相（玩）！"美美的声音追着父亲的背影。

"吃糖？"父亲转身问，才看见站到椅子上的美美，"不可以在窗口站得这么高。"他走过来将美美从椅子上搀下来，并再一次检查窗子是否关紧。

"我要白相！"美美踮起脚凑着父亲耳朵喊。

"刚刚吃过糖，不能再吃了，你已经有两颗蛀牙！"父亲回答着离开窗口。

"白相！"美美喊，"不是吃糖！"

"是'白相'呀！"妞妞在旁呼应。

"每天一颗糖，不能多吃！"父亲笑眯眯的用嘱咐的口吻。

他端着烟缸走到房门外，那里是走廊，有煤气灶和方餐台，被当作厨房。

美美和妞妞追着父亲齐声喊："白……相……"

话未完美美先被自己的笑声打断，这更像和父亲玩捉迷藏游戏，话语的迷藏，美美着急又开心，揉着抽筋的肚子，妞妞盲目地跟着笑，一边尖叫着："白相白相……"

父亲转身又回进房，美美带着妹妹便跟进来，空间小，她俩急转身时互相牵绊，脚步踉跄，笑得东倒西歪，一边大声嚷嚷，父亲仍笑眯眯地不急不慢把张开的手拢在耳朵旁：

"轻一点哦，我的耳朵要震聋了！"

此时一阵猛烈的撞门声轰然而入，父亲问："谁在敲鼓？"

"不是敲鼓，是敲门，"美美向父亲喊，"嘉嘉他们回来了！"

下午这一刻，这栋楼好像两套戏班子在同时开演。

楼下的嘉嘉和她的哥哥们正拼命敲门，不如说拍门，其实是捶门。如果说敲是用指关节叩击，那么用手掌就是拍，用拳头便是捶了。

嘉嘉和她的哥哥们放学回家没有带钥匙，他们好像经常不带钥匙，不说每天，至少一星期三天要依赖他们的祖母阿婆开门。问题是，他们的阿婆耳聋，敲门声传入她的耳朵有难度。

事实上，蒋家孙儿早已忘记如何彬彬有礼地用指关节叩门，他们一上来就用手掌拍门，"砰砰砰"伴随着"空空空"的回响，这门在长期的拍击下门框已松动，四周的缝隙对拍打产生的震动有了反响，使这拍门声格外地刺激耳膜。当然是对普通人的耳膜，对阿婆则不起作用，如果她正好在房间某一处，耳朵与房门之间的角度不那么对口。

两兄弟很快失去耐心，用拳头代替手掌开始轮流捶门，可谓声震屋瓦，却仍然呼唤不到阿婆，假如她恰巧在如厕或者在厨房清洗什物，这当口，阿婆那微弱的听力完全被哗哗水声遮蔽，即便爆竹在门口炸响她也未必听见。

嘉嘉和她的两个哥哥各相差一岁，在同一所小学的不同年级，因为做值日生，抄黑板上的作业题等原因，三人离开教室的时间不尽相同。其实，更多时候是嘉嘉刻意避开哥哥们。如果在校园相遇，他们装作是陌生人，互相不理睬。这一点让同是校友的美美觉得很酷。

而嘉嘉自有她的隐衷,她是多么痛恨与自己的兄长同校,或者说,她最惧怕在公共场所遇见任何家人,那时候看出去的家人好像一身都是缺陷,服装举止乃至长相,让她一百个看不顺眼,并为此而羞愧。同时,她也一样讨厌遇见美美,美美会隔着半个操场呼唤她,好在校园里的人并不知道"嘉嘉"是谁,嘉嘉可以装聋,背对美美或者干脆溜走。

而嘉嘉最要避免的是回家路上与哥哥们为伍,一当瞥见他们的身影,嘉嘉便窜入路边弄堂,那些弄堂中总有一两条通往另一条马路,被称为"活弄堂"。

然而弄堂比马路阴暗,尤其是那几条"活弄堂"迂回曲折,嘉嘉在里面七兜八转,有一次竟遇上成年男人在弄堂狭窄的拐角处向她暴露下体,嘉嘉骇得魂飞魄散,第一声呼叫的竟也是"哥哥"。

之后嘉嘉只有选择躲进路边商铺,那里一字排开裁缝店、理发店、杂货店、南货店、和槽坊(卖酱油等厨房作料的店),看上去都有些乌酥(不干净不明亮不宽敞),但有过"活弄堂"的遭遇,嘉嘉也不挑剔了,在那几家店铺进进出出延宕回家时间。

然而,三兄妹最终将在自家紧闭的房门口相遇,假如他们不幸都忘了带钥匙。

现在,嘉嘉在哥哥们捶门的间隙喊"阿婆啊……",她的嗓音天生尖细,加上她爱面子,不肯太大声。阿婆是绍兴人,嘉嘉的叫唤也带上了绍兴口音,那声声"阿婆啊"有腔有调,像绍兴戏里旦角娇柔的惊叹。

蒋家的厨房是利用后天井搭建的,朝楼梯上走五六格便有一扇窗,从窗口看得到他们家的厨房,窗下便是厨房的水斗,此刻阿婆正站在水斗边洗菜。让人干着急的是,她就在你的鼻子下,却无法唤她抬起头来。

"阿婆哎!"一声远为高亢泼辣的呼唤让蒋家兄妹们齐齐抬起头,美美站在楼梯上,双手抓着窗上的铁栅栏,头使劲挤在栅栏的空隙间,朝着窗下的阿婆狂喊,双手还舞动着。正巧阿婆洗完菜关掉水龙头,她朝着美美抬起头。

阿婆来开门时,美美得意得很呢:"是我把你们阿婆喊出来的!"

"算你狠!"这两个比她年长的小男邻居向她揶揄地伸出大拇指,没心没肺地一拥而入家门。

嘉嘉却不悦:"你喊得太响了!我耳朵都震麻了"

"是我把你们的阿婆喊出来的!"美美重复道,有了几分委屈。

嘉嘉不理,转身进门把门关上。

美美突然想起,她们已经很久不互相大声呼唤了。

"嘉嘉!"美美对着一楼紧闭的房门喊。

"美美!"尖叫刺耳,与她呼应的是妞妞,妞妞站在二楼楼梯口,眸子充满惊慌。

美美急步上楼。

她们的父亲跌倒在窗边的地上,一头一脸的血,手里还捏着烟缸，在惊骇的瞬间，美美的脑中映现一排紧闭的窗户，窗帘拉得密密实实。爸爸倒下去的时候真寂寞，美美想到。

宋先生担忧的更坏结果终于到来，他的"老毛病"发作时的天旋地转令他失足倒地，头部外伤他被住进外科病房。

有位专家级的医生认为他的病情罕见的来势凶猛，为阻止剧烈晕眩导致的失足倒地而可能带来的人身伤害，他建议手术，但后果是，宋先生将可能彻底丧失听力。

手术将消灭晕眩同时剥夺听力，或等待疾病不可预料的发作而导致的不可预料的后果，医生让患者自己选择。

宋先生和妻子来来回回商量，有一天给美美听见，她问彻底丧失听力是什么意思。母亲告诉她，无论你喊得多响，爸爸都听不见。"那我怎么跟爸爸说话？"她问妈妈。

奇怪的是父亲居然听见了："你可以写，把你要对爸爸说的话写下来！"爸爸回答她，"你要好好读书，多认字。"父亲又说。

美美无法想象这是什么样的情景，或者说，当她想象这个情景时只觉胸口发堵，美美放声大哭。

母亲拉着哭泣的美美出门，她们一起站在十字路口，汽车卡车各种机动车争先恐后从她们眼前掠过，母亲问美美：

"或者你爸爸可能在过马路时晕在地上被车子撞，或者去开刀为了不再晕但也听不见任何声音，你说哪个结果更不好？"

"都不好！"美美气愤地回答。

"但我们必须选择一种结果！"妈妈告诉她。

在刺耳的车喇叭声里,美美第一次发现选择是这么痛苦。

但父亲做了选择。他选在美美和妞妞的上学时间搬去医院。那个傍晚,5号楼出奇的安静。

但是第二天,父亲回来拿助听器,撞到提早放学的美美。"开刀前要做许多检查,没有助听器跟医生或护士说话不方便。"爸爸用跟大人说话的口吻告诉美美。

但是美美转身把背对着父亲,不理他。

"不要闹了,"父亲笑眯眯的,似乎把美美的赌气当作闹着玩,"记着呀,过几天到医院来看爸爸要带上笔和纸,那时候,你喉咙再大也震不到爸爸的耳朵了!"

美美仍然不理。

父亲便去开抽屉拿他的助听器。

父亲离去时美美还是不开口,父亲摸摸她的头便开门出去。轻轻合拢房门,轻轻下楼。

"爸爸!"美美一声狂喊,猛地追出来,冲下楼梯。

她在楼梯半道上扯住父亲的手臂:"不要开刀!!"她大声喊着,泪流满面,"你……不会……一个人……过马路……我……会……跟着……你。"

美美的哭叫声惊天动地。嘉嘉打开房门,仰起惊慌的脸:"妹妹……妹妹……"她劝解般地呼唤道,一边推开挤在她身后的哥哥们。

在5号门外站成一圈的邻居们停下闲聊,将头探进后门倾听着。

然而他们听不清美美在喊什么,只有模糊的一片"不要……不要……"。

然后他们看见宋先生在美美耳边说着什么,美美停止了哭闹,并笑了,虽然眼眶里还含满泪水,间歇有几声抽泣,那是惯性所致。

父亲搀着美美的手返身上楼回房。

邻居们在嘀咕:看看,美美给惯成什么样子!宋先生也太宠女儿了!

多少年过去了,宋先生的助听器已换了三五个,美美也已自立门户,每次回娘家探望,会觉得父亲的耳朵好像更聋了,美美的个子和父亲一样高,她可以凑在父亲的耳边说话,但仍然需要好几个来回才能完成沟通,只是成年后的美美变得有些不耐烦,是因为她自己还有许多人生烦恼要解决?

宋先生直到去世仍然保留着听力,虽然愈益微弱,他好像也并未有过晕在马路中间,虽然这个忧虑悬在宋先生和家人头上三十年,他常常提起美美那一次疯狂的哭闹:"噢,哭得真响,一弄堂的人都听到了,我的耳朵都震聋了。"

美美笑了,只是她不再像儿时那般笑得肚子抽筋,那天之后的美美好像一步跨到了成年。

(初刊于《上海文学》二〇一二年第四期)

隔 离 带

我为公司组织年终派对，在办公室给客户打了一天电话，最后一个电话是打给礼平，她也在受邀名单上，如果说我还有个把朋友，礼平算一个，这时，我已经在回家路上。

我常在下班路上给礼平电话，希望和礼平保持联系，却又害怕她的絮叨。当她开始唯一的话题，连诉带控前夫和前婆家的变态，我已经在公交车上，响亮的语音报站声也同时灌入她耳朵，于是她意识到我正在为生存奔波，便带着歉意与我道别。喔，礼平仍是这个社会难得的淑女，只是，一场婚姻将她沦为怨妇，我是她的垃圾桶。

礼平二十二岁那年与香港人结婚，两年后移居加拿大生子，十年后离婚，带着两个孩子搬回上海。礼平说，回到单身得到自由但也空虚。因此有什么社交性质活动，我会叫上礼平。

此时已近八点，淮海路华灯耀眼，沉浸在大都会繁华中心的幻觉让我愉悦。接着，我便要搭乘公交车，经过拥堵的隧道，走在浦东宽阔的常青路,等距离的路灯让浦东天空尤显黯淡。

我走进居住的浦东旧工房楼内,才感受真正的黑暗,楼道灯坏了,每个转角都堆着杂物。楼梯扶手积年灰尘,我不由自主缩起身体为一身体面的上班服,小心避开所有邋遢的阻碍物。这时候便会想起某个老外朋友来我家后,第二年再来中国时带了十几支大小不一的手电筒作为礼物送给我。当然,我是知足的,这是丈夫单位分的婚房,我们结婚两年才得。

所以,假如我上班的地方不是坐落在淮海路边上这条法国风的街区,我早就考虑换公司涨一涨自己的工资。

和礼平聊上几句就急着挂电话,我看见淮海路转角的食品二店还未打烊,店内难得冷清,不如买一盒奶油蛋糕带去浦东,我需要这类能带给我幻觉的食物,我知道我一辈子也住不进这片繁华地段,但我至少可以带一些气息回家。

道别时我听见礼平在问,这两天华盛正在上海,叫他一起来?我立刻来了精神,止步在交通灯下,用我与客户打交道的浮夸语调回应礼平。

来吧来吧,华盛来就好玩了,这种年终派对不就是联欢会?比上班还没劲,华盛一来各种嘲笑妙语如珠,我喜欢话锋机智的男人!

最后一句话我是在心里说的。

我只见过华盛一次,对他有相见恨晚的倾慕。华盛年轻时便远走他乡,见多识广兼具仪表不俗,我俩一见如故聊得很爽。我认为礼平的精神层面配不上华盛,虽然他们并肩站很有型,礼平标致文静喜爱中装，在我眼里是老式美女。

礼平回国后在亲戚游说下，与他们合资买了几处正在建造的楼花，是商品房刚刚出现的头两年，楼花很快成现房，她立即转手再买楼花，就这样炒起了房地产。按照社会标签，礼平已进入富婆行列。而华盛是画家，和礼平应该不是同类人。但华盛去美国后做起旧房改造生意，当时朋友把礼平介绍他认识，是为华盛要了解上海房地产。他们俩一见钟情，华盛有家室，但并不妨碍他们成为情侣。

隔了一天，礼平电话告知，华盛答应来凑热闹，并且还要带个女生，这个女生叫俞自谦，说她和我认识。礼平向我打听关于俞自谦。

我想了想，又去翻通信录，我的工作性质让我有广而泛的人脉，泛到我必须通过通信录来确认自己是否认识某人。我的通信录里并没有这个人的名字，我告诉礼平，我好像不认识她。

最近华盛和她走得很熟，他很称赞这个姓俞的女人，说她是才女。礼平没能掩饰对俞氏的醋意，这让我吃惊。礼平一向矜持爱面子，在和华盛的关系中，她总是强调他们有各自的生活。事实也是如此，他们的人生轨迹只在她的寓所交集。她从未要求华盛离婚。应该说，是华盛表示不想离婚。太太与他共过患难！礼平这么说，表示她理解华盛懂感恩。她说经过离婚不想再婚。我不晓得这是否是礼平的真心话，对于爱面子的女人，你真的很难潜到她内心深处。而我生性浅尝辄止，我怕走入人性深处，我希望生活是明亮的。

我笑说，华盛称赞女人有才，潜台词是此女有才无貌，女人却宁肯自己有貌无才。

礼平没有接受我讥诮后面的安慰，或者说，她没有幽默感。虽然，她的优点很多，与人交往懂得忍让，从不在背后非议他人；做房产生意却不看重钱，为人慷慨，比如，她几次劝我买房愿意借钱给我……要是没有与华盛这段私情，礼平简直完美到令人厌烦。

她说她去过你的办公室，礼平执着地强调。我说，来我办公室的人多了去，我们公司做广告业务，阿狗阿猫都会来，谁是谁我都懒得搞清楚。

礼平"呵"了一声，我能听到她的腹诽：人来人往的，把自己的办公室弄成茶馆……她看不惯我在人际关系上的随意和漫不经心，常用"没心没肺"这个词做指责。

我可能真的没心没肺，那些指责对我不起作用，所以不会生气，更不会与她争执。在和礼平的关系上，我比较包容，常常让她几分，从小形成的关系使然。礼平漂亮功课好品行端正，有良好的家庭背景，父母是医生。而我因父母离婚和母亲住回外婆家，三年级时转来礼平的学校。我那时瘦小黝黑，暑假在郊区农村祖母家度过。被疏忽管教的童年，令我举止粗鄙讲话带粗口还会打架，很快在校园臭名昭著。老师派礼平与我同桌，是她帮助对象。当我行为出格时，礼平闷声不响用她漂亮的大眼睛盯视我，让我不爽却也不敢太放肆；她会帮我补功课，测验时给我看题目。我俩黑白配美丑衬，亦敌亦友。

成年后我们失去联系，直到礼平带着孩子搬回上海，在校友会上遇到，我们才开始像朋友般往来。离婚的事她只告诉我，也只向我倾诉她那看起来光滑实则坎坷的人生。也许就是从那时开始，我们之间的平衡发生变化，就像坐跷跷板，以前她在上方，俯视的目光对着我；现在她沉到地面，我因此对她有莫名的歉意。

我们的交谈模式便是她倾诉我倾听，好像礼平从来不问我的生活状况，事实上，她对任何人的生活都没有好奇，所以她从不八卦。我抓紧时间听她倾诉，寻找各种可能性将她的话打断，然后挂电话。这时候，我便会觉得朋友是负担。

派对夜晚，叫俞自谦的女生过来打招呼，看到她的第一眼我就想起来了，她是我丈夫报社同事的女友。那位同事是美术编辑，与我丈夫同一间办公室不算，写字台还面对面。上海甲肝大爆发期间，那位同事和俞自谦都染上肝炎。事实上，我丈夫也是甲肝受害者，我们那时还在婚前约会。我去医院肝炎隔离区探访他，我俩之间有条三米左右的隔离带，彼此抓着铁栏门看着对方，让我深受刺激。我忍住眼泪，发誓一般提高声调对他说，等你出院，我们就结婚。

俞自谦康复了，她男友却迟迟未能摆脱甲肝病毒。他住院期间，她常去报社，代领工资、报销医药费，诸如此类。我那时也爱去丈夫办公室串门，几次和她相遇。她很阳光，至少看起来很阳光，梳着马尾辫，说话带笑，笑靥动人，受到报社同人们的欢迎。

"甲肝"的遭遇让我与她有种默契，我们几乎不聊这个话题。每次见她都穿运动装，不同款式的耐克运动鞋，双肩包也是耐克。我便问她是否爱旅行，她说非常向往，却还未去过任何地方。她和男友已经做了两年功课，包括存钱，打算结婚后便辞职旅行，然后在中意的某地开个民宿。

她男友肝坏死，一年后去世，葬礼我也参加了。

回想起来，这些年里，我和丈夫几乎不再提"甲肝"这个词，也不再提那个同事的名字。他的去世，给我俩的生活敷上了阴影。我们结婚时说好不生孩子，婚后这些年，我们互相瞒着对方做肝功能检查，从来不把对肝炎的恐惧说出来。不能说我从未置疑，是否过于冲动冲进这段婚姻？

因此，当俞自谦兀然出现在我面前时，那段岁月即刻历历在目，肝炎隔离区、爱的誓言、如同判决书的验血单以及葬礼，这便是我见到俞自谦格外热络的缘故。当然，没人看出我在掩饰内心涌起的伤感。

华盛兴高采烈加入我们的谈话，仿佛帮我找到失联太久的朋友，礼平站在一边斯文地微笑着，有一度我甚至忘了她的存在。

那晚回到家，我匆匆洗澡刷牙，钻进被窝后才拨礼平电话，我知道她在等我电话。这将是个长电话，我得把自己安排得舒适一些。我很庆幸，丈夫正好出差不在上海。当我俩同处在这十五平米陋室时，都识相地不和他人煲电话。

我跟礼平一样，看得出俞自谦和华盛关系相当熟稔，甚至有点亲密。俞自谦是拍着华盛的肩膀跳着站到我们面前，像个欢快的少女。她至少已经三十，仍然梳着马尾辫，笑靥仍然充满感染力，虽然眼角有了鱼尾纹。她如今着装风格更倾向休闲风，GAP 白衬衣配 CK 牛仔裤，脚上是 ADIDAS 黑白帆布跑鞋，双肩包换了时髦的比利时名牌 KIPLING。她站在礼平身边，竟让美女变得黯淡。

在问候声里她告诉我，她终于实现半职业旅行的梦想，一年中至少有五六个月在旅途上，自由职业，到处接活，画不完的插图，有时还做平面设计，可是还没有找到伴侣一起开民宿。她爽朗告知，笑声响亮，显得亢奋。

我在回家路上突然想起葬礼后的好些年，我曾经在丈夫报社的某次活动中见到俞自谦，她在活动现场活跃，和编辑们一起招呼着宾客。那次，我躲在人群里，没有和她打招呼，我觉得她情绪过于热烈，有点喧宾夺主。活动结束回到家，丈夫才告诉我，她兼职为报社画些插图，和她男友的插图风格很接近；原来，她是她男友的大学师妹。

电话接通，未等礼平发问，我便解释我没有记俞自谦的名字，见到人就想起来了。应该说，她是我人生中少有几个印象深刻的人之一。但是，可以肯定，她没有来过我办公室，她倒是常去我丈夫的办公室。

我几乎是过于详细地讲述了我和她认识的过程。俞自谦和她男友的故事，我并不了解，我能描述的只是一些场景：在报社办公室里，在葬礼上，好些年之后报社的活动……我在讲述的过程忽然意识到，她亢奋的说笑声更像是在武装她无法释怀的"失去"。

礼平没有表达她听到这个故事的感受。

你觉得她和华盛的关系是否有点太亲密？礼平在问。

亲密得这么公开，应该不会有什么需要隐瞒。我回她。

刚才在回家路上，华盛一直在聊俞自谦的事，华盛好像不知道她有过一个生病去世的男友。

何必把伤心故事到处说。我的语气已经不太友好。

华盛说她风流，圈子里的单身男士都和她好。

我以为华盛是绅士，没想到他也会八卦！再说，华盛这个年龄段的朋友圈，还能剩下几个单身男？我回答得颇不客气。

礼平不响。

既然华盛都说到这个份上，他和她还会有事吗？我反问礼平。

我不知道。礼平回答，语气困惑。

我不无嫉妒置疑，华盛怎么会爱上一个沉闷的淑女？礼平本来满足于贤妻良母的角色，离婚的大半原因是婆婆在离间，我是从礼平的叙述推断的。

你也知道，我一向不关心华盛和谁往来，今天看到他和俞自谦谈笑风生非常兴奋，突然想到我只了解和我相处时的华盛。礼平又说，今天，我突然想到，华盛每次回国都会给自己安排一个旅行，却从来没有邀请我同去。

我有些意外，问道，他是一个人出去吗？

说是和他的朋友。

此刻，我相信，礼平和我一样，脑中的场景是：相伴的另一人是俞自谦。

他都去了哪些地方？

我也不清楚，你知道，我不喜欢到处跑。

是啊，你最大的问题就是没有好奇心。我在心里说。

他是画画出身，也一定喜欢摄影，他就没有给你看他拍下的出游的地方？

礼平想了想才回答，你这一问，我还真是想不起来他有给我看过出游的照片。

我们都沉默了。

然后我问，你从来不看他的手机？

从来不看！她回答得气壮，他知道我不做这种事，所以他也从来不关手机！突然压低声音，说现在我就坐在客厅，他手机也在客厅，正在充电，你看，灯光一闪一闪，他睡了，明天早晨又要出发。

我是你，今天非得看一下他的手机。

你觉得这样好吗？

不好！那又怎么样？我们不能一生都不做一件错事，至少我做不到。有些事明知不好我还是要做，因为，好奇心会把我憋死。

礼平便笑了。

我知道，作为礼平的朋友，我的重要功能是，可以释放她内心的压抑和道德感。

今天要是不看他手机，我也会被自己的好奇心憋死。礼平语调变得轻快，看来她已越过心理障碍。

我被电话铃声唤醒是早晨六点，一看礼平来电就预感事情不妙。

礼平的声音仍然平静：他刚走，赶八点半的飞机，去北京参加朋友画展的开幕式，我一个晚上都在客厅，没有回房间。

是俞自谦？我问。

不是她！你说对了！这种事情你比我有经验。礼平的话让我不快，换在过去，我会爆粗口。

一个完全陌生的女孩，一个模特，关系很深了，时间也不短，至少有一年！居然叫他 Dad，太恶心了！奇怪的是，那些肉麻的信，他没有删，很珍惜是吗？

我意外却又不意外，华盛和礼平的婚外关系已经长达五年，既然能把老婆蒙五年，为什么就不能蒙礼平？老练的女人杀！我不是也有点迷上他？

他好像很累，鼾声一直传到客厅里。礼平突然说。

我一愣，莫名岔开的题外话，像一阵风把桌上的重要文件吹到了地上。

这就是说，礼平正设法绕开让她无法自控的瞬间。

他的鼾声可以催眠，我以为我再也睡不着了，没想到很快睡着了……我就睡在客厅沙发，而且做梦了，梦里我拿着他的手机问他，他哭了，跪下来……我对自己说，这不是真的，胸口却在痛，然后就醒了。醒来才发现，胸口并不痛。什么事都没有发生，假如我不看他的手机。

没错，这很像礼平说的话。事实上，她就是这么说的。听起来像在迁怒于我让她看手机。

现在，他俩之间产生的任何后果，我有不可推诿的责任！我不得不耐着性子和她讨论如何对付华盛的欺骗，一时间，他也成了我的敌人。

我给礼平的建议是：不给任何理由与他割断联系，在他还不打算，或者说他还没有心理准备与你分手时，先把他甩了。

礼平却说，她不想失去华盛，所以她很后悔去看他的手机。是的，后悔去吧！我干吗怂恿她去看手机？还不是心理阴暗，想看别人家的白戏？我自己都不愿意去查看丈夫的手机，就像不愿翻腾家里角落堆积灰尘的杂物。

接下来几天，礼平没有给我电话，我想她是怕我劝她离开华盛。我告诉自己不要再管礼平的闲事，却在下班路上给她拨了电话。

礼平说，这些日子她父亲中风住在急诊观察室。她抱怨医院的拥挤混乱，医生的恶劣态度以及在草草抢救中离世的病人，她叹息说人生最终是走向最难堪的境地。

此时我正走在淮海路上，或者说走在名牌街上，入夜气温在下降，我还穿着单薄的长袖衬衣。橱窗里的奢侈品、擦肩而过更像是走秀的时尚达人，都成了某种嘲讽，我在想理由挂断礼平的电话。

这时礼平突然把话题转向华盛,说他已经回美国,临走前她没忍住向华盛问罪,于是梦境成了现实。华盛下跪认错,给出诺言要斩断那段关系……

我那颗八卦的心又兴奋了。我去对马路的星巴克买一杯热巧克力,打算坐下来和礼平长聊。

礼平的话题却转了,说最近出来不少楼盘,以她的经验是买入的时机,其中有一套在飞机航道附近,所以超低价,她相信这套房我们有能力买。

这个话题比任何八卦都激动人心,我捧着巧克力纸杯冲出星巴克去赶公交车,赶在丈夫上床前和他讨论。自从肝病康复,丈夫坚持早睡早起,每日九点半上床,十点入睡。

礼平发来不少房产资料,我和丈夫看了几套房就明白,礼平推荐的那套房是我们唯一的选择。飞机起落的巨大轰鸣声,换来了房子的面积,梦寐以求的两室两厅!

我们花了半年时间装修,给所有的窗子装上双层玻璃,打算永远不开窗,或者直到有一天,我们有能力搬往可以开窗的两室两厅。

这半年花去我们夫妇所有的精力和现金。为了省钱,我们逛遍了宜山路装修一条街,找性价比最高的材料,然后两人轮流去新房子监察施工进度。正是大规模开发房产的阶段,装修队同时接几处活,他们通常在装修到一半时,去别处开始新工程,如果不盯得紧,这房子怕一年也装修不完。

装修后的房子让我惊艳,浅褐色水曲柳硬木地板,在晴天阳光照耀下，闪闪发亮，像涂了一层蜂蜜，配上深褐色门框的实木门，使这套结构平庸并且被噪音笼罩的廉价商品房有了质感。

因此搬进新房时，即使银行储蓄是零，十年按揭，两人的工资将要分一半给房贷，我仍然有着可以称之为"幸福"的心情。

礼平说住新房容易得病，劝我办一个暖屋派对，并提出派对的食物由她负责，就当作送我乔迁礼物。我问她，我可以拿什么回报，除了听你发前夫牢骚，或者一起骂骂华盛？她回答说，这已经很够了，你已经莫名其妙当了我几年心理医生。

可是丈夫并不赞成办什么暖屋派对。

我以为装修和搬家把他累了。告诉他，这个派对有礼平帮忙，不用他操心。他说，不是累的问题，装修和搬家的体力活都是别人在干！那么，问题是……

丈夫的"问题"并没有说出口，我也没有太上心。他内向，为人仔细，填补了我的粗枝大叶。但更多时候，他不得不勉强跟着我的节奏。他曾经揶揄说，我这种马马虎虎、匆匆忙忙度日的人，没有时间和空间囤积心事，是人类中最乐观的种类。

我怎么会没有心事呢？可我不想去纠正他的看法。我到底是哪类人我自己也不清楚。

暖屋派对日期已定，煤气管道还没有接通。但这也不是问题，我们有电磁灶电饭煲电热壶电热锅，而我已经和礼平商量过，进入初冬了，我们可以火锅招待客人。

暖屋派对那天，礼平中午就到了，后车厢装满食物。其中一半是给火锅准备的生食，还有一半是从她认可的餐店买来的熟菜，她还预订蛋糕，也没有忘记带来鲜花，连同花瓶。

聚会前的准备工作都是礼平在做，我插不上手，反主为客，跟着她在厨房客厅之间转来转去陪着聊天。

礼平说，她在加拿大做主妇期间，遇上节日请留学生来家聚会，都是自己一边一手一脚做准备，一边对付孩子的哭闹；虽然累，却乐此不疲。她说她其实是爱热闹的，如果不离婚，可能还会继续生孩子，希望有三个孩子。

也想生孩子了！我宣言一般，却被自己的话吓了一大跳。这一刻才发现是我潜意识里的渴望。

现在房子大了，赶紧生！三十六岁算高龄产妇了，不是吗？礼平的语调仍然不紧不慢，却在我心里种下草，即刻焦虑爬满胸腔。

结婚时说好不生孩子的。

年轻时说的话能算数吗？

礼平的不以为然让我突然意识到，她并不知道甲肝爆发期间，我也卷入患者的亲密关系圈。或者说，我在讲述俞自谦的故事时，隐去了丈夫患病的事。

生病丢人吗？不！我会立刻否定。生传染病呢？……我的眼前复现被两边铁杆门隔开几米远的隔离带。这条隔离带仍然横亘在我和丈夫之间。他康复后，我们不再接吻，床头柜放着安全套。渐渐地，性生活都免了。我有时会想，也许我们俩都是性冷感，所以合拍。

可是我们的生活节奏不再一致。工作日，我很少准时下班，从浦西挤回浦东，丈夫已经上床准备睡觉。周末，他声称更要抓紧时间休息。而我完全坐不住，参加各种可有可无的社交活动，无非是凑热闹吃吃喝喝。

至少今天我不想聊堵在心头的郁闷。

好在礼平也没有继续唠叨生孩子的事。

那晚，来了二十人多人。我这边除了礼平，只有三五个介于客户和朋友之间的友人，其余都是丈夫那边的朋友，多是他办公室同事，也有同事的朋友，因为都在媒体行业，彼此认识。

他们主要是来看房子！丈夫乘隙告诉我。

你不想开派对，你觉得这房子会让你的同事们笑话。你看，双层窗严丝密封，屋内这么闹，飞机起降的声音还是会让他们一惊一乍。

对我的话，丈夫摇摇头，叹息一声，仿佛在遗憾我们之间是鸡同鸭讲，无法沟通。

我也懒得猜谜，一屋子的人要应酬。

门铃还在响，又来了几人，其中一位是俞自谦。

我并不意外，她早已是丈夫报社的半个同事。可我还是有一惊的感觉。

俞自谦今天时髦得让人惊艳，终于不穿运动鞋，而是短筒皮靴，配一件长及脚踝的黑色薄丝棉长袍，外套黑色厚羊毛开衫，裹着镶嵌白色珠子的黑色GUCCI羊毛围巾。马尾辫散开来成披肩长发。老实说，如果不是她的笑靥有辨识度，我都认不出她了。

我并没有俞自谦的联系方式，是丈夫邀请她，还是他的同事把她带来？我没有问丈夫，而是向礼平嘀咕，我怕她误会是我邀请的。

我有预感她会来！礼平笑笑，你没看出她就是人们说的派对动物，喜欢到处搭讪？

"搭讪"一词，带着诋毁。可她立刻又说，来的都是客，你对她客气一点。

这正是礼平让我反感的地方，心口不一，还要做好人，有时真想和她翻脸。

好像故意要让她不爽，我殷勤地带着俞自谦参观客厅之外的其他房间，包括浴室、厨房、阳台，我们站在已被封窗的阳台说了会儿话，那一刻正好没有飞机声干扰。

俞自谦告诉我，七年前的傍晚，是她带着她男友和我丈夫一起去一家私营海鲜店吃毛蚶，而且连去了几次，每次都是她怂恿。她是温州人，爱吃小海鲜，男友是北方祖籍，自从和她好，也迷上小海鲜，而我丈夫只是为了凑热闹才跟着去。

那时候我在哪里呢？我不太相信似的。

你那一阵经常出差。

我点点头，有些惘然。

我一直觉得他们患病我有责任。她直视我。

我第一次面对俞自谦没有笑意的双眸。那双眸子不笑时，竟沉郁得让我起了鸡皮疙瘩。

责任不在你,谁会想到毛蚶会带病毒!

我知道我的话其他人也一定说过,所以她像没有听见一样,凝望着窗外的居民楼。这时,飞机轰鸣声来了,你能看见不远处斜斜飞向天空的客机的尾灯。她笑了,说,要是我小时候住在这里一定开心死了;那时候,听见飞机轰鸣着在天空飞过,就很兴奋,头抬得老高……

我的思绪也飞远了,我在回想和丈夫约会的日子。那时,我在一份清闲的社会杂志做编辑,并不需要出差,他却常忙到深夜……

突然想到礼平说的那句话:"我只了解和我相处时的华盛。"

暖屋派对后的下一个周末,我没有出门,笨手笨脚做了几样小菜。吃饭时我笑说,小房子住惯了,有点不习惯房子这么大,这样的家应该有个孩子在奔跑。丈夫的神情一变,像被惊到,他没有接我的话,饭桌一时沉寂。

我知道他没有心理准备。我告诉自己得耐心点,后面的周末我都要在家里陪他,也许,我们可以在白天做爱。

可是,下一个周末丈夫出差。我有些不快,因为他在临走前一晚才告知,好像我要阻碍他出差似的。事实上,他已经很久不出差了;这些年里,他更关注验血单而不是工作,几次推掉升职机会!

在他出差期间,煤气接进小区,可是我们家埋进墙壁的煤气管道无法接通。现在，面临的选择是：敲开墙壁重新安装管子；或者，另外接管道裸露在墙壁外。

我需要和丈夫商量，他没接我电话，煤气公司工人等在一边准备开工。最后的结果是，灰色的煤气管子横七竖八裸露在厨房天蓝色瓷砖的墙壁，以及雪白的吊橱上。

我感到崩溃，仿佛生活刚刚开始完美却顷刻有了破损。当丈夫回家才踏进门，我便对着他咆哮，话题很快就蔓延到装修之外。我告诉他，我在我们的婚姻里没有幸福感。我很惊诧我给出这么一个结论，就像暖屋派对那天，我告诉礼平："想要个孩子了！"

这些话都没有经过深思熟虑，却又好像无比真实。

在我的号啕大哭声里，丈夫拉着他还未打开的旅行箱出门。我当即就明白，那句结论性的话伤到他了。

但是，我没有料到，他这一走就没有回来。

没错，他搬去刚搬离的浦东旧房住。

礼平认为，这是新房惹的祸，以前想出走也没有地方停留，现在有两套房，他可以想走就走。

我气死了，对着礼平尖叫，有种他就住下去，我看他怎么再搬回来？

礼平说，要他搬回来你得给他台阶下。

我问礼平，你说过现在有两套房，他可以想走就走，以后两人吵架，他出走，一直要我给他下台阶，不是吗？

礼平就沉默了。

我因此打定主意不理他，不想让自己成为让步的一方。

一个月以后，我憋不住了。周末我换了三部公交车，去浦东找他。

这栋六层楼的公房建造于八十年代，大白天楼梯敞亮，显得格外破败，却让我有回到自己家的感觉，生活重新又变得真切。我上楼梯的脚步轻快了，我决定向丈夫道歉，为那句伤害他的话。如果他住不惯新房子，我可以陪他住回这里。是的，新房子太远，飞机噪声响，按照礼平说法，买这套房主要是为升值，为了不远的将来换买一套心仪的房子。

我掏钥匙进门时被门口的鞋子绊了一下，是一双女式阿迪达斯黑白帆布跑鞋，我的心脏立刻跳出响声。通向厨房的卧房门开着，我站在厨房可以一直看到阳台，我看见俞自谦站在阳台，脸对着窗外。我想起我也喜欢站在那里，可以看到对面小学校的操场。礼拜天，那里空旷。

我只停留了一秒钟便逃离般地冲出门，在楼梯上遇到丈夫，他手里提着装蔬菜和杂物的马夹袋。当我擦身而过时，他愣在那里，受到惊吓似的，就像那次的表情，当我说想要看到孩子在新房子奔跑。

我不接丈夫的电话。

两个月后，我们通过礼平协议离婚。我和丈夫都不想要那套需要还贷的新房，通过礼平周旋，新房留给我，丈夫帮助我还部分房贷。

礼平对我们的离婚一直处在震惊中，我也同样无法相信，就像陷入噩梦。每个早晨醒来，我必须不断向自己确认，这不是梦，是真实的现实。每个晚上我需要和礼平电话讨论，这个称为离婚的事件是怎么发生的？

如果你不是星期天去他那里，你没有看到俞自谦，你就不会那么坚决要离婚。

这便是礼平的逻辑。

我告诉她，不管有没有看到俞自谦，都是他搬出去造成分居的现实。

他那一阵觉得身体虚弱，其实不是那一阵，是在婚姻中的感觉，只能说，他早就有离婚的心了。礼平的话让我一惊，虽然我们已经离婚了。

你大概并不知道俞自谦也住在浦东，离开你家两个站？

我不知道，我不知道的事情有很多，但现在一点也不想知道，不要再提俞自谦了。

他们不是你想象的那种关系，只是病友。

所以我没生甲肝就被排挤在外了？我尖声发问，心里在反省和丈夫的关系。他是我中学班级的男神，我追求他，难道是那场甲肝让他答应娶我？

他说，他比你明白和你的这个婚姻不合适，他知道你终究是想要一个正常家庭。

什么叫正常家庭？

想要有个孩子。

没有孩子的夫妇就不是正常家庭了？我冷笑了。

你们作为夫妇并不正常，这是他的原话。

现在你比我知道得还多！我恶狠狠的语气。

我并不想知道，是你让我在你们中间做传话人。

我便噤声，然后问道，他为什么同意买房，而且尽心尽力做装修？

这一问愈加让人觉得不可思议，我很明白，丈夫绝对不是一时冲动的人。

礼平无法给出答案，隔了一天打来电话说，我想了一晚上，他这么做是为了离开你时，心里不那么内疚。也就是，看房买房装修，是他打算离婚的铺垫，他知道你一直想要有套房，这个，他必须成全你。

太奇怪了，只有你会这么推理！为了这个荒唐的逻辑，我几乎要迁怒于礼平。

对了，应该告诉你，我和华盛还在往来，礼平突兀地说道，他并没有和那个模特了断。我接受了，我怕寂寞，有他好过没有他。

我现在对礼平的情事毫无兴趣。前夫谜一样的心理状态令我产生畏惧，对于所谓成全我心愿的这套房充满了抗拒感。我现在很怕回家，觉得房子太大了，大得空荡荡，夜深被空荡荡的恐惧惊醒；还有噪音，我越来越无法忍受飞机的噪音，我搬回了父母家。

好些年以后，至少有十二年了，我带着五岁的肤色微黑的混血女儿从美国回上海定居。我不认识孩子的父亲，我是通过人工授精得到这个孩子的。为了自己的渴望，不如说是执念，我兜了好大一个圈子：第一步，远离自己的城市，我考托福去美国读学位，然后留在那里工作；为了人工授精的昂贵费用，我卖了上海的房子，正逢房产市场牛市，这个我得感谢礼平；我的怀孕并不顺利，第一次流产，休整了一年后，第二次才成功，那时候我已经四十三岁。

我和礼平不再往来。

我常常梦见我和礼平在路上相遇，我们坐进咖啡馆，她告诉我，俞自谦跳楼自杀，我的前夫辞职去某地经营民宿，民宿由礼平投资，所以他们经常在一起。

不，这不是梦里听到的故事，是真有其事。

在美国大学拿到硕士学位那年，我回到上海。没有见到礼平，她在富春江一带。她电话里告诉我，俞自谦患忧郁症，在某个凌晨跳楼；我前夫和她在一起，一起经营她投资的民宿。此时，他走开了，去船码头接客人了。

我们只是搭伴过日子罢了，不是你想象的那种关系。

那种关系是什么关系？我明知故问。礼平在电话那头沉默，我挂了电话。

其实，我更常梦见那条隔离带，我和丈夫各自抓着面前的铁栅门相望，是遥遥相望，因为，隔离带远远不止三米，我使劲擦干泪水也看不清他的脸。

（初刊于《收获》二〇一九年第三期）

附　录

审美的秘密
——关于唐颖短篇小说的对话

王雪瑛：《阴影》《烈饮》《你在纽约做什么》《玻璃墙》《和你一起读卡佛》这些作品中，我读到了异域的故事，偶然的相遇，短暂的交往……不同的文化背景，陌生人中的熟悉者，打破了日常生活重复的节奏，加入了动荡和悬念的乐句，而悬念和不确定性既是异域生活中的真实，也是现代人生存境遇的隐喻，打开了审视自我和人性的新空间……犹如一部纪录片，将镜头面向生活的大河，开阔、混沌、丰富，在生活的大河一往无前的流动中，审看着现代人的内心、现代人的处境，在异域中人与人的邂逅与交流、遇见与别离。

不同的读者，会有不同的访问对象、不同的探寻空间，让我联想到了浸入式戏剧。观众进入不同的空间，会体验到不同的剧情……正是在短篇的有限篇幅中,开放性形成的张力、丰富而混沌的生活质感、模糊着真实与虚构的界限特别吸引我,让我联想到了纪录片,联想到了法国新浪潮的教母阿涅斯·瓦尔达自编自导的纪录片。瓦尔达在谈到她拍摄的对象时说:"我喜欢拍摄真实人物;我也喜欢和不熟悉的人打交道。机遇一直是我最好的助手。"

唐　颖:在法国新浪潮电影之前,意大利的新现实主义电影,便开创性地赋予剧情片以纪录的形式,罗西里尼的《罗马不设防城市》、德·西卡《偷自行车的人》等等。我在疫情期间,集中地看了意大利新现实主义和法国新浪潮电影,深感他们的电影和文学具有本质上的接近,虽然电影大师们是为了创作"更电影的艺术品"而进行"纪录"实验——"尽可能不侵蚀原有物质的全貌"。在观众或读者脑海中,将银幕现实的表象或文字现实的描述与真实的现实合二为一,这是我从这些大师电影获得的启迪。因此,你能从我的短篇小说联想到纪录片,是对我的写实能力的肯定。

纪录片镜头摄入了生活中的真实场景,非剧情非主线,却让观众看到了城市的风情写真,看到了在未来可能会消失的城市影像,为后人保留了宝贵的历史资料。以至我们要从安东尼奥尼的纪录片 *China* 去找寻七八十年代的上海面容。

"写实性"划分了严肃文学和类型小说的界线,类型小说只关注情节,不承载"真实"的力量。"真实"是超越时代的,当我打开罗西里尼的黑白片时,他的"记录"质感的镜头,在七十年后的今天，仍然充满蓬勃的生命力而让我目不转睛。

王雪瑛：《你在纽约做什么》体现了作家特别的创造力，主人公哲子常去东村参加那里的艺术家聚会，小说以她和劳伦斯的相遇和交往为线索，展开她对流动在纽约的画廊和仓库的形形色色的艺术家和作品的相遇。这些艺术家的人生与作品构成互文，如大大小小的浪涌，深深浅浅的旋涡出现在生活的河面上，在哲子的心里，也在读者的心里泛起层层涟漪，有些细节非常有力。

哲子和劳伦斯的关系也是《你在纽约做什么》的看点，他俩相识一年有余，哲子初见劳伦斯是在一次派对上，他们互留联系方式的细节颇有意味，他们之间无法展开的话题，彼此错过的时间表，直到哲子回上海，思念劳伦斯的同时却把回复他的邮件又删除了……你很擅长表现这样一种微妙的两性关系，比如《和你一起读卡佛》中哲子和托尼之间，《双面夏娃》中阿杜和关山之间，《烈饮》中哲子和 Will 之间，《瞬间之旅》中楚红和赛姆之间，小说描述了他们互相吸引却又无法真正走近的怅惘。

唐　颖：即使在旅途上，在失去庸常生活背景的旅途上，你仍然无法飞扬。现代女性的学识、经历、理性，令她们深知爱情途上的坎坷，深知爱其实是没有结局的，燃烧得越炽烈熄灭得越快，"灰烬"是人生虚无的象征，所以她们宁愿享受另一种若即若离只在心中憧憬的更为绵长的关系，那种更加"柏拉图"的关系。

颇有意味的是,旅途是人们挣脱樊篱的机会,你可以隐去自己的日常角色,尝试另一种人生。比如哲子,她从未告诉劳伦斯自己的已婚状态,同时她也因此没法获知劳伦斯的人生真相,他们原本萍水相逢并不需要太多坦诚。然而,对于真切的需求,让他们彼此戒备而小心翼翼,既害怕更深的了解带来的失望,却又不想让自己活在幻觉中。现代人的自恋,为了保住自己不受伤害,谨慎地迈出每一步,其中还有不自觉的权力关系的争锋:在情感关系中,谁更主动更多付出谁便处于弱势。然而,我们不都很想在一种关系中成为掌控的一方?

王雪瑛:对,现代人往往在相互吸引中,又彼此戒备着什么,既防备着付出真情被伤害,又担忧着岁月流走生命中留下的空白……

唐　颖:"爱"终究是生命的绝对意义。哲子在某个人来人往的热闹场景突然意识到:"这个城市就像个游乐场,如果没有紧密相连的人与你共享生命中的一些片刻,进来或出去,都变得没有意义。"

在五彩缤纷的城市生活侧面,是一条条缝隙,一次次坠落。人际关系中的选择,都和你想要摆脱孤寂有关。而错失成了你寻爱路上的宿命。这痛楚,读者将通过文学获得共鸣。

王雪瑛:呈现这些异域的故事是你观察人生,揭示人性的方式，对你有着特别的吸引力吧？其实也考验着作家的写实能力，上上下下的旅人，沉浸在自己的时间和空间里的米兰中央车站、萨尔茨堡中央车站，炎热的新加坡罗拔申码头，玻璃墙内灯光迷离的酒店，地上积雪寒风刺骨的北美巴黎蒙特利尔，走过冬春的纽约街头，穿起夏装的人群强烈的释放感，白雪覆盖的中西部城市，洁净寒冷中的寂寞中，女主人公对 reading（朗读）的特殊期盼，逼真的城市的场景描写与人物内心的无缝对接，这些小说弥散着异域的生活气息和风情。

唐　颖：异域本身富于某种戏剧性。陌生带来的新鲜和刺激，激活了在日常中麻木的神经末梢。小说人物在异域遇到的人或事，更多是即刻的、偶然的，却映射了必然。戏剧中，人物的前史不在舞台展示，编剧却一定知道，因此，他的人物在突变时的行为和选择，是和前史链接的，或者说，是由前史决定。异域邂逅，往往充满悬念，如果说，日常生活是一条轨道，行走在异域便是脱轨，结果无法预料却又可以预料，因为人的行为都是由性格决定。文学术语中有"性格决定命运"一说，事实上，更像命运决定性格。因为，你无法挑选你的父母、你的祖先，以及你出生的环境，而这一切是在你出生前就已经预设了，是命运的开始，或者说，就是命运。从文学角度，讲述异域故事，更适合"短篇"形式，时间有限，人和人的了解有限，每一个动作和细节却又充满前史的痕迹，因此又极富张力，留给读者更多的想象空间。

王雪瑛：在短篇小说有限的空间里，要演绎一个有分量的故事，有着跌宕腾挪的空间，不让读者觉得逼仄狭小，特别需要结构的布局，叙事的艺术。《八月的圣诞节》让我感受到短篇小说高超的叙事技巧。周六的晚上哲子放弃了观看系里放映韩国电影《八月的圣诞节》，而决定赴女友乔伊约请在意大利餐馆晚餐，年过五十的乔伊告诉了她一个充满戏剧性的故事：与初恋的高中同学在分别三十八年之后的重聚……小说在不疾不徐中展开情节，延宕起伏中流露环环相扣的悬念，故事的叙述节奏游刃有余，小说的布局犹如中国园林的造景艺术，以人工的亭台楼榭，通过借景障景隔景等造景手法，呈现出以小见大，曲径通幽的审美意境。

唐　颖：小说中，两位不同国度的女性，彼此的好奇和火花，是不同文化带来的碰撞，也是写故事的我，与异国文化碰撞的感受。此时套用意大利新现实主义电影术语："从素材产生结构"。异国生活打开了你的视野，"他者"的视角，让你发现本地人熟视无睹的一切。同时，你也发现，人性又是相通的。在这部作品中，乔伊讲述的故事，给予哲子重新审视自己人生的机会。女性和女性之间，她们经历的痛苦，且不说精神，肉体上的痛楚就已经先天的有着超越年龄、国度、语言和文化的共鸣。女性精神上的相知相爱，也许深切于一般意义上的爱情关系。

图书在版编目(CIP)数据

隔离带/唐颖著.—杭州:浙江文艺出版社,2020.8
ISBN 978-7-5339-6173-2

Ⅰ.①隔… Ⅱ.①唐… Ⅲ.①中篇小说-小说集-中国-当代②短篇小说-小说集-中国-当代 Ⅳ.①I247.7

中国版本图书馆CIP数据核字(2020)第129135号

策划统筹	曹元勇
责任编辑	王丽荣
文字编辑	伍华星
封面设计	人马艺术设计·储平
责任印制	吴春娟

隔离带
唐颖 著

出版	浙江文艺出版社
地址	杭州市体育场路347号 邮编:310006
网址	www.zjwycbs.cn
经销	浙江省新华书店集团有限公司
印刷	浙江新华数码印务有限公司
开本	880毫米×1230毫米 1/32
字数	215千字
印张	10.625
插页	2
版次	2020年8月第1版
印次	2020年8月第1次印刷
书号	ISBN 978-7-5339-6173-2
定价	45.00元

版权所有 侵权必究
(如有印、装质量问题,请寄承印单位调换)